KB051458

난치의 상상력

난치의 상상력
질병과 장애, 그 경계를 살아가는 청년의 한국 사회 관찰기

초판 1쇄 펴낸날 2020년 8월 10일
초판 3쇄 펴낸날 2022년 4월 20일

지은이 안희제
펴낸이 이건복
펴낸곳 도서출판 동녘

책임편집 박소연
편집 구형민 정경윤 김혜윤
마케팅 임세현 박세린
관리 서숙희 이주원

등록 제311-1980-01호 1980년 3월 25일
주소 (10881) 경기도 파주시 회동길 77-26
전화 영업 031-955-3000 편집 031-955-3005 **전송** 031-955-3009
블로그 www.dongnyok.com **전자우편** editor@dongnyok.com
페이스북·인스타그램 @dongnyokpub
인쇄·제본 새한문화사 **라미네이팅** 북웨어 **종이** 한서지업사

ⓒ 안희제, 2020
ISBN 978-89-7297-961-6 (03810)

난치의 상상력

안희제 지음

Intractable imagination

질병과 장애,
그 경계를 살아가는 청년의
한국 사회 관찰기

동녘

〔표지 설명〕

흰색 배경에 흑백으로 그려진, 약간 헝클어진 듯한 짧은 머리의 옆모습. 빛을 등진 듯 목은 밝지만 턱, 코, 목젖으로 갈수록 거칠게 음영이 생긴다. 흰색 배경에는 옆모습의 그림자가 내려있다. 이 사람의 머리에서 시작된 곡선은 왼쪽으로 반원을 그리며 한 번 올라가고, 오른쪽으로 다시 한 번 올라간다. 그 사이에 '난치의 상상력'이라는 제목이 세로로 적혀있고, 선이 시작되는 곳에 'Incurable Imagination'과 '안희제 지음'이 모두 세로로 적혀있다. 왼쪽 아래에는 '질병과 장애, 그 경계를 살아가는 청년의 한국 사회 관찰기'라는 부제가 있고, 그 아래에 동녘 출판사의 로고가 있다. 해를 상징하는 듯 '녘'에는 까맣게 색칠된 작은 동그라미가 위 첨자처럼 오른쪽 위에 붙어있다.

표지는 기본적으로 시각 디자인이다. 그래서 시력이 나쁘거나, 시각 장애가 있는 사람들 중에는 표지 디자인을 충분히 느끼지 못하는 이들도 있다. 이 책이 묵자* 도서 외에 전자책이나 오디오북, 점자 도서로 만들어질 때 표지의 디자인을 전달할 수 있도록 하고자 표지 디자인 설명을 이곳에 달아둔다. 비록 부족한 설명이지만, 더 많은 책에 표지 디자인 설명이 담기길 바란다. 자세한 내용은 2장의 〈텍무새가 떴다!〉를 참고하라.

---

* 특수교육학 용어사전에서는 묵자를 다음과 같이 정의한다.
  "인쇄된 일반문자이다. 점자와 대비되는 용어로 사용된다."(네이버 국어사전 참고)

들어가는 말

글을 쓰면서도 계속 고민했다. 질병이 내 삶에 가져온 변화는 글로 남을 만큼 중요한가? 나조차도 나의 질병을 진지하게 고민하는 일이 쉽지 않았다. 질병을 얼른 나아야 할 것, 굳이 떠들 필요 없는 것으로 여기는 태도는 내 안에도 깊숙이 박혀있었다.

나의 아픈 이야기를 세상에 꺼내놓기 시작했지만, 그것만으로는 어딘가 부족하다는 느낌을 지울 수 없었다. 수술과 통증, 외면과 무시의 경험은 그저 불행으로만 비추어지기 일쑤였고, "나도 건강한 사람들처럼 편하게 살고 싶다"라고 말하기에는 그 말이 나에게 별로 와닿지 않았다. 나는 내가 다시 예전처럼 건강해질 수 없다는 사실을 알기 때문이다.

안 아프면 좋겠다는 말, 얼른 나으라는 말은 아픔을 불행이나 피해로만 전제한다. 그리고 여기에는 나을 수 있는 질병만이 담겨 있다. 나의 병은 난치 질환이다. 낫지 않아서 계속 관리하며 살아야 하고 얘기해도 사람들이 잘 모르는 희귀 질환이기도 하다. 치료제 개발 소식을 가끔 접하지만, "이번에는 상용화되지 않을까?"라는 공허한 기대는 접었다. 내 혈액도 연구에 사용되었지만, 얼마나 차도가 있는지 기다리지는 않는다.

진단받은 날로부터 6년이 지났다. 나에게 질병은 불행이자 걸림돌이었고, 통증은 일상이었다. 실제로 질병은 자주 끔찍한 사건이나 불평등의 결과이기도 하다. 질병은 '예방'의 대상이고, 나만 해도 질병에 걸리지 않으려고 바이러스를 피해 칩거하거나 마스크를 낀다. 아프면 어떻게든 치료하고 완화하려 노력한다.

그러나, 그럼에도, 나는 질병을 그 자체로 불행이나 피해로 여기지 않으려 노력한다. 만약 질병과 통증이 그저 불행이라면 나의 삶은 2014년 7월의 진단 이후 돌이킬 수 없는 불행이 되어버린다. 하지만 아픈 사람인 나의 일상은 정말 불행뿐인가? 그렇지 않다. 나의 삶은 복잡하다. 나는 단지 피해자라고만 하기에 세상으로부터 많은 걸 받았고, 편하게만 산다고 하기에는 많이 불편한 일상을 보낸다.

이 책은 그런 애매한 위치에서 나왔다. 청년인 듯 청년이 아니고, 장애인인 듯 장애인이 아니고, 건강한 듯 건강하지 않고, 아픈 듯 아프지 않은, 남성이길 기대받지만 충분히 남성일 수 없는 다소 혼란스러운 일상에서 쓰인 글들을 모았다. 나의 혼란을 그저 주어진 것으로 여기지 않으려고도 노력했다. 나는 여전히 내가 잃어버린 것들에 향수를 느끼며 살아간다. 그 향수는 때때로 나를 피해자로만 규정함으로써 내가 원하는 것을 가진 이들을 비난하거나 나보다 가지지 못한 이들을 깎아내릴 수도 있다. 그런 '찌질함'의 폭력을 알기에, 내 향수를 미화하거나 정당화하기보다 그 향수를 느끼게 하는 사회를 비추고자 했다.

나는 이 책을 통해 아픈 사람 한 명의 이야기와 더불어, 아픈 사람으로서 갖게 된 태도를 통해 세상을 이해하는 하나의 새로운 방식을 제안하고 싶었다. 특히 낫지 않는 사람으로서 세상을 이해하고, 새로운 세상을 상상하고 싶었다. '난치의 상상력'은 그런 의미이다.[*] 아픈 사람들, 특히 나처럼 증상이 많이 줄어들어서 아프다고 하기엔 너무 건강한데, 건강하다고 하기에는 너무 아픈 사람들은 치료만을 생각하곤 한다. 얼른 신약이 나와서 내 삶을 가로막는 질병이 사라지길 바라는 마음이다. 하지만 그런 태도가 정말 우리 자신을 위한 것일까?

다양한 소재와 주제로 글을 썼지만, 무엇보다도 각자가 자신의 몸에 맞게, 누구의 몸도 의심하지 않으며 살아가자고 말하고 싶었다. 아픈 사람들에게는 자신의 몸이 언어가 될 수 있다는 사실을 이야기하고, 건강한 사람들에게는 다른 몸에서 나온 상상력을 제안하고 싶었다. 그래서 나는 이 책이 많은 사람에게 닿았으면 한

---

[*] '상상력'이라는 단어는 흔하게 사용되지만, 나는 이 단어의 생명력을 정의당 장혜영 국회의원의 말과 글에서 처음으로 느꼈다. 상상력을 믿게 해준 그에게 감사를 전한다.

다. 아직 부족한 점이 많지만, 한 명에게, 한 단어라도 닿길 바라며, 그리고 그가 누구든 그의 몸이 언어가 되길 바라며 글을 썼다.

내가 말하고자 하는 메시지를 전달하려면 우선 내가 어떤 사람인지 알아야 한다고 생각했기에, 1장에는 나의 질병 경험을 자세히 담았다. 질병이 나에게 불행이었던 이유를 추적하는 과정에서, 나는 아주 어린 시절까지 나의 삶을 돌아봐야 했다. 사람들은 아프면 불행할 것이라고 쉽게 생각하지만, 질병이 불행인 데에는 이유가 필요하기 때문이다.

2장에는 질병이 넓혀준 나의 세상을 담고자 했다. 대학 안의 장애인권 단체에서 활동하며 배우고 고민한 것들, 아픈 대학생으로 살면서 '청년'이나 '대학생'에게 요구되는 것들이 정말 우리의 몸에 적절한지 묻고자 했다. 조기현은 아버지를 돌보는 '2인분의 삶'을 살면서 쓴 《아빠의 아빠가 됐다》에서 자신에게 "'청년'은 나를 설명하는 말이라기보다는 하나의 과제였다"고 말한다.[1] 이 말은 나처럼 사회가 '청년'에게 요구하는 모습에 부합하지 않는 많은 이들에게 울림을 준다. 나의 삶에서 '청년'이라는 과제는 어떤 모양이었는지 돌아보며 글을 썼다. 무엇보다도, "아파도 청년이다"보다 "그런 청년은 없다"라고 말하고 싶었다. '청년'이라는 말은 너무나 많은 문제를 섞어서 흐리게 만들어 버리곤 하기 때문이다.[2] 다소 생소한 '청년'인 나의 글이 '청년' 혹은 '청춘'이라는 단어의 범주를 확장하기보다는 그 말 자체를 재고하게 만들길 바란다.

3장과 4장에서는 각각 몸을 의심하는 사회와 질병과 죽음을 권하는 사회를 아픈 사람으로서 읽어내고 비판함으로써, 아픈 몸과 질병을 하나의 인식론으로 삼고자 노력했다. 질병은 욕설이나 의료적 대상으로만, 그래서 정치와는 아무 관련이 없는 듯 여겨지곤 한다. 김도현은 '관점'이 관찰하는 이와 관찰되는 대상을 전제한다는 점을 지적하며, "보는 자리가 달라지면 풍경 자체가 달라진다"는 의미에서 관점의 대안으로 '시좌'를 제안한다.[3] 그러한 의미에서 나는 '아픈 몸', '아픈 사람', '질병'을 시좌로 삼아서 질병이 단지 불행이나 치료 대상이 아닌, 세상을 고민하는 하나의 방식일 수 있음을 드러내고자 했다.

5장과 부록은 아픈 사람들과 이어지고 싶은 마음에서 썼다. 5장에는 내가 질병을 말하고 쓰게 된 계기, 계속 아픔을 말하는 이유를 썼다. 내가 아픈 몸을 고민하는 모습을 통해 더 많은 이들이 자신의 몸을 돌아보고, 자신의 몸을 글로 쓰면 좋겠다는 마음이었다. 자신의 몸에 관한 진솔한 이야기가 모인다면, 세상은 흔들릴 것이다. 부록은 대학 생활을 하면서 터득한 소소한 팁을 공유하고자 가볍게 썼다. 이메일 쓰기나 조모임에서 당장 써먹을 수 있는 이야기를 나누고 싶었고, 건강한 사람들이 아픈 사람의 일상을 조금 더 잘 이해할 수 있게 돕고 싶기도 했다.

부족한 나를 가르치고 이끌어준 연세대학교 장애인권동아리 게르니카와 장애인권위원회의 동료들이 없었다면 나는 지금도 '평범한 비장애인'이 되고자 노력하고 있었을 것이다. 이 책의 적지 않은 부분은 《비마이너》에 쓴 칼럼을 수정·보완하여 썼다. SNS에 아픈 이야기를 쓰던 나에게 지면을 제안해주신 《비마이너》 발행인 김도현 선생님, 매달 부족한 글을 읽어주시고 방향을 제시해 주시는 강혜민 편집장님이 없었다면, 이 책은 시작도 하지 못했을 것이다. 연세대학교 문화인류학과의 수업에서는 현실을 새로이 사유하고 문제화하는 방법을, 노들장애학궁리소의 강의에서는 질병과 장애의 관계를 배웠다.

특히 조한진희 선생님의 글과 강의에서 접한, 질병 세계의 언어를 만들고 나눠야 한다는 문제의식이 글을 쓰는 내내 나에게 큰 힘이 되었다. 선생님이 기획한 시민연극 〈아파도 미안하지 않습니다〉에서는 아픈 이야기를 사람들과 모여서 나누는 일이 얼마나 중요한지 절절히 체감했다. 혼자 책을 읽고 글을 쓰는 것과는 완전히 다른 차원과 밀도의 작업이었고, 내가 결코 충분히 상상할 수 없는 다른 아픈 이들의 삶에 잠시나마 들어가보려고 안간힘을 쓴 최초의 경험이었다. 첫 만남부터 연극이 끝난 후까지, 나드, 다리아, 재, 목우(루), 홍수영(레아), 허혜경(빠빠)과 함께한 시간은 평생 잊지 못할 것이다.

노수석열사추모사업회와 이한열기념사업회에서는 나를 장학생으로 선정해주어 내가 학업과 활동을 병행할 수 있도록 지원해 주었다. 생각할수록 고마운 사람이 많아서 이름을 모두 쓸 수 없는 나의 친구들은 내가 일상을 포기하지 않도록 나와 함께해 주었다. 무엇보다도, 아프고 성격도 안 좋은 내가 사회생활과 공부를 할 수 있는 것은 나의 가장 오래된 친구인 어머니와 아버지 덕분이다. 내

생각의 폭을 넓혀주고, 내가 나의 몸을 통해 세상을 달리 이해하게
해준 수많은 이들이 있다. 학교에서, SNS에서 자신의 질병 이야기
를 나누어준 환우들이 있다. 일일이 열거하진 못했지만, 그들 모두
에게 진심으로 감사하다. 이곳의 글 중 온전히 혼자서 쓸 수 있었
던 글은 단 한 편도 없다. 그렇게 나와 이야기를 나누어준 사람들,
그리고 나의 글들을 찾아서 읽고 함께 고민해준 박소연 편집자 덕
분에 내 글들이 한 권의 책으로 엮여 나올 수 있었다. 이 책이 점자
를 사용하는 독자들과 만날 수 있도록 대체 자료 제작 신청을 도와
주신 김하선님께 감사하다. 앞으로는 대체 자료 제작 신청이 출판
의 기본 단계 중 하나로 자리 잡아서, 모든 글이 더 많은 사람에게
읽힐 수 있길 바란다.

내가 일상을 살아가고, 몸과 사회를 고민하고, 공부를 이어나가
게 해준 모두와 이 책을 통해 이야기를 나누고 싶다. 이 책에는 질
병과 관련한 의료적 지식은 거의 담겨있지 않다. 내가 의료 전문가
가 아니기도 하고, 의학 외의 언어로 질병의 경험을 설명하고 싶기
도 했다. 나의 곁에서 아픔을 나누고 서로를 지탱한 아픈 사람들이
이곳에서 위안과 힘을, 무엇보다도 언어라는 무기를 얻을 수 있으
면 좋겠다. 이 책을 계기로 더욱 많은 아픈 사람의 목소리가 세상
에 나와서, 건강한 몸만을 '정상'으로 여기는 건강 중심 사회에 돌
이킬 수 없는 난치의 균열을 내길 바란다.

차
례

1

경계 밖으로 밀려나다

질병이 위기적인 다음에 만성적인 것이 될 때조차도
환자나 주변사람들이 그리워하는 과거가 존재한다.
그러므로 우리는 타인과 비교해서 환자일 뿐만 아니라
자신과의 관계에 의해서도 환자이다.

– 조르주 캉길렘Georges Canguilhem, 《정상과 병리》

페이지 중앙의, 테두리가 없는 둥근 프레임의 흑백 그림.
중앙의 가장 넓은 부분을 강이 차지하고 있고, 뒤쪽에는 수풀이 있다.
한 사람은 강물에 뛰어들려는 듯 서서 상체를 앞쪽으로 굽히고 양손을 모으고 있다.
그는 허벅지부터 팔뚝까지 줄무늬의 딱 붙는 옷을 입고 있다.

아픈 청춘입니다만,
살아 있습니다

무소속의 감각

나는 사람들이 흔히 '청춘'으로 간주하는 20대 대학생이다. 그러나 온 사방에서 들려오는 청춘 이야기는 그저 남의 이야기로만 느껴진다. 그렇다고 완전히 상관없는 일은 아니고, 어느 정도는 분명 내 이야기인데 결코 내가 충분히 체현할 수 없는 서사로만 느껴진다. 나는 아주 여러 면에서 내 존재 자체가 애매하다고 느낀다. 이도 저도 아닌, 어디에도 속하지 못하는 사람. 이걸 말로 풀어서 쓸 수 있게 되기까지는 시간이 꽤 걸렸지만, 기억을 되짚어보면 이런 무소속의 감각은 수험 생활 때부터 시작된 것 같다.

두 번째 수능을 준비하던 시기 난데없이 항문 근처에 생긴 또 하나의 숨구멍. 처음에는 그냥 종기일 것으로 생각했다. 가끔 엉덩이에는 종기가 생겼으니까. 그런데 이번 종기는 상당히 커졌다. 그리고 이상하게도, 그 종기가 숨을 쉬기 시작했다. 화장실에 갈 때마다 항문으로 가스가 배출되는 시점에 가스는 어떤 통로를 타고 그 종기가 있는 자리로 갔다. 종기인 줄만 알았던 큰 덩어리는 어느새 그저 얇은 피부가 되어있었다. 통로를 지나서 온 가스는 그 피부를 들썩거리게 했다. 그리고 그때마다 피부는 찢어지는 것만 같았다. 어느 항문 외과에서 수술을 받았고, 그것이 '항문 주위 농양'임을 그때가 되어서야 알았다. 의사는 어떻게 이걸 여태 참았냐고 놀라며, 하마터면 고환에까지 염증이 침투할 뻔했다고 말했다. 나는 원래 통증에 둔했다. 초등학생 때는 그저 배가 아픈 줄만 알고 며칠을 참다가 맹장이 터져서 복막염에 걸리기까지 했다. 이번에도 그렇게 일이 커질 뻔한 것이다.

수술을 마치고 학원에 돌아왔지만 저녁 식사와 자습이 끝난 후에 나는 혼자일 때가 많았다. 같은 반 친구들은 농구나 축구를 하러 나갔지만, 나는 당시 수술 부위에 달고 다니던 실리콘 때문에 운동을 할 수 없었다. 의사는 내게 다리를 크게 벌리지도 말라고 했다. 아무리 급해도 뛸 수가 없었기에, 실리콘을 떼고 수술 후유증이 사라질 때까지 골대 근처에도 가지 않았다. 당시 밀가루, 기름진 고기, 술을 모두 금지당한 나는 친구들과 '치맥'도 할 수 없었고, 같이 부대찌개를 먹으러 갈 수도 없었다. 학원에서는 도시락을 급식처럼 줬는데, 맛은 둘째 치더라도 나에게는 음식이 너무 자극적이었다. 친구들은 맛없는 도시락을 피해서 치킨이나 부대찌개를 먹으러 갔고, 나는 맵고 짠 도시락을 피해서 건강식을 파는 식당에 갔다. 친구들과 같은 음식을 먹으며 떠든 날은 드물었다. 나는 대체로 혼자서 공부하거나 아무도 다니지 않는 주택가를 산책했다.

　내가 할 수 있는 최대 일탈은 밥버거, 이온 음료, 그리고 과자가 아주 조금 들어간 바삭거리는 초콜릿이었다. 하루는 외출증을 끊고 밖으로 나가서 정처 없이 걸었다. 배가 고팠지만 눈에 들어오는 것들은 하나같이 피해야 하는 음식들이었다. 그러다가 딱 하나, '봉구스 밥버거'가 보였다. 아프기 전에 나는 밥버거를 즐겨 먹곤 했지만, 재료와 소스가 자극적이라서 진단 이후에는 결코 먹어서는 안 됐다. 하지만 가끔, 정말 견딜 수 없이 입이 심심하고 삶이 억울한 날이 있다. 나는 가게로 들어가 기본 메뉴를 주문했다. 먹고 싶은 걸 못 먹어서 가슴이 답답해도, 일탈의 한계는 지켜야 했다. 매콤짭짤한 김치가 들어있는 정도로도 충분히 걱정할 만했다. 밥버거를 들고 운동장으로 갔다. 의자에 앉아 운동장을 보고 있으니 친구들의 축구하는 모습이 떠올랐다. 밝은 햇빛 아래서 멍하니 입을 오물거리며 생각했다. '이게 무슨 짓인가.' 두통이 심해져서 집으로 돌아갈 때 지하철 자판기에서 이온 음료를 사서 마셨다. 이럴 줄 알았으면 고등학생 때 술을 조금 더 마셔둘걸⋯⋯.

　수술 후에는 한동안 병원에 매주 갔다. 새벽같이 일어나 아침부터 오후까지 학원 수업을 듣고 나면, 3호선 저 아래의 교대역에서

저 위의 불광역까지 가야 했다. 지친 몸을 이끌고 한 시간을 움직
여 병원에 가면 드레싱을 받았는데, 수술 부위 세척과 소독, 새 거
즈 부착까지 끝나고 나면 환부가 얼얼했다. 그래도 수술 부위가 덧
나지 않고, 안에 염증이 다시 쌓이지 않으려면 필수적이었다. 그러
다 다음에는 2주 뒤에 오라는 이야기를 들었을 때, 나는 드디어 실
리콘을 제거하고 편하게 움직일 수 있을 것이라는 기대에 잔뜩 부
풀었다.

　그러나 2주 뒤에 들은 건 재수술 제의였다. 기왕 할 거라면 큰
병원에서 하자는 생각으로 우리 가족은 대장·항문 전문 병원 중
규모가 있는 편인 서울송도병원으로 향했다. 의사는 대장 내시경
을 권유했고, 소장 조영술도 해보자고 했다. 내시경을 위해 처음
해본 장 청소는 정말 끔찍했다. 밥 대신 물과 약을 종일 먹고, 장에
아무것도 안 남을 때까지 수시로 화장실에 가서 똥물을 쏟아냈다.
소장 조영술은 이름 모를 하얀 액체를 마시면, 그 액체가 훑고 지
나간 것을 촬영해서 소장의 형태를 알아내는 것이었다. 그 모든 절
차가 끝나고 내가 들은 말은, "크론병입니다."

　영화나 드라마에서 으레 나오던 장면과는 달리, 그 순간은 대단
히 비극적이지 않았다. 단지 얼떨떨했고, 당황스러웠을 뿐이다. 크
론병은 소화기 질환이고, 자가면역질환이다. 면역계가 이상이 없
는 세포를 공격하는 과잉 면역 반응을 일으켜서 그 결과로 소화기
의 입구부터 출구까지 염증이 생기는 병이다. 항문 주위 농양이 생
긴 것이 이제 이해가 됐다. 소장과 대장 모두에서 염증이 발견되었

고, 의사는 대장 모양의 그림에 염증들을 펜으로 하나씩 찍었다. 엄청 많이 찍은 줄 알았더니, 나 정도면 적은 거라고 말했다. 나는 소장이 더 문제였다. 증상은 소장에서 시작되어 대장으로 내려간 것 같았다.

그날은 유학 중이던 어머니께서 내가 아프다는 소식에 귀국하신 지 이틀째, 6월 모의고사를 본 뒤 한 달이 겨우 지난 때였다. 가족 중 누구도 크론병을 아는 사람은 없었다.

진단받던 그 날 의사 앞에 있던 세 사람이 느낀 감정은 각기 달랐다. 멍하고 얼떨떨한 나와 달리 어머니에게는 죄책감이 먼저 엄습했다. 내가 아주 어릴 때부터, 내가 아프면 어머니는 그것을 본인의 잘못으로 느꼈다. 정말 그런지는 중요하지 않았다. 사회는 아이의 건강을 '엄마'의 책임으로 규정했고, 부모님의 육아 분업이 균형을 잘 이루었던 우리 집에서도 어머니는 본인이 아프고 바빠도, 내가 아프지는 않을지, 죽지는 않을지 끝도 없이 걱정했다. 아이가 죽을까 봐 잠시도 마음을 놓지 못하는, 안절부절 떠는 걱정이었다. 그런 어머니에게 겁이라도 주듯 나는 어머니가 안심할 때마다 놓치지 않고 아팠다. 어머니는 성차별로부터 죄책감만이 아니라, 그에 수반되는 트라우마도 함께 받았다.

안 그래도 어머니는 오랫동안 종기를 달고 살았는데, 내가 수술했던 항문 주위 농양도 종기와 비슷한 종류라서 자신이 '나쁜 피'를 물려준 것은 아닌지 걱정했다. 게다가 크론병의 원인에 대한 의사의 추측은 그 죄책감을 더욱 강하게 자극했다. 으레 난치 질환이 그렇듯 크론병은 아직 원인이 밝혀지지 않았다. 하지만 의사는 모유 수유가 되지 않았거나 제왕절개로 태어난 아이가 크론병에 걸릴 수 있다는 (검증되지 않은) 추측을 마치 꽤 유력한 가설인 듯 언급했다. 나는 머리가 이미 많이 굳은 채로 태어났는데, 그 때문에 제왕절개를 하지 않으면 어머니가 죽을 수도 있는 상황이었다. 모유도 나오지 않아서 나는 분유를 먹고 자랐다. 가족 중 누구도 저 추측이 정말 원인일 것이라고 믿지 않았지만, 어머니 안에 자리 잡은 죄책감은 쉽게 사라지지 않았다.

진단 직후에는 크론병에 대한 정보가 나오는 책자와 식단 조절 매뉴얼을 받았다. 식단 조절 매뉴얼을 주던 영양사는 내가 먹을 수 없는 음식들을 하나하나 언급하며 희망을 앗아갔고, 크론병 환자가 대장암에 걸릴 확률이 높다는 이야기를 하며 음식 조절을 잘해야 한다고 엄포를 놓았다. 그 후 수업 중이든, 자습 중이든, 나는 그 책자들만 들여다봤다. 대체 이 병은 뭘까, 알면 좀 덜 힘들지 않을까. 두통 때문에 수없이 지각하고 조퇴하고 결석하면서.

수술, 요양, 진단, 누구의 잘못도 아닌 소외, 그리고 수능. 이게 나의 스무 살이었다. 아마추어 배드민턴 선수로 서울시 대표까지 했던 고등학생 때는 상상도 못 한 일이었다. 과거로 돌아가서 "너는 재수 때 난치성 희귀 질환 진단을 받고 운동도 못 하고 술도 못 마시게 될 거야"라고 말해도 고등학생인 나는 절대 이걸 믿지 않을 것이다.

청춘의 얼굴

수능이 끝나고 원하던 대학의 원하던 학과에 기적처럼 입학했다. 새내기 오리엔테이션 첫날의 뒤풀이는 지옥이었다. 술게임을 할 때 어떻게든 껴서 함께 놀아보려고 했지만, 술을 마실 수 없던 나에게 벌칙은 맥주 500CC 잔에 물을 가득 채워서 원샷하는 것이었다. 다른 이들은 소주 한 잔이었는데, 나는 술을 못 마시니까 '공평하게' 물을 많이 마시라는 것이었다. 술자리는 술을 마실 수 없는 내가 다른 사람들이 알코올로 힘든 만큼 물로 힘들어야 한다는 '고통의 평등'을 공평함으로 생각했다. 술자리는 술을 생각했지, 나와 다른 사람들의 몸이 다르다는 것은 생각하지 않았다. 그 후로 나는 학과 행사 뒤풀이 자리에 거의 가지 않았고, 2학년이 되어서 선배가 된 이후에야 뒤풀이 자리에서 한 테이블을 장악하고 그곳만은 술이 없게 만들었다. 그러나 그 테이블은 섬처럼 느껴졌다. 그 이후로 나는 술자리에 거의 가지 않는다. 고등학교 졸업 전에 이미 두 번이나 필름이 끊겨봤을 정도로 술을 좋아하던 나에게는 술자리에 어울릴 수 없다는 게 꽤 큰 상실이었다.

　그렇지만 1학년 때는 내가 스스로 아픈 사람이라는 인식을 하고 살지 않았다. 학교에서 헬스도 했고, 아주 바쁜 일정을 꽉 채워 소화했으며, 공부도 열심히 했고, 과외까지 했으니까. 그러면서도 특별히 두통이나 복통이 생기지 않았다. 그때 나는 내 크론병이 어쩌면 수험 생활이 힘들어서 잠깐 생긴 이른바 '수능병'이 아닐까 생각하기까지 했다. 그래서 수능이 끝난 뒤에 안 아픈 것이리라.

그러나 2학년 때 건강은 급속도로 안 좋아지기 시작했다. 마치 고등학교 때 쌓아둔 체력과 건강을 대학교 입학 직후에 다 몰아서 써버렸다는 것처럼 두통이 몰려왔고, 힘들어서 움직이지 못하는 날이 많아졌다. 결석 때문에 교수님들께 구구절절 메일을 써서 보내야 했다. 나는 법적으로 장애인 등록을 받지 못했기 때문에, 나의 고통을 설명하고 편의를 요청하는 일은 온전히 나의 몫이었다. 크론병이 어떤 병인지부터 어떤 증상이 있는지까지. 내가 충분히 아파 보이지 않을까 봐 의학 용어를 섞어가면서, 조금은 더 심각해 보이게 설명하면서, 나의 고통을 인정받는 게 오직 한 사람의 재량에 달려있다는 것에 억울해 하면서.

으레 '청춘'이라고 하면 열심히 알바도 하고, 인턴도 하고, 놀러도 다니고, 술도 마셔야 한다. 운동도 열심히 해야 한다. 아, 무엇보다도 핵심은 여행과 술, 연애. 이게 얼마나 많은 정상성 규범들 위에 있는지는 차치하고 우선은 여행 이야기를 해보려 한다. 여행을 아예 안 다닌 건 아니지만, 갈 때마다 항상 불안했다. 갑자기 아프면 어떡하지, 일정에 차질이 생기면 어떡하지, 음식을 잘못 먹으면 어떡하지……. 다행히 여행을 가서 아픈 적은 없었지만, 기본적으로 다른 이들보다 피로와 스트레스에 약한 나는 여행을 다니기가 힘들 수밖에 없었다. 긴 이동 거리와 시간은 건강에 직접 타격을 주었고, 2박 3일 정도의 여행을 생각해도 앞뒤로 총 일주일 정도는 빼둬야 했다. 여행뿐 아니라 어떤 일이든 나는 그 전과 후를 생각해야만 한다. 내시경을 찍는 날 전후로도 약 일주일간은 아무 일도 못 한다.

나는 자주 약속을 취소하거나 미룬다. 우선 '오늘' 때문에 그럴 때가 있다. 오늘 힘들어서, 혹은 힘들 것 같아서, 왠지 모르게 아플 것 같아서. 아니면 '내일' 때문에 그럴 때가 있다. 오늘 나가면 내일 힘들 것 같아서, 아플 것 같아서. 이뿐 아니라 뒤의 날들에 몇 개의 일정이 있는지, 각 일정이 얼마만큼의 체력이 필요한지, 지금 나의 스트레스와 건강 상태는 어떤지, 식사는 어떻게 해결할지를 하나하나 고민해야만 한다. 아프기 전과 후에 나의 감각은 많이 달라졌다. 특히 시간과 통증에 대한 감각은 기존과 정반대가 되었다. 원래 나는 오늘과 내일만 생각하며 지냈다. 그 밖의 날들은 내 오늘에 별 영향을 끼치지 않았다. 그러나 이제는 지나간 날들과 다가올 순간들 전체가 나의 오늘과 내일을 결정한다. 배가 아프거나 두통이 생기면 과거엔 "지금 왜 이러지?", "오늘 뭘 잘못 먹었나?" 생각했지만, 이제는 나의 지난 몇 주가 가능한 원인들의 집합으로 바뀌고, 다가올 순간들은 통증과 강제되는 휴식으로 상상된다.

앞서 이야기했듯 나는 평소 아픈 걸 참다가 일이 커질 정도로 통증에 둔했다. 둔한 만큼 잘 참기도 했다. 그러나 이제는 그렇게 참아서는 안 되고 참을 수도 없어졌다. 이제는 아주 작은 따가움과 어지러움에도 모든 촉각을 세우고 집중한다. 눈 주변 근육의 움직임, 초점이 흐려지는 정도, 아픈 관절의 개수와 고통의 강도, 한 번에 몰려오는 통증의 가짓수……. 통증에 대한 감각은 어느 때보다도 예민하고, 나는 날이 갈수록 세밀한 통증 하나하나를 더욱 깊이 느낀다. 운동에 대한 향수를 해결하고 건강해지고 싶어서 헬스장과 복싱장에 다녀봤지만, 염증이 생겨 수술을 받거나 항생제를 먹으면서 다 흐지부지되고 말았다.

지금보다 건강해질 수 없다면, 어차피 계속 점점 약해질 거라면 조금 느리게 약해지자는 마음가짐으로 아픈 순간들을 최대한 재빠르게 포착하려 노력한다. 아픔으로 인한 평온한 일상의 균열은 대단히 큰 계기로 시작되지 않는다. 휴대폰 게임에서 평소에는 잘 되던 기술이 갑자기 몇 번 연달아 실패할 때처럼 아주 사소한 순간, 그런 순간은 가끔 자고 일어난 뒤 내 얼굴에 생겨있는 원인 모를 실금처럼 작고 불안한 균열이다.

기존의 청춘 혹은 청년 담론이 남성 중심적으로 구성되었다는 비판은 익숙하다. 최근 청년들의 삶을 이야기할 때 가장 자주 등장하는 열쇳말은 '헬조선'이었다. 여기에는 취업도 포함되지만, 이 안에서 청년을 묶는 단어로 등장한 '3포 세대'는 남성의 얼굴이었다. '3포'는 연애, 결혼, 출산*을 '포기'한다는 것을 의미했는데, 이는 연애, 결혼, 출산에서 이득을 얻는 이를 청년으로 상정하고 있

---

* '저출산'이라는 용어가 사회문제의 책임을 여성에게 돌린다는 문제의식에서 '저출생'이라는 용어를 채택하여 '출산'을 '출생'으로 대체하는 흐름이 있지만, 여기서는 '3포 세대'에 담겨 있는 남성 중심성을 드러내기 위해 '출산'이라는 용어를 그대로 사용했다.

음을 의미하는 것이다. 데이트 폭력과 경력 단절의 위험에 놓인 한
국 여성들은 그런 의미에서 청년에 포함되지 않을 것이다. 이처럼
남성 중심적으로 구성된 청년 담론에 나는 비장애인, 비질환자 중
심으로 구성되었다는 이야기를 덧붙이고자 한다. 청춘은 '건강한'
남성의 얼굴을 하고 있다. 반면 나는 술은 아예 못 마시는 거나 다
름없고, 여행 하나에도 근심이 가득하며, 대부분의 알바도 건강에
무리가 간다. 이런 나는 결코 '청춘'에 닿지 못한다.

　도서관에서 책 정리하는 일을 하다가도 팔 근육에 염증이 생긴
내가 성과주의 사회에서 할 수 있는 일은 거의 없다. 이건 크론병
환자에게 아주 희박한 확률로 발생하는 일인데, 전에도 약을 먹고
굉장히 드문 부작용이 생겨서 자리에서 한참을 못 일어나고 호흡
곤란이 온 적이 있다. 그래서일까, 나는 관해기라고 불리는, 통증
이 거의 없는 시기임에도 아픔에 비해 걱정이 많고 겁이 많아졌다.
이른바 '명문대'의 '취업 잘 되는' 학과에 재학 중이지만 어차피 취
업은 내가 갈 수 없는 길이다. 로스쿨도 그 이후의 직장들을 생각
하며 포기했다.

　평범한 '청춘'으로 보이는 사람이지만 '아파서' 그 기대를 충족
시킬 수 없는 사람. 그래서 나는 '아픈 청춘'이다. '청춘'이란 말은
얼마나 공허하고 무지하고 좁은가. 한편으로는 나의 게으름과 겁
쟁이 기질이 섞여서 생긴 일이기도 하겠지만, 나는 취업이나 로스
쿨처럼 내 만성질환을 '극복'하는 길을 포기하고 내 아픈 몸을 그
대로 받아들이기로 했다. 진단받은 지 6년이 조금 넘었지만, 나는

여전히 배드민턴 코트 위를 날아다니며 스매싱을 내리꽂던 나를 추억한다. 영영 과거를 그리워만 하며, 운명을 원망하며 살 줄 알았는데, 이제는 내 아픔을 이렇게 말로 풀어서 사람들에게 들려줄 수 있게 되었다. 의사도 자세히 설명해주지 않는 내 통증을 몸으로 이해하고 거기에 익숙해져 간다.

수전 웬델Susan Wendell의 《거부당한 몸》에는 '삶의 속도'라는 개념이 나온다. 사회는 정상적인 삶의 속도를 사람들에게 요구하고, 그 속도에 맞지 않는 사람은 경주에서처럼 뒤처지게 된다. 그래서 나는 나만의 속도와 나만의 건강을 찾는 중이다. 내 친구는 자가면역질환이라 면역억제제를 먹어서 면역력을 어느 정도 낮춰야 하는 나의 건강을 이렇게 정의해 주었다. "면역 수치가 일정한 수준 이하로 유지되면서도 체력이나 컨디션이 호전되어 일상생활을 가볍게 영위할 수 있는 상태." 면역 수치가 '정상치' 미만인 게 나에게는 '정상'이다. '비정상'과 '정상'이 공존하고 둘이 잘 구분되지 않는 애매한 인간인 나는 '청춘'이 아닌 '아픈 청춘'으로 살고자 결심했다. 그리고 그런 내가 생존하기 위해 좀 느리고 아파도 배제되지 않는 세상을 만들어 보겠다고 결심한다. 나는 아프지만 살아있고, 아프게 살 것이다.

나는
나를 의심한다

아파서, 혹은 아플 것 같아서 수업에 빠지는 상황을 교수님들께 설명해야 할 때는 메일을 구구절절 써서 보내야 했다. 크론병은 다른 내부 장애를 수반하지 않는 이상 장애 등록이 안 되어서 나는 학교의 장애학생지원센터에 특수교육 대상자로 등록이 되지 않는다. 크론병으로 큰 수술을 하지 않았고, 보장구를 착용하지 않았기 때문에 겪는 어려움도 있었다. 이처럼 제도에 잡히지 않으니 어떤 상황이든 나를 정당화하는 것은 100퍼센트 나의 몫이었다.

다행히 나는 진단을 받은 상태였기에 크론병의 정의와 증상을 의학 용어를 섞어가면서 설명하곤 했다. 그 이후에는? 진인사대천

盡人事待天命. 메일을 다 쓰면 교수님의 결정을 기다린다. 나의 고통은 항상 상대방의 재량에 따라 인정되었다. 내가 만난 교수님들은 대부분 정말 좋은 분들이었고, 나의 상황을 이해해 주었지만, 이러한 전제 자체가 바뀌지는 않았다. 내가 '겉보기에 멀쩡'하다는 사실도 신경이 많이 쓰였다. 오히려 그걸 의식하니까, 나는 내 상태를 괜히 조금 더 심각해 보이게 묘사할 때도 있었다. 멀쩡해 보인다며 나를 거짓말쟁이 취급한 사람들 때문에 나는 정말 거짓말쟁이가 되었다.

내가 만성질환자이기는 하지만, 언제나 아픈 것은 아니다. 통증은 왔다가, 돌아갔다가, 어딘가로 사라졌다가 어느새 또 돌아오는 동네고양이 같은 존재이다. 그리고 통증이 돌아오면 나를 설명할 언어는 대체로 통증뿐이다. 전혜은은 '아픈 사람'을 "충분히 오래 아픈 바람에 '아프지 않은 나'를 기본 값으로 설정할 수 없는 사람을 가리키는 말"이라고 정의했다.[4] 여기서 진단명의 유무는 핵심이 아니었다. '아픔'은 진단명이 담아내지 못하는 나의 경험을 포괄하는 단어였고, '아프지 않은 나'보다 '아픈 나'가 더 일상적인 사람, 그래서 '아픔과 동떨어져서는 삶을 설명할 수도 설계할 수도 없는 사람'이 바로 '아픈 사람'이었다.[5]

나는 크론병이라는 단어로 충분히 설명할 수 없다. 질병의 이름에 집중하면 아무래도 그 질병의 증상으로 나의 일상이 환원되어 버리는 경향이 있는데, 그러기에는 내가 어려움을 겪는 지점이 크론병의 가장 흔한 증상과는 좀 다르기 때문이다. 평소에는 복통이 일상의 큰 부분을 차지하지 않고, 오히려 두통이나 기립성저혈압, 어지러움과 무기력이 더 문제이다. 평소와 다를 바 없이 걷다가 갑자기 머리가 핑 돌아서 벽에 몸을 기댈 때도 있고, 밥을 먹다가 난데없이 머리가 아파서 식사를 중단하기도 한다. 그리고 무엇을 먹든 종종 속이 안 좋아서 복통이 생긴다(크론병이 맞긴 하다). 항문에서는 거의 매일 피가 난다. 최근에는 아침에 제일 처음에 피가 좀 많이 나오고, 그 이후에는 조금만 묻어 나오는데, 이유는 정확히 모르겠다.

치료가 아닌 관리가 필요하고, 사회적 활동에 충분히 참여하기 힘들다는 점에서 만성질환은 장애 이론 안에서 장애와 함께 논의되곤 했다. 그러나 만성질환이 비가시적이라서 신체에 관한 낙인이 없는 경우가 많다는 점은 장애인 정체성 정치에서 장애와 만성질환을 구분하는 중요한 기준으로 작용하고 있다. 질병이 천벌이라는 식의 이야기는 동서고금을 막론하고 자주 보았으나, 자본주의, 특히 지금처럼 각자가 자기 몸을 경영해야 하는 현대 사회에서는 아픈 사람에게 자기 관리에 실패했다거나 게으르다는 낙인이 찍힌다. '아픈 사람'은 이러한 공백과 특수한 상황들도 모두 담아낼 수 있는 개념 같았다. 그러나 통증이 줄어드는 시기에 나는 몸의 다른 감각에 더 집중하게 된다.

최근에는 내 몸이 무력하다는 생각을 많이 했다. 무력하다는 말은 사회적인 의미에서도 자주 사용되는데, 나에게 사회적·신체적 층위에서 오는 두 가지 무력감은 서로를 강화했다. 무엇이 먼저였는지는 알 수 없으나, 나의 아픈 경험이나 장애와 관련한 지식을 아무런 의미가 없는 듯 취급하는 사람들처럼 나를 전혀 존중하지 않는 이들을 마주하면 나는 극도의 무력함을 느꼈다. 그러면 나는 정말로 몸에 힘이 빠지기 시작했다. 주로 상체부터 힘이 슬슬 빠지고 걷기가 점점 힘들어지고, 곧 의식은 멀쩡한 채로 몸은 거의 움직일 수 없는 상태가 된다. 그러면 나 자신이 무능하고 한심하다는 생각을 하면서 감정과 사회적 관계의 측면에서도 더욱 무력해진다. 이 악순환.

이 악순환에는 면역억제제도 한몫한다. 면역억제제의 부작용에는 무력감도 있다. 의사들도 이를 미리 경고하는 일이 있다. 이유는 여러 가지가 있겠으나, 내가 불안과 우울 때문에 정신과에 다니며 약을 받아서 먹은 원인에는 면역억제제도 분명 포함된다. 과도한 면역반응이 일어나는 자가면역질환의 특성상, 서구 의학에서는 면역력을 조절하여 증상을 완화하고자 한다. (제대로 지키지는 못하지만 어쨌든) 매일 정해진 시간에 일정량의 면역억제제를, 내 경우에는 아자티오프린을 세 알 복용하여 면역력을 '정상치' 미만으로 낮추어야 한다. 면역력이 약해진다는 건 통상적으로 몸이 약해진다는 것을 의미한다. 당연히 외부 세균이나 바이러스에 약하고 쉽게 감염되며, 한번 감염되면 쉽게 낫지 않는다. 그래서 항상 조심하며 살아야 한다. 과외 학생이 감기에 걸려서 오면 나는 속수무책으로 옮아서 일주일 정도를 앓아눕는다. 감기는 순식간에 여러 염증으로 퍼져나가고, 나는 있던 모든 일정을 취소해야 한다. 나는 아프지 않기 위해 약해져야 한다.

그렇게 약해진 나는 놀다가도 쓰러지고, 일하다가도 쓰러졌다. 쓰러지면 해야 하는 일을 마칠 수 없다. 여기서 어김없이 고개를 드는 자기혐오. 내 몸이 의지대로 따라와주지 않고, 계속해서 몸에 굴복하는 일상은 학교를 그만두고 싶을 만큼 무력하기도 했다. 통증이 거의 없는 시기에도 겁이 많은 건 어쩌면 자연스러운 일이다. 겁이 많다는 사실도 나를 힘 빠지게 했다. 20대, 청춘을 특징짓는 말에는 '도전'과 '열정'이 반드시 들어간다. 20대에만 할 수 있는, 청춘이라면 이 정도는 할 수 있어야 하는 도전 정신. 열정으로 똘똘 뭉쳐 영어와 중국어와 건강을 단련하는 열정. 거기에 젊은 남성은 철도 씹어먹을 만큼 강해야 한다. '스태미너'라는 모호한 단어나 "남자는 힘!"이라는 식으로 규정되는 남성의 신체적 자격. 나에게는 이 모든 것이 요구되었다. 주변에서 나에게 직접 이를 요구하지는 않았더라도, 어디서나 청년 남성은 이런 식으로만 규정되었다.

나에게 그런 단어들은 별로 와닿지 않았다. 오히려 거부감을 느꼈다. 겉보기에는 어땠을지 몰라도, 나에게 나는 멋지고 자신 있는 사람보다는 약하고 찌질한 쪽에 가까우니까. 아프고 체력이 없어서 '노오력'하기 어려운 상황에 있는, 아프다 보니 겁이 많아져서 도전 정신과 열정도 사그라든 나는 건강하고 열정적이고 활력 넘치는 20대 청춘 남성들 사이에서 유독 나약하고 게을러 보일 수밖에 없다. 당연히 "남자는 자신감"이라는 이상한 표현도 나에게는 별로 와닿지 않는다. 그래서 더 멋진 사람이 되고 싶다고 설치며 살았을지도 모르겠다.

　나의 경험은 시기에 따라 나에게 다른 이름을 찾길 요구했다. 관해기인 나에게 '아픈 사람'이라는 말은 충분하지 않았고, 증상이 약해도 내가 겪는 감정을 묘사하려고 새로 찾은 '무력한 사람'이라는 말도 그렇다. 증상으로 인한 아픔, 증상과 직접 관련 없이 겪는 감정은 모두 나의 일상을 구성한다. 최근에는 '약한 사람'은 어떨지 생각한다. 증상이나 감정에 국한되지 않고, 이를 포괄하는 다소 모호한 말. 그래서 범주가 너무 넓은 것은 아닌지 고민이 들기도 하지만, 면역력이 낮아서 몸을 조심하는 불안과 함께 살아가는 내 모습에는 다른 표현들보다 잘 어울린다. 그러나 이렇게 이름 붙이기를 통해 어떤 정체성을 만드는 일은 필연적으로 어떤 불만족으로 이어졌다. 만성질환자의 몸은 불안정하기 때문이다. 계속 변하는 몸의 상태에 매번 다른 이름을 붙이는 일은 나름의 재미가 있기도 했으나, 어딘가 허무하다는 느낌을 지울 수 없었다. 주로 증상을 토대로 모호하게 붙인 그 이름에 내가 구속되는 것 같기도 했다.

　한편으로 이는 내가 나의 몸을 여전히 의심하기에, 내 몸의 경험을 그대로 받아들이지 못하고 내가 나의 바깥의 어떤 집단에 속함으로써 나를 입증하고자 하는 욕망이었을지도 모르겠다. 그러나 이어질 글들에서 드러나듯, 나는 소속감이 없는 상태에 점차 익숙해지고 있다. 나는 나를 설명할 때, 내가 굳이 선택하고 싶지 않은 말들을 꼭 뱉어야만 하는 순간들이 있다. 만성질환자라는 표현도 고민이 많다. 의료적인 표현이라서 나의 경험 중 많은 부분을 제거해 버리고, 나를 설명할 때 계속 의학에 빌붙는다는 느낌이 들기 때문이다. 하지만 이 지점도 받아들이기로 했다. 의료적 조치가 일상의 전제인 한, 의학 없이 나를 설명하기는 쉽지 않다. 다만 나의 삶이 의료적 용어로만 수렴되지 않는다면 충분하지 않을까.

나의 몸을 영영 믿지 못할지도 모르지만, 나는 아마 그런 의심마저 받아들여야 할 것이다. 아직 방법은 모르겠지만 말이다. 내몸이 나를 계속 배신하고, 내 통제 바깥에 있고, 내 의지를 벗어나는 순간들에 나는 내가 살아있음을 느끼기도 한다.

나는 내가 여전히 느끼는지 확인하려고 나 자신에게 상처를 입힌다.
I hurt myself today to see if I still feel.

−나인 인치 네일스Nine Inch Nails, 〈Hurt〉

통증을 느끼는 순간은 그것이 좋든 싫든 내가 살아있음을 확인하는 순간이기도 하다. 한편으로 내가 나의 몸에게 배신당하고, 나를 의심하게 되는 순간들도, 나에게는 내가 여전히 몸을 느끼며 살아있음을 보여주는 증표일 수도 있다.

나는 나를 의심하면서 나를 의식하고 확인한다. 나를 정당화해줄 이름이 필요하지 않다는 사실을 받아들이기 위한 선제 조건은 바로 이 의심을 수용하는 일일 테다.

'점'이 아니라 '선'

운동, 특히 배드민턴은 내 삶에 큰 전환점이자 가장 큰 상실 중 하나로 남아있다. 크론병 이전에 나는 평생 아픈 적이 별로 없었다. 오히려 아주 건강한 편이었다. 하지만 키가 크고 '식스팩'이 있는 몸이 남성적 미의 기준인 한국 사회에서, 체력과 무관하게 키가 작고 통통한 나의 체형은 어릴 때 성장호르몬 주사와 함께 주입받은 '이상적인 남성상'이 아니었다. 키에 비교하면 살집이 있는 편이라 힘이 대단히 부족하지도 않고 체력도 괜찮은 편이었지만, 잘하는 운동이 한 개도 없었다.

나는 남자 중학교와 남자 고등학교를 나왔는데, 내가 다닌 학교에서는 주로 축구 아니면 농구를, 아니면 싸움을 잘하는 학생들이 소위 '인싸'가 되었다. 아니면 게임을 잘해야 했는데, 나는 어느 쪽도 아니었다. 공부도 그저 그랬으니 학교 안에서 내가 인정받을 만한 지표는 별로 없었다. 나는 그럭저럭 지내는 말 많은 싸가지였다.

고등학교에서도 상황은 크게 다르지 않았다. 여기서도 나는 키가 작아서 무시당하고, 살이 쪘다고 놀림받았다. 1학년 때까지는 성적도 그저 그랬다. 담배를 피우지도 않았고, '여자를 만나서 어떻게 해보려고' 하지도 않았다. 좋아하는 걸 그룹도 없었기에 "혹시 게이냐"라는 동성애 혐오적 의심에 맞닥뜨리기도 했다. 나는 내가 있는 그대로 지낼 때 '남자'로 인정받은 적이 별로 없었다.

그러다 드디어 운동을 시작했다. 배드민턴. 고등학교에 오니 배드민턴 방과 후 교실이 있었다. 의외로 적성에 잘 맞았다. 알고 보니 나는 반사 신경이 괜찮은 편이었다. 체육 시간에 '잘 뛰기만 하는' 나에게 드디어 잘하는 운동이 생기다니! 전국구 수준의 실력자가 같은 학교였는데, 배드민턴을 같이 치다가 친구가 돼서 그 친구의 지도를 받았다. 배드민턴 실력은 더 빠르게 좋아졌다.

초보자들이 으레 그렇듯 나도 실력보다 장비가 우선이었다. 큰 배드민턴 용품 쇼핑몰 웹사이트에서 요넥스 운동복과 학교 선생님들이 사용하는 셔틀콕을 장바구니에 넣고, 내 지갑 사정은 신경 쓰지 않은 채 비싼 라켓들을 구경했다.

학교에서 얼마나 열심히 배드민턴만 쳤는지, 고등학교 1학년 때

담임선생님은 나를 찾으러 교실이 아니라 체육관으로 왔다. 방과 후 수업 신청서를 받으면 배드민턴을 같이 치는 친구들과 청춘 드라마의 주인공들처럼 서로 잠시 눈빛을 교환한 후 조용히 가정 통신문을 책상 서랍에 넣고 라켓을 챙겼다.

계단을 오르내릴 때도 스텝을 연습하고, 버스에서 손잡이를 잡을 때도 배드민턴 라켓 잡는 모양을 연습했다. 모기를 잡을 때조차 파리채를 배드민턴 라켓처럼 휘둘렀다. 그렇게 연습에 연습을 거듭해서 실력이 많이 좋아진 후에도, 나는 나를 가르쳐주던 친구에게 맥을 못 추렸다. 배드민턴 라켓을 본인 팔처럼 다루고, 호탕한 웃음이 잘 어울리던 그 친구는 나에게 최고의 코치였고, 작은 키로 가장 강력한 스매시를 꽂아 넣던 정재성 선수는 나의 롤모델이었다.

배드민턴을 칠 때 나는 체육관의 주인공이 된 것 같았다. 작은 키와 뱃살로 종종 무시당하던 내 몸이 내가 친 셔틀콕만큼이나 가볍고 빨라지는 기분이었다. 내 특기는 셔틀콕을 높이, 멀리 보내는 하이 클리어와 예리한 각도로 빠르게 상대편의 발밑으로 보내는 스매시였다. 이 둘은 다른 기술보다 특히 힘이 강조되는 기술이고, 배드민턴을 잘 모르는 사람이 봐도 잘 친다는 느낌이 확 든다. 나는 학교에서 가장 강한 하이 클리어와 스매시를 구사하는 학생 중 하나였다. 주변에서 나오는 감탄사는 평생 겪어본 적 없는 것이었다. 나는 체육관에서 모두의 주목과 부러움을 한 몸에 받았다. 강한 힘을 과시할 수 있는 배드민턴은 내 몸의 가치를 매기는 가장 중요한 척도였다.

배드민턴에만 정신이 팔리니 아무래도 공부가 충분하지 않았다. 첫 번째 수능에서 원하던 만큼 성적을 받지 못한 나는 원서도 넣지 않고 바로 같은 해 12월부터 재수를 시작했다. 재수를 시작한 이후에는 한동안 운동을 까맣게 잊고 공부에 열중했다. 그러다가 항문 주위 농양이 생겼고, 나중에 알고 보니 크론병이었다.

항문 주위 농양 제거 수술을 받고 열흘 정도를 쉰 후에 학원에 돌아온 게 4월이었다. 2월에 본격적으로 시작하는 재수 학원에서, 나는 가장 처음의 딱딱한 분위기가 다 풀리기 전에 수술을 받느라 학원에서 사라졌다. 수술 이전에도 바로 앞이나 옆자리의 친구와 초콜릿 등을 주고받으며 이야기를 나누기도 했지만, 내가 수술을 받고 휴식하는 동안 친구들은 훨씬 친해져 있었다.

워낙 환대를 받아서 많이 힘들지는 않았지만, 여전히 친구들은 몸을 움직이며 더 친해졌다. 축구나 농구를 하다가 깁스를 한 채 목발을 짚고 등장하는 친구들이 있을 만큼, 수험 생활의 스트레스를 풀고 사람들끼리 가까워지는 데는 운동만한 것이 없었다. 아직 수술 부위가 아물지 않은 나는 거기에 동참할 수 없었다. 물론 옆에서 구경하며 누군가를 응원하거나 놀릴 수도 있었겠지만, 친구들이 즐겁게 운동하는 모습은 내가 지금 누리지 못하는 즐거움을 계속 상기시켰다. 그래서 나는 같은 시간에 대체로 혼자 음악을 들으면서 걸었다. 주로 거리가 조금 있는 주택가 깊이 혼자 들어가서 걸었고, 그쪽에서 아는 사람을 마주치는 일은 거의 없었다.

운동을 할 수 없던 기간에 깨달았다. 운동은 내가 느낀 것보다 나에게 더 큰 활동이었다는 것을. 배드민턴은 내 정체성을 만들어 주고, 유지해주고, 주변 사람들과의 관계를 형성해준, 청소년기의 가장 큰 전환점이었다. 하지만 수술로 인해 배드민턴을 포함하여 어떤 운동도 못 하게 되었고, 운동을 다시 시작했을 때는 몸이 전과 같지 않았다. 관성은 무서웠다. 연달아 서너 시간씩 쉬지도 않고 배드민턴을 치던 나는 온데간데없고, 쉬지 않고 30분을 움직이면 다행인 한 명의 환자가 있었다.

진단이 전부가 아니었다. 오랜만에 다시 운동을 시작하려고 학교 헬스장에 등록했는데, 수술 부위 근처에 종기가 생겼다. 헬스장을 그만둬야 했다. 아, 역시 나는 안 되는 걸까. 다음 방학에는 집 근처에 복싱장이 생겼다. 복싱에 대한 로망은 어릴 때부터 있었다. 움직임이 많고 힘들어서 다이어트 효과도 좋다는 이야기를 듣고, 옷장에서 동면 중인 예쁜 셔츠가 떠올랐다. 스트레칭, 줄넘기, 스쿼트와 같은 기본 운동에 복싱 연습까지 들어가니 한 시간이 어떻게 가는지도 모르고 즐겁게 운동했다. 땀 냄새는 싫어하지만, 땀을 흘릴 때의 개운함은 사랑하기 때문에 복싱장에 오래 다니고 싶었다.

하지만 염증은 기어코 나를 다시 찾아와서, 일주일 뒤에 농양 제거 수술을 받으러 병원에 가야 했다. 환부의 피부가 너무 얇아서 국소마취가 통하지 않았다. 얇은 피부에 주삿바늘만 몇 번이 꽂히고, 감각도 또렷이 깨어있는 상태에서 의사는 내 살을 자르고 안에 쌓인 염증을 제거했다. 개구리처럼 누워서 통증에 움직이지도 못하던 나의 모습을 잊을 수 없다. 이후에도 몇 번 운동을 시도했지만, 결말은 항생제였다. 수술 아니면 항생제로 끝난 경험들은 내가 운동을 다시 시작하기 어렵게 만드는 가장 큰 요인이었다.

이후로도 계속 운동을 다시 시작해볼까 생각했지만, 일단 운동을 하다가 멈추면 다시 시작하는 데 아주 큰 의지가 필요하다. 운동을 멈추면 체력이 떨어지고, 체력이 떨어지면 쉽게 지치기 때문이다. 몇 시간씩 뛰고도 아무렇지 않게 공부하거나 놀던 내가 이제는 플랭크 잠깐, 팔굽혀펴기 몇 개를 하고 지쳐버린다. 코로나19 때문에 환불받은 필라테스를 집에서라도 해보려고 유튜브를 보며 따라했으나, 땀을 흘리며 '아, 이제 끝났구나!' 생각한 순간 영상 속 트레이너는 '본 운동'에 들어갔다. 세상에나! 나는 영상을 끄고 샤워를 한 후 침대에 픽 쓰러져 한참을 쉬었다. 회복에는 운동한 시간보다 더 많은 시간이 필요했다. 얼마간의 적응 기간을 견뎌내면 점차 활동량을 늘릴 수 있겠지만, 이를 위해서는 주변 여러 환경이 받쳐주어야 한다. 운동할 시간, 회복할 시간이 있어야만 한다. 아픔과 체력 저하와 게으름은 이렇게나 깊이 연결되어 있다.

그러나 나에게는 운동 외에도 해야 할 공부와 일들이 있었다. 점심쯤 학교에 가서 회의나 조모임으로 늦게 귀가하는 일정에 약해진 몸을 가지고 운동을 다시 시작하기는 쉽지 않았다. 시간이 없다는 건 핑계라던 친구의 말에 큰 상처를 입은 기억이 있다. 내가 알지 못하는 몸의 사정이 있을지도 모르겠으나, 그 친구는 내가 아는 가장 건강한 사람 중 하나였기 때문이다. 건강한 사람들은 자꾸

나를 가르치려 들었다(헬스플레인health-plain이라고도 할 수 있겠다).[*]
배드민턴을 다시 시작해 보려고 한 적도 있었다. 결과는 참담했다.
친구와 나는 이삼십 분마다 자리에 앉아서 쉬었고, 이온 음료를 목
에다가 부어댔다. 셔틀콕은 걸핏하면 (아주 얄밉게도) 그물 정중앙
에 콕 박혔다. 친구는 손목이 아팠고, 나는 몸이 약했다. 몸의 상실
은 나의 상실로 다가왔다.

　이렇게 내 몸의 변화를 느낄 때마다 나는 다시 진단받는 기분이
었다. 그때의 그 말이 자꾸 다시 떠올랐다. "크론병입니다." 상실
은 진단받던 날에 끝나지 않았다. 상실은 여전히 내 몸을 맴돈다.
상실은 '점'이 아니라 '선'이었다.

* 리베카 솔닛이 《남자들은 자꾸 나를 가르치려 든다》에서 언급한 '맨스플레인(mansplain)'
　을 본따 만든 단어이다.

환우患友 가족의 탄생

수술과 진단 이후 가족의 모든 일정은 나에게 맞추어졌다. 아버지
는 병원에 오가는 내내 운전을 하고, 내 진료가 끝나길 기다리며
책을 읽고 일을 했다. 내가 학원에 못 가는 날에는 부모님이 종일
나를 돌봤고, 학원에 가는 날에는 어머니가 자주 밤을 새고 도시락
을 싸주었다. 올빼미 스타일인 어머니가 아침에 일찍 일어나기 어
렵다는 이유였다. 유학 도중에 간병을 위해 귀국한 어머니는 거의
아침마다 부엌에 있었다. 그 와중에도 영양 보충 이상의 의미를 주
려고 새로운 메뉴를 계속 시도했다. 당시에는 크론병 증상이 심해
서 먹을 수 있는 음식도 아주 제한적이었다. 밀가루, 기름진 음식,
매운 음식 등 아무튼 맛있는 건 전부 금지당했다. 어머니가 이 재

료들을 피해서 반찬을 주겠다고 오이의 중간을 파서 그 안에 여러 채소를 넣고 오이 백김치라는 생소한 음식을 만들어 주었던 게 떠오른다. 재료를 다 준비하고서도 한 조각을 만드는 데 10분은 족히 걸리게 생겼었다. 그 아삭하고 시원한 맛이 지금도 생생하다. 처음 만드는 요리들이라서 아마도 하나하나 레시피를 찾아봤을 것이다. 내가 알지 못한 채 잠든 부엌의 밤들이 있을 것이다. 그래서였을까, 내가 밤이나 새벽에 아파서 끙끙대도 부모님은 언제든 내 방으로 달려왔다. 아픈 아들의 도시락을 준비하고, 언제 들려올지 모르는 아들의 신음이나 비명에 대기하던 마음이 어땠을지 나는 쉽게 상상할 수 없다.

대학교 1학년 때는 마치 언제 아팠냐는 듯이 상태가 좋아졌다. 수능 보기 싫어서 꾀병을 부린 것이었을까, 하고 나 자신을 의심해보기도 했다. 그러나 내가 크론병을 잊을 때쯤이면 크론병은 다시금 나를 찾아왔다. 동아리, 자치단체 등에 들어가 활동하면서 일이 많아졌다. 만성질환자들이 으레 그렇듯 나도 안 아픈 척을 자주 했고, 나는 척을 꽤 잘하는 편이었다. 그렇게 주변 사람들을 속이다 보면 나 자신까지도 속이게 돼서 마치 내가 정말 괜찮은 상태인 것처럼 착각하게 된다. 그러다 보면 자연스레 과로하게 된다.

학교 축제 중에 종일 응원가를 부르고 연예인 공연이 이어지는 격렬한 행사가 있다. 나는 장애학우석의 안전 관리를 돕고 있었는데, 연예인이 등장하면 상황은 매우 피곤해진다. 좌석을 나눈 안전 펜스가 인파 때문에 흔들리기 때문이다. 나는 몇 시간 동안 펜스를 붙들고 서있었다. 행사가 끝나고 학생 대부분이 돌아간 뒤 나는 장애인권위원회실에서 쓰러졌다. 정신은 멀쩡한 채로 목 아래가 움직이지 않았다. 그날 아버지는 운전을 하고 어머니는 나를 부축해서 데리고 갔다. 아플 때 가장 힘이 된 사람들은 대체로 가족이었다.

하지만 슬프게도 항상 그렇지는 않았다. 나는 내가 아플 때의 표정이나 제스처를 잘 모르는데, 아플 때는 통증의 감각에 반쯤 지배당하고, 남는 정신은 몸의 균형을 간신히 잡는 데 다 써야 하기 때문이다. 어쩌면 너무나 당연한 사실일지도 모르지만, 아플 때 내가 짓는 표정이 내가 아주 기분이 나쁘거나 화가 났을 때와 비슷하다는 것을 가족과 있을 때 깨달았다. 하루는 난데없이 귀갓길의 버스에서 몸의 힘이 쭉 빠져나가기 시작했다. 걷기가 힘들었다. 목은 오른쪽으로 꺾여서 정수리가 창문에 인사하기 직전이었고, 당장 내려야 하는데 팔을 움직이기가 어려웠다. 가까스로 버스에서 내려 집에 데리러 와 달라고 연락했다. 조금만 더 가면 된다, 고지가 눈앞이다, 생각하며 갈지자로 걸었다.

집에 들어가서는 몸의 균형도 잡기가 어렵고 말도 하기 힘든 상황이라 마중 나온 어머니의 말에 제대로 대답을 못 했다. 그리고 나는 방에 가서 그대로 쓰러졌는데 이상하게도 그날따라 누구도 내 방으로 오지 않았다. 불러도 별 반응이 없었다. 알고 보니 부모님은 내가 기분이 나빠서 방에 혼자 누운 줄 알고 있었다. 내 표정과 반응을 인지할 여유도 없었던 나는, 바깥에서 질병을 의심받고 무시당한 경험들을 떠올리며, 집에서조차 아픔을 인정받지 못한다고 서러워했다. 그날 내가 울었는지 기억이 나지는 않지만, 울지 않았다고 확언할 수도 없다.

이런 일이 많지는 않았다. 오히려 거의 없어서 몇 안 되는 기억이 유독 생생할지도 모른다. 나조차도 내 질병에 익숙하지 않기에 주변에서 내 질병을 어색해하고 이해하지 못하는 것은 너무나 당연하다. 평생 서로 사랑하는 가족으로 살아도 온전히 이해해주길 바랄 수 없는 영역이 존재한다는 사실을 새삼스럽게 깨달았다.

가족 중 아픈 사람이 본인뿐이라 힘든 사람들도 있지만, 나는 경우가 조금 달랐다. 아버지는 평생 병원에 간 횟수를 손에 꼽을 만큼 건강한 사람이지만, 어머니는 평생 아팠다. 끊이지 않는 통증과 염증을 비롯하여 온갖 증상들로 일상생활이 어려울 정도였는데, 혈액검사, MRI, CT 등 어떤 검사를 해도 질병을 진단받지 못했다. 어머니는 결국 정신과로 갔지만 어떤 도움도 받지 못했다. "명확한 병명으로 진단될 때까지, 여성의 질병은 심인성이다."《의사는 왜 여자의 말을 믿지 않는가》라는 책에도 나온 것처럼 이는 지금도 (특히 여성인) 만성질환자들이 많이 겪는 일이다. 통증에 대한 여성의 증언은 무시되기 일쑤이고, 원인은 '마음가짐' 혹은 '히스테리'로 일축되곤 한다. 그렇게 질병을 진단받지 못하니 주변으로부터 인정도 받지 못하고, 몸을 존중받지 못한다. 하지만 어머니는 이걸 모두 '극복'했다. "죽을 만큼 해도 안 죽는다"를 좌우명 삼았고, 안 죽고 결혼, 출산, 육아, 석·박사 학위 취득을 모두 이뤄냈다.

그러다 보니 내가 쉽게 지치고 통증에 굴복하는 모습이 어머니에게는 '나약함'으로 보였다. 한편으로 이는 어머니가 아프다고 할 때마다 진단명이 없으니 "나약해서 그렇다"라는 말을 들은 것과도 관련될 것이다. 아버지도 어머니에게 그런 말을 한 적이 있는데, 그때의 경험 때문인지 어머니는 나에게 그런 말을 하지 않는다. 하지만 말을 안 할 뿐 기대치는 높았다. 본인이 아파봤기 때문이다. 죽을 만큼 해도 안 죽으니까 죽을 만큼 도전하길 바랐지만, 나는 어느 날부터 그런 무리한 도전 자체를 거부했다. 죽을 만큼 하면 정말 죽을 수 있다고 생각했고, 몸을 극한으로 몰아붙이고 싶지 않았다. 증상이 미미한 관해기였다가 갑자기 장에 천공이 생겼다는 환우의 이야기를 보았을 때도 나는 두려웠다. 아픈 적이 거의 없는 아버지, 아프지만 많은 걸 이뤄낸 어머니는 나의 두려움이나 머뭇거림을 쉽게 이해하지 못하거나 받아들이지 못했고, 나는 처음 겪는 불안과 나약한 나 자신을 제대로 설명해내지 못했다. 치료를 적극적으로 바라는 대신 번듯한 진로를 포기하는 일은 결코 나에게만 힘든 것이 아니었다. 나의 나약함이 이해받기까지 많은 대화가 필요했고, 많은 슬픔이 필요했다.

지금은 둘 중 누구도 나에게 극복을 요구하지 않는다. 다만 건강에 국한하여 어느 수준의 보호주의가 작동하고 있을 뿐이다. 식단에서 나의 결정권은 내 평생 가져본 어떤 결정권보다도 좁다. 입맛이 없어도 밥만큼은 먹을 수 있는 범위 안에서 똑바로 챙겨 먹어야만 한다. 아무리 세상이 엿 같아도 소주가 아니라 사이다가 최대의 일탈이다(아주 가끔 청주나 막걸리는 약간 마신다). 분명 내가 나의 몸을 망치고 싶은 날들이 있다. 생각보다 많다. 하지만 나는 나를 어떤 방식으로든 지켜야 한다.

내가 나를 돌보는 데 익숙하지 않다면 누군가 나를 도울 사람이 필요하다. 아픈 사람은 가족이든, 이웃이든, 친구든, 건물 관리인이든, 물리적으로 가까운 누군가의 도움이 필요하다. 갑자기 발생한 지진에서 전문 인력 투입 이전에 이웃들의 네트워크가 생존에 큰 영향을 주는 것처럼, 갑작스러운 통증에서도 제도적 조치를 기다리는 동안에는 사적인 돌봄이 필요할 수밖에 없으니까.

하지만 모두가 이런 돌봄을 받을 수 있는 것은 아니다. 가족이 없기도 하고, 가족이 병을 의심해서 차라리 독립하고 싶지만 아프니 돈을 벌기 힘들어서 그마저 어려운 사람들이 있다. 나는 운이 좋은 편이지만, 아픈 사람의 일상이 온전히 운에 의존하는 사회는 바람직하지 않다. 아픈 사람이 먹을 수 있는 도시락을 어디서나 선택할 수 있게 하는 정책이나 법이 있다면 건강하지 않은 어머니가 밤새며 내 도시락을 쌀 이유가 없었을 것이고, 아픈 사람의 이동을 위한 교통 서비스가 있었다면 아버지가 매일같이 나를 병원에 데려다 줄 필요가 없었을 것이다.

"집 나가서 아프면 서럽다"라거나 "집 나가면 개고생"이라는 말은 집이 존재하고, 그 집에서는 보호받을 수 있음을 전제하고 있다. 그 집은 또한 '가족'이 함께 사는 상황을 전제한다. 복지도 여

전히 가족에게 맡기거나 가족 단위로 계산한다. 그러나 친족으로
만 구성된 '가족'이 복지의 단위가 되면, 가족 안에서 안전하지 않
거나 집에서 나와 혼자 사는 사람들에게는 복지가 닿을 수 없다.

종기 선배, 농양 후배

당장 아픈 사람들이 의존할 수 있는 기반이 충분하지 않은 사회에
서 적지 않은 이들에게 기댈 구석은 가족, 지인들이나 환우들이다.
최근 어머니의 모습을 보면서 나는 환우 관계의 중요성을 더욱 크
게 느꼈다. 어머니는 평생 원인 모를 온갖 증상에 시달렸다. 기면
증, 코피, 구토, 위장 기능 저하, 끝나지 않는 피로, 두통과 어지럼
증. 검사에서는 아무것도 나오지 않았고, 의사들은 어머니의 말을
무시했다. 어머니는 혼자서 자료를 찾아가며 자신이 자율신경계수
조증은 아닐까 생각했지만 그 병은 진단도 어려운 희귀 질환이다.
어머니는 말했다. "그래도 진단받았으면 더 좋았을 거야. 적어도
왜 아픈지는 아니까."
　비슷한 말을 몇 번은 들은 것 같다. 이름 없는 통증에 어머니는
얼마나 답답했을까. 어릴 때 나는 친구들 집에 가서 노는 걸 좋아
했는데 친구들은 우리 집에 올 수 없었다. 어머니는 항상 누워있었
기 때문이다. 여기에 불만을 가진 적은 없었다. 원래 많은 시간을
누워서 보내는 사람인 줄 알았다. 우울증과 불면증으로 밤에 잠도

잘 들지 못해서 사실상 낮과 밤이 바뀐 채 오래 지냈다. 그런데 3년 쯤 전부터 증상들이 조금씩 사라지기 시작했다. 워낙 증상이 다양했기 때문에 이미 사라진 것들도 있었지만 우울증이 특히 개선되었다. 여전히 몸이 좋은 날이 많지는 않았지만 이제 마냥 아프기만 한 사람은 아니었다.

날이 갈수록 어머니의 체력은 조금씩 좋아졌고 최근에는 아프다는 생각도 별로 못할 만큼 일상에 활력이 있었다. 그런데 얼마 전 갑자기 극심한 어지럼증과 이명이 찾아왔다. 이번에도 원인은 몰랐다. 코로나19 때문에 조심하느라 자가 격리 중이었던 나만 빼고, 부모님은 이비인후과를 찾았다. 그곳에서 어머니는 메니에르병을 진단받았다. 차라리 편하다고 했다. 무슨 병인지 알았으니 약을 먹어서 관리할 수도 있고, 자신의 의지나 정신력의 문제가 아니라는 사실을 인정받은 느낌이라고. 다른 사람들에게 몸 상태를 표현하기에도 훨씬 수월해졌다.

어지럼증과 이명으로 이비인후과를 찾기 직전 어머니는 처음으로 농양 수술을 받았다. 평소 어머니는 몸에 종기가 자주 났는데 크론병을 진단받은 후 언젠가부터 나의 몸에도 종기가 나기 시작했다. 사실 크론병 자체에 대해서 누군가에게 조언을 받은 경험은 거의 없었다. 내 주변 대부분에게 나는 처음 만난 크론병 환자였으니까. 그런데 나에게 종기가 생기면서부터 어머니는 나에게 '종기 선배'가 되었다. 어떤 약을 먹어야 하고, 엉덩이에 종기가 나면 앉거나 누울 때 어떻게 해야 하며, 어떻게 하면 조금 덜 아프며, 어느 시점에 수술을 받으러 가야 하는지 등을 상세히 설명해 주었다. 수십 년 동안 겪은 온갖 종기가 남긴 지식이었다. 둘 다 종기가 있을 때는 환우로서의 동지애 같은 것이 느껴지기도 했다.

그러나 이번에 어머니가 받은 신체 부위의 농양 수술에 관해서는 내가 선배였다. 어머니가 수술 후 환부에 관을 삽입한 채 지내는 불편함이나, 환부 세척 및 진료를 위해 병원에 방문할 때의 고통과 같은 것들을 토로하면 나는 내 경험을 떠올리며 자연스럽게 이야기를 이어갈 수 있었다. 그렇게 '종기 선배'였던 어머니는 '농양 후배'가 되었다. 부모가 모든 면에서 자식보다 선배인 것은 아님을 잘 알지만 그래도 어딘가 재밌는 상황이었다.

나에게는 메니에르병을 갖고 살아가는 친구가 두 명 있다. 어머니가 메니에르병 의심 상태라서 검사를 기다리는 중이라고 말하자, 그 중 한 친구가 나에게 전화를 걸어서 증상-검사-진단의 과정을 포함하여 약과 병원까지 구체적으로 추천해 주었다. 어머니는 옆에서 통화 내용을 경청했다. 다른 친구에게도 연락이 와서 대화를 나누었는데, 그때는 메니에르병 진단 이후였다. 친구에게 어머니도 메니에르병이라고 말하자 짠 음식만은 절대 먹으면 안 된다고 신신당부했다. 관리가 잘 안 되면 자신처럼 청력을 잃을 수 있다는 이야기도. 둘 다 몇 년째 메니에르병과 함께 살아가고 있기에 그들의 이야기는 막 진단을 받은 어머니에게 정말 중요한 정보였다. 내 친구들은 어머니의 메니에르병 선배가 되었다.

환우들의 대화 속에서 나는 질병이 가치 있는 경험이 되는 장면을 목격한다. 어머니와 내가 서로에게, 내 친구들이 나의 어머니에게 하는 이야기들은 평소에 꺼내기 어렵거나 꺼내면 안 되는 내용이다. 사람들은 아픈 이야기를 듣지 않으려 한다. 꺼내면 듣기야 하지만, 대부분 안타깝게 여기거나 불편해서 얼른 끝나길 바란다. 그래서 나는 더욱 아픈 이야기를 꺼내려 한다. 사람들과 만났을 때도, SNS에서도 아픈 이야기를 자주 하면서 나는 다른 사람들이 아플 때 함께일 수 있었다. 자신의 변에 피가 섞여 나오거나, 배가 자주 아프거나, 몸 상태가 좋지 않을 때 나에게 연락해서 조언을 구한 친구들이 있었다. 내가 실질적으로 도움이 되었는지 확신은 없지만, 나는 진심으로 그들에게 내 지식을 알려주고 그들의 걱정에 공감할 수 있었다. 그것은 전적으로 내가 나의 상황을 받아들이려고 노력하는 아픈 사람이기 때문이었다. 내가 아프더라도 사람들에게 나의 경험을 밝히지 않았다면, 사람들은 걱정이 있어도 나를 찾지 않았을 것이다. 만약 내가 믿음직한 사람이었더라도, 내가 나의 경험을 반추하고 타인의 아픈 경험을 가치 있게 여기는 사람이 아니었다면 나는 그들에게 진심으로 공감할 수 없었을 것이다.

사람들이 아픈 이야기를 꺼리는 이유는 아픔을 두려워하기 때문이다. 이는 다시 '통증, 한계, 괴로움, 죽음에 대한 문화적 침묵'으로 이어져서 아픔에 대한 두려움을 강화한다.[6] 아픈 사람들이 자신의 통증, 질병의 이야기를 세상에 꺼내놓는 일은 이러한 악순환을 끝낼 것이다. 만성질환과 함께 살아가는 페미니스트 학자 수

전 웬델은 "통증을 갖고 있는 사람들과 통증에 대한 지식은 모두의
이익을 위해 문화 속에 완전히 통합될 수 있다"라고 말했다.[7] 이는
몸이 근본적으로 건강하기보다 취약하고 불완전한 존재임을 인정
하는 일이다. 누구의 몸도 완전하지 않다. 아픈 몸을 존중하는 문
화에서만 모든 몸이 있는 그대로 존중받을 수 있다.

어머니는 나와 내 친구들의 질병 경험에만 도움을 받은 것이 아
니다. 어머니는 원래 커피를 하루에도 몇 잔씩 마시는데, 메니에르
병 환자는 카페인을 섭취하면 안 된다. 어머니의 상실감은 아마 내
가 술을 금지당했을 때보다 컸을 것이다. 카페인을 못 먹으니 아주
큰 문제가 생겼다. 카페인은 콜라에도 있었다. 건강 때문에 자주
마시지는 않지만, 가끔도 마시면 안 된다는 이야기에 어머니의 스
트레스는 더욱 커졌다. 그때 어머니를 구원한 건 어느 블로거가 임
신 당시에 쓴 포스팅이었다. 사이다에는 카페인이 없다는 것. 어머
니는 확실히 카페인이 없는 사이다를 사고, 일리의 디카페인 커피
를 산 후에야 웃음을 되찾았다. 질병만이 아니라 임신처럼 행동이
제약되는 몸의 경험이라면 다른 누군가에게 도움이 될 수 있다. 아
픈 몸뿐 아니라 모든 몸의 이야기가 자유롭게 오갈 수 있어야만 어
떤 몸도 외롭지 않을 수 있다.

게으름과 귀찮음, 그리고 운동 후 겪은 몇 번의 좋지 않은 기억
으로 인해 나는 오랫동안 제대로 운동을 하지 않았다. 체력은 꾸준
히 떨어졌고, 혈압에 문제가 없음에도 기립성저혈압 증상을 경험
했다. 그러다 보니 걷다가 앉으면 어지러워서 기댈 곳을 찾게 되었

다. 그제야 나는 어머니를 26년 만에 이해할 수 있게 되었다. 어머
니는 어딜 가든 벽 쪽에 앉아서 기댈 벽을 마련해 두는데, 전에는
이를 이해하지 못했다. 그러나 얼마 전 내가 카페에 앉아서 벽에
기대야만 앞의 사람과 제대로 대화를 나눌 수 있게 되자 어머니의
행동의 의미를 알 수 있었다. 집에 돌아가 어머니에게 그 사실을
이야기하자 어머니는 내가 안타깝다는 표정이었지만, 그게 전부는
아니었다. 점점 나와 어머니는 환우가 되어간다. 이 사실이 슬프지
만은 않다. 나와 어머니가 집에서 아픈 이야기를 서로 "그치, 그
치!" 하면서 나누고 있을 때, 아버지의 모습은 군필인 친구들 사이
에 낀 미필인 나와 같았다. 재밌는 장면이었다.

　아픈 이야기를 꺼내고, 나누고, 서로의 경험을 존중하고, 그 경
험의 가치를 이해하는 일은 사람들을 연결해서 더 많은 이가 있는
그대로 살아갈 수 있도록 할 것이다. 나와 어머니, 나의 친구들과
어머니, 어느 이름 모를 블로거와 어머니가 그랬듯, 더 많은 아픈
사람들이 '환우患友'로 만나서 이야기를 나눌 수 있으면 좋겠다. 가
족이라는 경계를 넘어서 아픈 사람들이 살아갈 수 있어야 한다는
것은 한편으로 가족이라는 개념 자체를 다시 생각해 보아야 한다
는 의미이기도 하다. 문화권에 따라서 직접 '피'로 이어지지 않은
사람들이 가족으로 함께 사는 일도 많다. 어쩌면 우리는 '가족'을
몸의 경험을 함께하는 사람들로 정의해볼 수도 있지 않을까? 밥을
같이 먹는 사람이라는 의미의 '식구食口'처럼 말이다. 피가 섞인 사
람만이 속하고, 결혼과 출생만으로 확장되는 폐쇄적인 가족이 아

닌, 어떤 경험을 함께 나누고 서로를 돌보는 공동체가 필요하다.
여기서 '가족'이라는 이름 자체는 중요하지 않을지도 모르겠다.

아플 걸 알지만
떡볶이는 먹고 싶어

나는 몸이 안 좋거나 속이 불편하거나 건강이 나빠지면 꼭 쌀국수를 먹는다. 쌀국수가 나의 소울 푸드가 된 건 2014년 봄이었다. 그때 나는 항문 주위 농양 제거 수술을 받았는데, 수술 이후 문제가 된 건 계속해서 고름이 나오는 수술 부위만이 아니었다. 나는 어릴 때부터 구내염이 자주 생겼다. 너무 피곤하거나 밥을 신나게 먹다가 실수로 입안을 씹으면 꼭 움푹 파인 허연 염증이 생기곤 했다. 그래서 구내염을 방지하는 방법도, 생긴 구내염을 빠르게 치료하는 방법도 알고 있다.

그런데 농양 제거 수술을 받은 이후 갑자기 물도 마시기 힘들 정도로 입과 목구멍이 아팠다. 머릿속 내내 단말마의 비명만이 울려 퍼졌다. 어머니는 '영화에 나오는 에일리언 알' 같은 게 내 목구멍에 가득하다고 했다. 한두 개도 아니고 일곱 개의 구내염이 나란히 목구멍을 에워싸고 있었다. 치과로 갔지만 거기서도 방법은 알보칠뿐이었다. 참고로 알보칠은 구내염을 치료하는 약인데 엄청나게 독하다. 오죽하면 알보칠 때문에 아프기 싫어서 구내염을 참고 버틴 적도 있다. 그런 알보칠을 구내염 일곱 개에 연달아 바르다니. 다시 떠올리고 싶지도 않다. 그런데 염증이 낫지도 않았다. 그렇게 억울했던 날은 평생 손에 꼽는다.

나는 그렇게 농양 수술의 후유증과 구내염을 동시에 경험했다. 평소 바닥에 이불을 깔고 자는데 수술 부위가 항문이다 보니 딱딱한 곳에 앉거나 누울 수가 없었다. 그래서 아주 푹신한 소파에서 잤는데, 아침에 일어나면 내 무게에 소파가 눌려서 내 몸이 빨려 들어가 있었다. 푹신한 곳에 누웠을 때의 문제는 일어날 때 딱딱한 바닥에서보다 더 큰 힘이 필요하다는 것이다. 몸을 일으키는 것 자체가 전쟁이었다. 물을 마시고 싶다고 말을 하려는데 구내염 때문에 말이 나오지 않았다. 유일한 방법은 식염수를 입에 넣고 목으로 가글하기. 그렇게 해서 아주 잠깐 말할 수 있을 때 나는 물을 달라고 했다. 그런데 물을 마시니까 목이 찢어질 것처럼 아팠다. 심지어 침을 삼키는 것마저 아팠다. 완전한 절망이었다. 크론병 진단을 받은 후에야 나는 그 염증들이 소장으로부터 소화기를 타고 올라온 것이었을지 모른다고 추측할 수 있게 되었다.

치과를 다녀와도 해결이 안 되고, 집에서 해결할 방법은 더더욱 없으니 너무 난감했다. 마지막 방법으로 한의원에 가기 전, 나는 어떻게든 속을 채워야 했다. 부모님은 편의점이 보일 때마다 차를 세웠다. 안 아플 것 같은 미끄럽고 부드러운 음식을 종류별로 다 사봤다. 젤리, 푸딩, 요거트. 소용이 없었다. 모든 음식이 아팠다. 물조차 마실 수 없는 지경에 침을 삼키는 것마저 따가웠으니 사실상 희망은 없었다. 체념했다.

진료가 끝난 후 베트남 쌀국수를 파는 식당으로 밥을 먹으러 갔다. 물론 나는 아무것도 못 먹는다고 생각했다. 그때까지 나는 쌀국수를 한 번도 먹어본 적이 없었다. 그러다가 따뜻한 쌀국수 국물을 호오 불어서 딱 한 숟가락 떠먹었는데, 세상에나, 안 아팠다! 정말 그때 당시에도 믿을 수 없었고 다시 돌이켜봐도 황당한데, 어떻게 설명해야 할지 모르겠지만 푸딩, 흰죽, 물, 침에마저 반응하던 구내염들이 쌀국수 국물에는 반응하질 않았다. 도대체 이게 무슨 일이란 말인가? 쌀국수, 쌀국수, 난데없이 등장한 나의 구원자 쌀국수. 그때의 감격을 지금도 잊을 수 없다. 쌀국수 국물이 나의 염증 위로 매끄럽게 넘어가던 그 순간 나를 포함해서 그 자리에 있던 사람들은 기쁘기보다는 놀랐고 황당했다. "도대체 왜? 물도 안 되는데 왜 쌀국수만?" 그때도, 지금도 이해할 수 없다.

사실 이건 나의 아주 일상적인 경험이기도 하다. 내가 먹어도 되는 음식과 피해야 하는 음식은 뚜렷하게 정해져있지 않다. 나는 원래 자극적인 음식, 특히 매운 음식을 굉장히 좋아한다. 그래서 아플지도 모르지만, 종종 위험을 어느 정도 감수하면서 모험을 감행하곤 한다. 하지만 대체 어느 정도면 괜찮은 걸까? 똑같은 곳에서 주문한 떡볶이가 어느 날에는 괜찮고 어느 날에는 아프다. 똑같은 라면이 어느 날에는 괜찮고 어느 날에는 아프다. 하지만 포기할 수 없다. 먹을 수 있는 메뉴가 제한적인 나의 인생에서 만족스러운 식사는 삶의 질을 결정하는 상당히 중요한 요소이기 때문이다.

그래서 한동안 식단 일기를 썼다. 어떤 음식을 먹었는지, 그 음식이 맵거나 기름지거나 짰는지, 평소보다 많이 먹었는지, 먹은 후에 가스는 얼마나 찼는지 다이어리에 꼼꼼히 적던 날들도 있었다. 그러나 같은 음식을 먹어도 몸 상태에 따라 결과가 천차만별이었기 때문에, 일기 쓰는 일에서 별 의미를 찾지 못했다. 그렇지만 몸 상태가 안 좋을 때 반드시 피해야 하는 음식이 무엇인지는 꼭 알아야겠다는 생각이 들었다. 같은 음식도 몸 상태에 따라 다르게 반응하긴 하지만, 그 몸 상태를 만드는 건 이전에 먹은 음식이다. 같은 음식도 쌓이면 부담스러울 수 있다.

사실 식단 일기를 쓰는 가장 중요한 이유는 내가 참고할 자료 자체가 별로 없기 때문이다. 크론환우회에서 가장 많이 나오는 이야기는 바로 이것이다. "자기 자신의 몸에 맞는 걸 찾아라." 식단도 마찬가지이다. 크론환우회 카페에 권장 식단이 적혀있기는 하지만 이는 어디까지나 예시에 불과하다. 물론 최대한 안전하게 한다면 "이것만 먹으면 된다"라고 말할 수 있겠지만, 나의 존재 이유가 단지 통증을 완화하기 위함은 아니지 않나. 아픈 사람도 사람이고, 아픈 사람도 맛있는 걸 먹고 싶다. 심지어는 조금 고통스럽더라도 말이다. 가끔은 뻔히 아플 걸 알면서도 술을 한 입 마시고 곧 화장실로 뛰어가기도 한다. 조만간 칵테일도 도전해보려 한다. 내삶의 목표는 관해기 유지가 아니니까.

만성질환자의 식단은 정말 다양하다. 나는 완전 채식을 시도한지 열흘째 되던 날 머리가 핑 돌면서 쓰러질 뻔했다. 내가 메뉴 선정을 잘못해서일지도 모르지만, 그 이후로 나는 여러 끼니를 연달아 채식으로 해결하는 게 두렵다. 환우회나 병원에서 찾아볼 수있는 많은 식단에도 동물성 음식이 꼭 들어가 있다. 어떤 자료들에서는 채식이 낫다는 이야기도 있지만, 진료실이나 환우회 등 가까운 데서 나온 정보와 당장 효과를 본 식단에 좀 더 기댈 수밖에없는 것이 현실이다. 그런데 또 어떤 만성질환자는 완전 채식으로만 먹어야 하고, 어떤 만성질환자는 과일과 붉은 고기만 먹기도한다. 같은 크론병 환자도 식단이 다르고 만성질환의 종류에 따라서도 정말 다양한 식단이 존재한다. 나에게는 어처구니없게도 쌀국수가 가장 안전한 음식이다. 면이 쌀이니까 글루텐이 없어서 안전하지 않을까. 하지만 밀이나 쌀 때문에 아프기도 하다.

집에 있을 때는 재료를 자유롭게 조정할 수가 있지만 밖에서는힘들다. 대학가에서는 주로 기름지고 매운 음식을 판다. 술, 고기, 치킨, 피자가 없는 대학가는 드물다. 가능하면 피하려고 노력하지만, 정말이지 선택지가 없는 날들이 있다. 그리고 공익 캠페인 표어 같기는 하지만, 한 번의 잘못된 식사가 적어도 하루, 심하면 일주일을 망친다. 자극적인 음식을 피하고 남는 건 주로 밥이나 면인데, 밥이나 면도 먹으면 속이 안 좋다. 복통보다는 가스가 찬다. 계속 방귀가 나올 것처럼 속이 부풀어있는 상태는 혼자 방에 있는 것이 아닌 한 대처하기가 가장 어려운 상황 중 하나이다. 이러다 보니 입맛이 사라졌다. 불안이나 우울도 작용했겠지만, 일단 먹으면 속이 불편하다는 게 한몫한다. 어떤 음식들은 사진만 봐도 속이 안 좋아진다.

밥 먹는 일이 이렇게 힘드니 생활에서 어려운 게 한두 개가 아니다. 상태가 워낙 불안정하다 보니 사람들과 있을 때 어느 음식점을 가야 할지 정말 난감하다. 사람들은 나를 배려하는 의미에서 나에게 선택권을 주지만, 내게 선택권이 전부 주어지는 것도 부담된다. 내가 고른 메뉴가 맛이 없지는 않을지 식사하면서 은근히 눈치를 보게 된다. 식사할 때는 종종 나에게 "너 그거 먹어도 괜찮아?"라고 물어보는데 이것도 조금 부담스럽다. 걱정은 정말 고맙지만, 의심에 항상 대비하다 보니 저 물음조차 자기 검열로 이어지게 된다. 나는 크론병 환자가 맞지만, '군대 면제를 받을 만큼' 아파 보여야 한다는 무언의 압박들이 있었다. 누군가는 내가 군대에 안 가는 것을 특혜라고 여기니 말이다. 상태가 좋을 때는 더욱 그렇다. 그래서 상태가 좋아도 마냥 기쁘지만은 않다.

식사 시간 전마다 나는 오늘 아침, 어제, 그저께 무엇을 먹었는지 상기하고, 어제와 오늘 화장실에 몇 번 갔는지 떠올려보고, 방귀는 얼마나 나왔는지 생각하고, 내일과 내일모레 어떤 일정이 있

는지 확인한다. 식사 후에 결과가 안 좋으면 음식점과 음식과 재료
와 내 몸과 미세먼지 중에서 무엇이 문제였을지 고민한다. 나는 커
피를 마시지 못해서 카페에서도 음료를 고를 때 한참을 고민한다.
꽤 오랫동안 녹차 라떼나 딸기 라떼를 마셨지만, 얼마 전부터는 따
뜻한 차나 탄산수를 마신다. 에스프레소 혹은 아메리카노를 빼면
값싼 음료는 탄산수뿐이다. 차도 커피보다 비싸다. 마실 것도 별로
없으면서 돈은 더 쓰게 되는 게 억울하기도 하다.

　사실 많은 이들에게 그렇겠지만, 20대이고 대학생인 나에게 식
당과 술집을 자유롭게 선택할 수 없다는 건 인간관계에서 상당히
높은 턱이다. 친구들이 모일 때 가장 자주 선택하는 메뉴 중에는
내가 먹지 못하는 것이 대부분이다. 기름진 음식을 피하던 때 나는
대학가에 널려있는 고깃집과 치킨집에 갈 수 없었다. 가더라도 피
차 눈치를 보며 불편한 순간들이 꼭 있었다. 내가 아프다는 사실을
아는 친구들이 은근히 나의 눈치를 보기도 했고, 나는 친구들이 불
편하지 않도록 기름진 음식을 안 좋아하는 척을 하거나, 반찬으로
나온 음식을 아주 맛있다는 듯 먹기도 했다. 특히 술집에서 나는
어떻게 반응해야 분위기가 어색해지지 않을지 계속 고민했다. 아
픈 걸 유머로 활용하기도 하고, 자연스럽게 소주잔에 물을 따르기
도 했지만, 아쉬운 건 어쩔 수 없었다. 술을 안 마신다고 해도 술집
에서 내가 먹을 수 있는 음식은 크게 제한된다. 안주는 기본적으로
짜고, 맵고, 달기 때문이다. 상태가 안 좋을 때 나는 두부김치만 겨
우 먹을 수 있었다.

밖에 있다 보면 적어도 한 끼는 사람들과 먹게 되었는데, 나에게 이는 생각보다 큰 불편이었다. 서로 미안해서 불편한 것보다는 속이 가장 불편했다. 이렇게 밥을 성가시게 먹었으니 체하기도 쉽겠으나, 이상하게 집에서 먹으면 괜찮은 음식도 밖에서 먹으면 배가 아팠다. 학교 식당의 음식들도 대체로 먹으면 속이 안 좋았다. 상황이 이렇다 보니 나에게는 두 가지 선택지만 남곤 했다. 사람을 피하거나, 아픈 걸 참거나. 대단히 외향적이지는 않지만 친구를 좋아하는 나는 아픈 걸 참았다. 하지만 참는 데는 한계가 있고, 아파서 사람을 못 만나거나, 아플까 봐 사람을 못 만나는 일이 잦아졌다.

밥을 먹는 일이 이렇게 피곤하면 일상이 정말 지긋지긋해진다. 가장 기본적이고 중요하며 결코 피할 수 없는 식사는 매일 나를 괴롭힌다. 식사 전에는 무엇을 먹고 싶은지, 그걸 먹으면 안 아플지, 나는 무엇을 먹기 싫은지, 나는 아플 걸 각오하더라도 먹고 싶은 것이 있는지, 먹으면 내일과 모레의 나는 괜찮을지를 생각한다. 식사 후에는 트림과 방귀는 얼마나 나오는지, 배가 아프지는 않은지, 윗배가 아픈지 아랫배가 아픈지, 자고 일어나면 내일은 어떨지 걱정한다. 먹는 순간에도 이런 걱정들은 멈추지 않는다. 아픈 사람의 식사는 정말, 정말 성가시고 답답하다.

'덜' 장애인?
'조금 더' 장애인?

나는 장애에 대한 글을 쓸 때면, 종종 내가 사기꾼처럼 느껴지곤
한다. 내가 종이에 이런 단어들을 적기에 충분할 만큼 장애인이 아
니고, 장애 공동체에 충분히 깊게 몸담고 있는 것도 아니라는 느낌
이 드는 것이다. **바로 이것**이 수치심, 침묵, 고립이 내게 남긴 유산
이다.

―일라이 클레어Eli Clare, 《망명과 자긍심》

'말 많은 경계인'은 내가 진보적 장애인 언론《비마이너》에 연재하

는 칼럼의 제목이다. 나는 주로 장애 문제와 관련해서 내가 경계
에 있다는 느낌을 많이 받았다.

내가 처음 장애인의 문제를 나의 문제로 받아들인 것은 언제였
을까. 감수성도 지식도 없었지만, 대학교에 입학해서 신입생 오리
엔테이션에 참석했을 때 나는 어렴풋이 모종의 연결을 감지했던
것 같다. 4년째 신입생 '장애 인지 교육'을 준비하고 진행해서 준
비도 없이 30분짜리 교육을 진행할 수 있게 된 지금과는 달리,
2015년 초반의 나는 아무것도 모르는 채로 그 교육을 처음 듣는
신입생에 불과했다. 그때 나는 학교 안의 장애인권동아리 게르니
카의 발제를 들었다. 발제는 장애의 정의, 대학 안에서 장애인과
함께할 때 신경 쓸 것들을 다루고 있었다. 나는 거의 맨 앞에 앉아
있었는데, 나름대로 열심히 들어서 그랬는지 기분 탓이었는지 발
제자와 눈이 몇 번 마주친 듯했다. 그러나 1년 정도 학내 노동권
문제에 집중하느라 장애 문제는 전혀 모른 채 지냈다. 그러다가
2015년에서 2016년으로 넘어가던 겨울 배리어프리barrier-free* 영
화 상영회에 참석하게 되었다. 이번에도 게르니카였다.

상영회가 끝난 뒤 당시 동아리 회장이던 사람과 대화를 나눴다.
장애 문제는 전혀 모르고, 대학교 1학년 내내 노동권 문제를 중심

---

* 장벽이 없다는 의미. 처음에는 장애인과 고령자가 모두 사용할 수 있는 건축물을 의미했
고, 지금은 건축물 외에도 장애인 접근성 일반에서 포괄적으로 사용되고 있다.

으로 공부하고 활동하던 나와 당시 장애인권동아리에서 회장을 하던 사람이 연결된 키워드는 다름 아닌 '난치성 희귀병'이었다. 두 병은 전혀 관련되지 않았고, 그는 휠체어를 탔고 나는 두 다리를 사용했지만 그런 차이보다 중요한 건 둘 다 낫지 않는 질병으로 몸의 불편과 제도적 차별을 경험한다는 사실이었다. 이 대화를 계기로 나는 내가 장애인권의 범주에 속한다고 속단(!)하게 되었다. 이는 내 질병이 치료법이 없다는 것 하나로 나의 질병이 곧 당연히 장애라고 판단했던, 질병과 장애를 구분하지 못하는 흔한 오해를 갖고 있던 나의 문제이기도 했고, '겉으로 드러나는' 장애를 가진 사람들을 대하는 사회의 문제이기도 했다.

　아주 단순하고도 흔한 오해로 장애인권동아리에 가입한 나는 당시 꽤 열심히 활동하던 회원이었다. 그리고 그러한 활동력의 기저에는 명백히 이동성이 작용했다. 나는 어느 건물에나 들어갈 수 있었고, 고등학교 때 배드민턴과 대학교 1학년 때 헬스로 쌓아둔 체력이 아직 남아 있었기에 쉽게 지치지도 않았다. 거의 모든 활동에 참여하면서 1년 뒤에는 총무, 이어서 회장까지 맡게 되었다. 나의 이런 체력과 활동력은 한편으로 사람들이 나를 단순한 '비장애인'으로 여기게 했다.

　그래서일까. 꼬박꼬박 밥을 챙겨먹어서 공복이 오래 유지되지 않도록 해야 하는 나를 배려해 주다가도, 피곤해서 쓰러져가는 나를 집에 보내지 않던 이들이 있었다. 장난처럼 말하는 "너 집에 못 가!"가 나에게 얼마나 큰 압박인지는 생각하지 못했을 것이다. 안 아픈 모습을 연기해야 하는 아픈 사람의 모순. 다들 내가 아픈 걸 알지만, 내가 아픈 걸 드러내면 그건 튀는 행동이다. 그래서 나는 안 아픈 척을 하며 지내야 한다. 내가 아프다는 사실을 아는 사람들 앞에서도 이랬으니, 모르는 사람들 앞에서는 얼마나 열심히 연기했을까. 때로 아무렇지 않은 듯 나의 질병을 이야기하는 것도 나에게는 적지 않은 용기가 필요했다.

하지만 그들은 휠체어 사용자의 시간은 그렇게 대하지 않았다. 장애인 콜택시를 이용하거나 가족, 활동지원사와 함께 다니는 휠체어 사용자들은 약속한 시간이나 집으로 가는 시간에서 조금 더 여유가 필요하다. 시간이 오래 걸리게 하는 요소들이 조금 더 많이 끼어들고, 혼자 움직이지 않으므로 시간을 온전히 통제할 수 없기 때문이다. 특히 장애인 콜택시는 대기자도 많고 출퇴근 시간에는 더욱 시간을 예측하기가 어렵다. 하지만 내가 갑자기 아파서 늦거나 못 나오는 것, 일찍 돌아가야 하는 것은 질책하거나 붙잡아둘 수 있는 문제로 여겨지곤 했다. 앞서 말한 사례에서는 몸을 둘러싼 환경이 통제 영역 바깥이라면, 내 사례에서는 몸 자체가 통제 영역 바깥이다. 언제 어떻게 아플지 알 수가 없다. 그러나 그들은 나를 장애인으로 여기지 않았고, 여기서 비장애와 건강은 동의어였다. 보청기, 인공 와우, 휠체어를 사용하고 나보다 훨씬 체력이 좋은 사람들이 있었음에도 나에게 맡겨지는 일들이 적지 않았다. 뚜렷한 장애 정체성을 가진 이들 중에서는 나를 '덜 장애인', '제일 비장애인' 같은 말로 부르는 사람도 있었다.

그렇다고 해서 이것이 그들만의 책임은 아니다. 애초에 '겉으로 드러나는' 장애인을 사람들이 다르게 대하기 때문에 그런 시선을 모두가 내면화하게 된다. 학교 안에서 학생회나 다른 단체를 만날 때, 항의나 비판을 할 때 사람들의 눈빛이나 반응을 보면 너무나 다르다. 내가 혼자 갈 때와 '장애인'인 회원이 함께 갈 때 사람들은 명백히 다른 자세로 대화에 임한다. 사람들은 당사자의 말을 중요하게 여긴다고 생각하며 자신이 당사자주의를 지키고 있다고 믿지만, 자신들의 머릿속에 그려지는 '당사자'의 모습이 어떤지는 성찰하지 않는 것 같았다. 내가 느끼기에 그들의 태도는, 당사자주의에 대한 진지한 고민보다는 "장애인을 괴롭혀서는 안 된다"라는 시혜적인 태도에 가까웠다(아니, 그럼 괴롭혀도 되는 사람도 있단 말인가). 휠체어를 탄 사람이 말할 때 갑자기 조용하고 숙연해지는 그 황당한 분위기는 당사자에 대한 존중이 아니라 자신들이 인권 침해의 혐의를 받고 싶지 않다는 회피에 기인할 때가 많았다. 그런 시선의 차이를 느끼면서 나는 나의 지식이나 경험이 전혀 존중받지 못한다는 느낌을 받곤 했다. '충분히 장애인처럼 보여야' 장애인으로 대우받을 수 있었고, 여기서 대우는 존중보다는 연민이나 회피였다.

그런데 장애인 옆에서는 비장애인으로 취급받던 내가 비장애인 옆에서는 '조금 더 장애인'으로 취급되기도 한다. 2018년 당시 나는 다른 한 명과 함께 학교 장애인권위원회의 공동위원장을 맡게 되었는데 그 사람은 비장애인이었다. 내가 장애인권동아리 회장 후보가 되었을 때도 "비장애인이 회장을 맡아도 되는가" 혹은 "어

디부터 어디까지가 장애인인가"와 같은 물음들이 던져졌고, 그 과
정에서 장애인복지법, 장애인차별금지법, 장애 인지 교육 등 다양
한 자료를 바탕으로 하는 논의를 거쳐서 나에게 자격이 부여된 적
이 있었다. 장애인복지법에 따라 등록된 장애인도 아니고, 학교 안
에서 특수교육 대상자로 등록되어 있지도 않지만, 장애인차별금지
법의 장애에 관한 정의 중 신체적 손상으로 인해 사회생활과 개인
의 일상에 제약이 초래되는 상황을 생각한다면 나는 장애인이라고
할 수 있다는 식이었다. 장애를 특성이 아닌 경험으로 보자는 메시
지가 핵심인 학내 장애 인지 교육에 따를 때도 그렇다는 결론이었
다. 위원장이 될 때도 마찬가지였고, 위원장이 된 후에도 그랬다.
그 과정에서 생각했다. 도대체 나는 장애인인가 비장애인인가, 그
사이에 뭔가가 있는가, 왜 나는 계속해서 입증되어야 하는가. 질병
이 장애와 비장애 사이에 있다면, 질병은 뭐 절반만큼 장애고 절반
만큼 비장애인가.

　상황이 이렇다 보니 나는 장애와 비장애 사이에서 줄을 타는 것
만 같은 느낌을 자주 받았다. 장애인도 아니고, 비장애인도 아니
고. 이렇게 경계境界에 있다는 것은 모두의 경계儆戒를 받는 일이기
도 했다. 장애인 공동체에서는 나를 시혜적인 봉사 정신으로 무장
한 열혈 비장애인으로 오해하곤 했고, 비장애인 공동체에서는 나
를 어딘가 자꾸 불편하고 걸리적거리는 존재로 여기곤 했다. 실제
로 장애인 공동체에는 그런 비장애인들이 적지 않다. 우리는 장애
인권동아리이지, 봉사동아리가 아니라고 분명히 밝혔음에도 계속

'봉사'라는 단어를 언급한 회원도 있었다. 그리고 장애여성만을 대
상으로 '어떻게 해보려는' 비장애인 남성도 있었기에, 나는 여러
면에서 오해받기 쉬운 위치였다. 비장애인 공동체에서는 나 때문
에 계속 모임 장소나 일정이 바뀌고, 식당에서는 메뉴가 바뀌었다.
그러니 술자리는 또 얼마나 불편했을까. 내가 눈치를 보는 것도 즐
겁지 않지만, 모인 사람 모두가 내 앞에서 머뭇거리는 일도 정말
불편하다. 어디서도 나는 소속감을 느끼기가 어려웠다. 나를 명시
적으로 배제한 사람이 많지는 않았지만, 어디서나 나는 적잖이 '이
물질'이었다.

'이물질'은 소속감의 부재 내지는 혼란을 겪는 사람이다. 나는
나의 경험이 비단 장애와 비장애 사이에서만 있는 일은 아니라고
생각한다. 이는 근본적으로 '소속'의 문제이다. 취업하기 전에 졸
업하는 것을 두려워하는 친구들의 이야기를 들어봐도 무소속의 불
안감은 상당하다. 돈을 벌지 못하는 것과 관련되기도 하겠지만, 이
사회는 계속 다음 소속을 생각하며 살아가도록 만들어져 있다. 우
리는 어느 순간에도 머물러서는 안 되고, 계속 다음 단계로 넘어가
야 한다. 심지어 계획이 없다면 휴학조차 꺼린다. 휴학과 방학조차
계획을 세워서 자신의 스펙을 강화할 기회로만 여겨진다. 한 친구
는 휴학을 결정했음에도 아무 계획이 없는 자신이 나태하게 느껴
져서 마음이 편하지 않았다고 말했다. 나는 그에게 휴학은 원래 쉬
려고 하는 거라고 말해줬는데, 그는 그렇게 얘기해준 사람이 처음
이라며 나에게 고마워했다. 계획이 있어야 하고, 휴학과 방학도 학

기와 경력을 위한 시기로만 여겨지는 분위기는 단어의 원래 의미
조차 잊게 할 만큼 강력했다.

우리 사회는 소속감을 굉장히 중시한다. 친구들은 졸업과 취업
사이의 공백을 견디지 못했다. 대학원 진학이나 취업을 못 한 친구
는 나와 만날 때마다 '뭐라도 해놓고' 졸업을 했어야 한다며, 자신
이 '대책 없이' 졸업부터 했다며 후회하기도 했다. 취업 준비를 하
는 친구들은 졸업 대신 '수료' 상태로 학생 신분을 유지하며 계속
인턴 자리를 찾아 헤맸다. 함께 학교에 들어와서 자주 같이 놀았던
네 명 중 두 명이 졸업사진을 찍은 날을 계기로 오랜만에 모였을
때, 취업하고 졸업한 그들을 부러워하지 않은 사람은 아무도 없었
다. 말투는 가벼웠지만, '취준' 중인 친구들은 분명 졸업을 두려워
하고 있었다. 21대 총선의 홍준표 정도가 아닌 이상 '무소속'은 곧
실패를 의미하는 것이 지금 한국의 현실이니까.

무소속은 실패이며, 얼른 끝내야 할 무엇으로 여겨진다. 어딘가
에 소속되기 위한 이행기일 뿐이기 때문이다. 그러면 나 같은 이물
질들은 영원히 이행기에 있는 존재이다. 한편으로는 좀 쿨하기도
하다. '과정 중에 있는 존재'라고 표현하면 어딘가 그럴싸하지 않
은가? 물론 정착하지 못하는 것은 삶에 큰 어려움을 주기도 한다.
어디서도 안정감이나 소속감을 느낄 수 없으면 삶 자체가, 존재 자
체가 불안정해진다. 임대료나 월세에 떠밀려 계속 움직여야만 하
는 사람들, 언제 해고될지 모르고 주기적으로 다시 계약해야 하는
사람들……. 명시적인 소속이 있더라도 소속감은 없는 이들도 많

다. 계속 밀려나기 때문이다. 그렇다고 해서 모두가 꼭 정착하도록 하기보다는, 정착할 수도 있지만 정착하지 않아도 살 만한 세상을 만드는 게 중요하다. 꼭 어떤 일자리를 갖지 않아도, 꼭 어떤 정체성을 갖지 않아도 흐르고 치이면서도 살아갈 수 있는 세상.

어쩌면 그렇게 많은 수가 공무원 시험에 몰리는 것도 안정성과 정착이 최우선이라는 이데올로기 때문일지도 모르겠다. 갈수록 프리랜서가 늘어나고 있고, 다양한 형태의 노동이 등장하고 있다. 만성질환도 점점 다양해지고, 원인을 모르는 새로운 질병이 계속 발견되고 있다. 지금 사회에서 질병은 치료되어야 하는 대상으로서, 건강해지기 위한 과정에 불과하다. 하지만 낫지 않는 질병이라면, 적어도 당장은 못 낫는 질병이라면, 질병을 가지고도 잘 살아갈 수 있어야 한다. 소속되지 않아도 되는 삶, 살 만한 경계를 상상해본다.

2

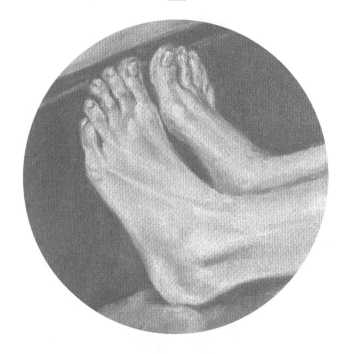

금을 밟다

내가 완벽하지 않지만, 심장만큼은 다이아몬드처럼 단단해.

I'm not flawless, but I got a diamond heart.

－레이디 가가Lady Gaga, 〈Diamond Heart〉

페이지 중앙의, 테두리가 없는 둥근 프레임의 흑백 그림.
양말도 신지 않은 양발과 발목이 있다. 왼쪽 발목에서 새끼발가락으로 이어지는 힘줄과 복숭아뼈의 음영,
오른쪽 엄지발가락 바로 위의 음영이 입체적으로 묘사되어 있다.

어느 정도 장애인이세요?

나는 국민건강보험법 시행령과 이를 구체화하기 위해 보건복지부에서 고시한 '본인일부부담금 산정특례에 관한 기준'의 '희귀 질환자 산정특례 대상' 중 '소장 및 대장 모두의 크론병'에 따라서 진료비의 90퍼센트를 보건복지부로부터 지원받고 있다. 또한 나는 병역법 시행령 제135조, 국방부령인 '병역판정 신체검사 등 검사규칙'에 따라 신체 등급 5급을 부여받아 군사적 훈련도 받지 않고, 군대에서도 공공기관에서도 근무하지 않게 되었다.

　내가 현 상황의 직접적인 연장선에서 장애인복지법과 관련될 수 있는 상태는 하나이다. 크론병 증상이 심해져 장을 절제하는 수술을 받고 장루 시술을 받는 것이다. 그러면 나는 장애인복지법 시행령 '[별표1] 장애의 종류 및 기준에 따른 장애인'의 '14. 장루·요루 장애인'에 해당하여 장애인복지법 제2조에 따라 '장애인'으로 등록되고, 장루 외에 다른 시술도 받았는지 아니면 합병증이 있는지에 따라 '장애의 정도가 심한 장애인' 혹은 '장애의 정도가 심하지 않은 장애인'으로 판별될 것이다.

'장애의 정도'는 무엇을 기준으로 판정되어야 하는가? 장애는 내 몸에 가해진 시술과 필요한 보장구만을 토대로 판정될 수 있을까? 물론 의료적 기준을 완전히 거부한다고 말할 생각은 없다. 나는 관리 약물을 통해 계속 내 몸을 통제해야 한다. 이는 내 생활의 기본 조건이다. 병을 초기에 발견하여 빠르게 관리했기에 수험 생활을 지속할 수 있었고, 대학에 들어와서는 학교 안팎에서 다양한 활동을 이어나갈 수 있었다. 가장 아프던 때는 병원에 가는 주기가 잦았다. 증상은 항상 있었고, 내 몸은 계속 점검해야 하는 대상이었다. 지금도 그렇지만, 적어도 이제는 3개월에 한 번만 병원에 가면 된다. 거기서 나는 약을 받아 오고, 매일 약을 먹는다. 분명 지금의 생활은 병원과 약에 크게 빚지고 있다. 하지만 이것만으로는 나의 생활을 설명해낼 수 없다. 주기적으로 병원에 가서 피를 뽑고 진료를 받고 처방전을 받고 약을 받아 오는 것은 내 생활의 극히 일부일 뿐이다. 매일 면역억제제를 먹으며 지내지만, 이 또한 극히 일부일 뿐이다.

나는 책을 읽고, 스터디 모임에 나가고, 회의 준비를 하고, 회의에 나가고, 과외 준비를 하고, 과외 선생님으로 출근하고, 수업을 듣고, 보고서를 쓰고, 시험을 보고, 학업과 무관한 글을 쓰고, 영화를 보기도 하고, 친구들을 만나고, 맛있는 음식을 먹고, 사람들과 일을 도모하기도 한다. 그리고 이 모든 장면에서 크론병과 면역억제제는 나에게 지대한 영향을 끼친다. 화장실에 가는 빈도와 그곳에서 걸리는 시간은 내가 이전보다 적어도 한 시간은 일찍 준비를 시작하게 했고, 준비를 일찍 하더라도 약속된 시간에 빈번히 늦었다. 그렇게 나가도 문제가 해결되지는 않는다. 사람들과 이야기를 나누다 보면 자리를 뜨기 힘든 분위기가 형성되곤 한다. 애인과 헤어지고 와서 다 죽어가는 목소리로 자기 잘못을 읊는 사람 앞이나, 중요한 이야기가 오가는 회의 장소에서 "저 잠깐 화장실 좀……"이라고 말하는 것은 결코 쉬운 일이 아니다. 화장실에 조금 뒤에 가라고 나를 막는 이는 없었으나, 강요 여부와 무관하게 그런 분위기가 분명 있다.

이런 일상에서 크론병의 영향을 벗어날 방법은 적어도 내가 아는 범위 안에는 없다. 약으로 해결할 수 있는 것도 아니고, 앞사람이 "편하게 해"라고 말해준다고 정말 편해지지도 않는다(주변에서 울거나 고성이 오가는 상황에 나 혼자 화장실에 가는 장면을 상상하기는 여전히 쉽지 않다). 그리고 지금 먹는 약물은 나의 면역력을 낮춘다. 그래서 나는 쉽게 아프고 더디게 낫는다. 집과 병원만을 오가는 생활을 하게 되는 일도 잦고, 집에 있어도 편히 쉴 수 있는 날이 그리 많지 않다. 면역억제제는 무기력 등의 부작용을 일으키기도 해서, 반드시 아프지 않더라도 내 공부, 활동, 일상 모두에 강한 영향을

준다. 병원에서 정확한 인과관계를 가르쳐 주지는 않았지만, 크론
병 진단 이후 날이 갈수록 추위에 약해지고 있다. 감기에 쉽게 걸
리는 것만이 아니라, 추위를 많이 타게 되어 겨울에 사람들과 만날
때도 많이 힘들다. 만성적인 피로는 삶의 일부가 되었다. 매일 병
원에 가야 하거나, 진통제를 수십 알씩 챙겨먹지 않아도 되는 나는
자주 '이 정도가 어디냐' 생각하지만, 사실 이 정도도 충분하지 않
다. 나는 항상 더 많은 걸 원한다. 삶은 기초만으로 이루어지지 않
는다.

음식점에서 일하다가 얼마 안 되어 일을 그만둔 적 있었다. 사
장님과 동료들도 정말 친절하고, 심지어 매주 일하는 시간을 새로
이 정하는 사업장이었는데도 내 몸은 그곳의 속도를 따라갈 수 없
었다. 신촌의 유명한 맛집에 무슨 자신감으로 지원했는지. 오후
3~5시 정도를 제외하면 식당 안은 꽉 차고 바깥에도 줄이 이어졌
다. 식당이 잘 되어 좋은 사장님이 돈을 많이 벌고 직원들도 안정
적으로 일할 수 있길 바랐지만, 동시에 내가 일할 때는 사람이 안
왔으면 좋겠다고 생각하곤 했다. 시끄러운 식당이라 직원들은 거
의 소리를 지르며 소통했고, 그런 분위기가 그 식낭의 특징이었다.
사람 많은 곳에서 소리를 지르는 게 재밌기도 했지만, 어느 손님에
게 어떤 그릇을 줘야 하는지 기억하면서, 상황에 따라 주방과 홀을
오가며 청소, 서빙, 요리, 설거지를 모두 하는 일은 나에게 무리였
다. 몇 번이나 쓰러질 것 같았다. 잠시 입구 쪽으로 눈을 돌렸다가
줄 선 사람들을 보면 더욱 머리가 핑 도는 것 같았다. 시간에 맞춰

출근하지 못한 날도 있었고, 아예 빠졌다가 일에 방해가 된 적도 있었다. 일하다가 실수한 적도 있었지만, 직원들은 나를 혼내기보다 다음에 더 잘하라고 격려해 주었다. 주변에서 들어본 적 없는 환대였지만, 내 몸은 일을 계속하기 어려웠다.

가장 편하다는 과외에서마저 수업 일정을 바꾸기 일쑤이며, 아파서 과외를 미루거나 취소하느라 월급이 밀리곤 했다. 정각에 맞춰서 가면 학생이 나더러 "왜 일찍 오셨어요?"라고 물었고, 수업하는 날인지 아닌지 헷갈려서 매번 시간을 다시 정하는 경우까지 생겼다. 몸 상태가 안 좋으면 인지 능력에도 영향이 있어서 머리가 느리게 돌아가는 때도 있는데, 그러면 수학을 가르친답시고 앉아서 수학 문제를 못 푸는 일마저 있었다.

그러던 중 학교 도서관이 가장 편한 일터라는 이야기를 듣고 지원했는데, 약간의 착오가 있었다. 편한 일은 학기 중에 공강을 이용하여 데스크 등을 보는 일이었고, 내가 지원한 것은 안 읽히거나 여러 권이 쌓여있는 책을 버리는 일이었다. 그 일은 도서관 일 중에서 가장 힘든 편에 속했다. 그래도 나름 버틸 만했기에 나는 이 일을 여러 번 했는데, 그러다가 어느 방학에 일이 생겼다. 버릴 책을 찾고 이를 전달하는 작업까지는 문제가 없었는데, 쌓인 책들을 묶어서 버리는 작업이 나에게 무리였던 모양이다. 책을 반복해서 묶다가 왼쪽 팔 근육 안에 염증이 생겼다. 정형외과에서는 염증이 앞쪽도, 뒤쪽도 아닌 애매한 위치에 있다고 했다. 나의 병력을 이야기하자 이것이 크론병 때문일지도 모른다고 했지만, 정작 원래 다니던 병원의 크론병 담당 선생님은 그럴 확률이 매우 낮다고 했다.

그러나 나는 그런 희박한 확률의 부작용이나 증상을 여러 번 겪어봤다. 약을 먹고 호흡곤란이 온 적도, 가라앉히려던 증상이 심해진 적도 있었으니까. 크론병의 완화에 자주 사용되는 펜타사 서방정을 먹고 문제가 생겼는데, 당시 나는 수험생이었다. 모의고사 삼아서라도 경찰대학에 응시하라는 선생님의 말에 시험을 신청해둔 상태였다. 그런데 7월의 시험 당일, 들숨과 날숨마다 가슴부터 목으로 이어지는 부분이 찢어지듯 아파서 자리에서 일어날 수 없었다. 하필 시험 보는 날에 약 부작용을 경험한 것은 수능 시험 날에도 못 일어날지 모른다는 공포로 다가왔다. 그러나 이런 부작용에 대해 나는 작은 경고도 받지 못했다. 병원을 옮겼지만 비슷한 문제는 반복되었다. 두통이 너무 심해서 약을 먹었는데도 어지럼증과 통증이 가시지 않고 속이 메스꺼워지기도 했다. 신경정신과 협진 후 받은 약이었는데도 말이다. 이때도 경고는 없었다. 그리고 두 경우 모두 별도의 사과나 조치도 없었다. 약의 부작용은 온전히 병원에 의존해야만 하는 나의 몫이었다.

이처럼 나의 일상 중 많은 부분은 의료적으로 충분히 해결되지도, 설명되지도 않는다. 외부 염증은 대장·항문 외과 협진으로 수술이나 항생제를 통해 없애곤 했지만 계속 다시 생긴다. '정상' 치미만을 유지하는 면역력과 0.8이라는 낮은 염증 수치가 의사에게는 성공이지만 나에게는 불안이다. 통증은 없어도 감염은 쉽다는,

염증 수치가 낮지만, 언제나 염증이 존재하며 증가할 수도 있다는 불안이다. 이런 불안과 그로 인해 내가 경험하는 제약은 의료적으로 파악할 수 없다. 언제 아플지 몰라서 사람들과 편하게 만나지 못하고, 갑자기 아파서 집 밖으로 나갈 수 없게 되고, 면역력이 낮아져서 여름에도 목도리를 챙기곤 하는 나의 경험은 의료적으로 파악할 수 없다.

한국에서는 1989년 장애인복지법 개정 이후 2019년까지 31년 동안 장애등급제가 시행되었다. 이는 장애인을 1등급부터 6등급까지 나누어 차등적으로 복지를 제공하는 제도이다. 그리고 "'필요'한 사람에게 '필요'한 만큼" 서비스를 제공하라는 장애 운동의 요구 이후 2007년 '장애인활동보조사업'으로 시작하여 2011년부터 이름이 바뀐 '장애인활동지원제도'는 장애인을 심사하여 등급을 매기고 차등적으로 활동지원 시간·비용을 제공하는 제도이다. 그러나 많은 활동가는 이 두 제도 모두에서 등급을 매기는 과정의 폭력성을 지적해왔다.

의사가 장애인의 몸에 등급을 매기기 위해 심사를 하거나 공무원이 활동지원 시간을 산정할 때, 심사자는 대상자가 팔을 움직일 수 있는지, 혼자 밥을 할 수 있는지, 라면을 끓일 수 있는지, 화장실에 갈 수 있는지를 묻는다. 그런데 이런 질문들은 장애인이 집에서 혼자 생활할 수 있는지 확인하는 지표가 될지는 모르지만, 지역사회에서 사람들과 함께 살아갈 수 있는지 확인하는 것과는 큰 상관이 없다. 이런 질문들만을 던지는 것은 장애인의 사회적인 삶을 전혀 상상하지 않으면서, 의료적 기준만으로 몸을 꿰뚫어 완전히 이해할 수 있다는 오만에 근거한다. 즉 이는 "소위 '정상성'과 '의료적 관점'에 가까운 기능 수준을 정해두고, 거기에서 얼마나 능력이 떨어지고 '무능'한지를 평가하는 방식이다."[8] 의료적 기준은 가장 기초일 뿐이다. 장애등급제는 '사람을 등급으로 나눠 인권을 침해한다는 지적'과 더불어 '장애인들에게 자신의 장애를 더욱 과장하도록 만들어 결과적으로 자활 의지마저 꺾는 문제'도 있다고 꾸준히 비판받아 왔다.[9] 우리는 저런 질문들에 그치지 않고, 일하거나 공부할 때 필요한 지원, 많은 사람과 의사소통할 때 필요한 지원 등을 고민해야 한다.

장애등급제는 그런 기초를 절대시하여 장애인의 삶을 목숨으로 축소하고 집안에 가두며, 활동지원 시간을 일방적으로, 매우 적게 책정함으로써 목숨마저도 빼앗고 있다. 라면을 끓일 수 있다는 이유로 활동지원 시간을 줄이거나 심지어 빼앗는 상황은 지금까지도 이어지고 있다. 정부는 장애계의 요구를 수용하여 2019년 7월부터 장애등급제를 폐지한다고 했지만, 이는 '등급'을 '정도'로 바꾸면서 장애인을 '장애의 정도가 심한 장애인'과 '장애의 정도가 심하지 않은 장애인'으로 나누고 말았으며, 여전히 부족한 예산에 장애인을 꿰맞춰서 오히려 장애인 5명 중 1명에게는 복지 수급이 줄어드는 경우까지 발생했다.[10]

'장애의 정도'가 심하다/심하지 않다는 이야기는 사회가 아닌 장애인의 몸을 통제 대상으로 여길 때만 나올 수 있다. 국가는 각각의 몸이 자신의 욕망에 따라 삶을 영위할 수 있도록 환경을 마땅히 마련하고 지원해야 한다(미국 등에서는 장애인 개인이 각자 필요한 서비스를 신청한다). 지원은 삶을 지탱하되 통제해서는 안 된다. 통제가 개입하면 지원은 볼모가 된다. 지금처럼 장애인의 몸보다 의료적 기준과 예산·행정의 효율을 우선시하는 상황은 여전히 2019년에 시작된 '장애등급제 단계적 폐지'가 '장애등급제 가짜 폐지'임을 보여준다.

한 사람의 삶을 이해하고, 삶을 지속하기 위해서는 더 다양하고 개별적인 이야기가 필요하다. 그래서 나는 외친다. 나는 건강한 몸을 위주로 만들어진 사회의 문화로 인해 장애를 경험하는 사람으로서, 의료적 기준으로 낙인을 찍는 지금의 장애등급제 '가짜 폐지'를 규탄한다. 나는 여러 방식으로 아픈 사람으로서 의학으로 포괄할 수 없는 복잡다단한 삶을 담지 못하는 장애등급제 가짜 폐지를 규탄한다. 나는 만성질환자로서 의료를 삶보다 중시하여 삶을 소외시키는 장애등급제 가짜 폐지를 규탄한다.

어떤 몸이든 적절히 의존하며 함께 살아가는 세상을 원한다. 아파도, 장애가 있어도, 손상보다 지원을 먼저 떠올리는 세상을 원한다. 지원이 볼모가 되어 협상 도구로 전락하지 않는 세상을 원한다. 기존의 범주나 규칙보다 사람을 먼저 생각하고, 모두가 자신의 삶을 원하는 만큼만, 자기 뜻대로 지속할 수 있는 세상을 원한다. 장애등급제 진짜 폐지는 몸을 존중하는 세상의 첫 단추가 될 것이다.

휠체어가 필요한 순간

버스에서 내가 제일 좋아하는 자리는 맨 앞의 1인석이나, 2인석 중 중간쯤이다. 교통약자석으로 지정되어 있지 않아서 아파 보이지 않고, 젊어 보이는 나에게는 마음이 조금 편하기도 하다. 장애인은 아픈 사람이 아니라는 당연한 사실이 버스 안에서는 아직 공유되지 않는 것 같다. 교통약자는 항상 어딘가 아파 보여야만 한다는 압박이 버스 안의 시선에 가득하다. 하지만 여전히 왜 하필 그 자리인지 의문이 남을 것이다. 이유는 바퀴다. 그 의자들 바로 아래에서 버스의 거대한 바퀴가 굴러간다. 도로 위를 달리는 가장 거대한 바퀴가 나를 밀어주고 움직여 준다는 느낌이 정말 좋다. 나에게 없는 힘이 그 바퀴와 모터에는 있는 것 같다. 그 자리에 앉아있으면 내가 그 힘을 얻는 것만 같다.

나는 친구들과 있을 때 종종 휠체어 팔걸이에 얹어 타곤 한다 (당연히 전동이다. 수동 휠체어에는 그럴 만한 공간이 없다). 나는 그곳을 조수석이라고 부른다. 체력이 안 좋은 날이 많아서, 친구들의 조수석은 주로 나의 차지였다. 나는 가장 격하게 운전하는 친구에게 걸핏하면 태워 달라고 귀찮게 굴곤 했다. 조수석에 오른쪽 엉덩이를 올리면 왼쪽이 뜨는데, 이때 왼쪽 발을 차체에 올리면 균형이 약간 잡힌다. 그러나 이것으로 충분하지는 않다. 하체에서 충분히 몸을 기댈 곳이 없기에 상체도 잘 기대야 떨어지지 않는다. 나는 여기서 오른팔을 휠체어 등받이 위로 두른다. 한쪽 팔을 등받이에 올리는 자세는 처음에 매우 힘들지만 갈수록 익숙해진다. 그래도 여전히 오래 타면 허리가 아파서, 학교 중간쯤에서 타서 정문에서는 내린다.

그러나 거기서 끝나지는 않는다. 서서 신호를 기다리고, 신호가 바뀌면 재빨리 다시 탄다. 그대로 신촌역까지 달린다. 신촌에는 주말마다 '차 없는 거리'가 시행돼서 축제만 없으면 휠체어가 다니기에 훨씬 편해지는데, 그런 날에 친구는 속도를 더 올리곤 했다. 그렇게 조수석에 타고 달릴 때면 친구와 나는 다른 사람들이 황당해하는 시선을 함께 즐기기도 하는데, 가끔 조수석에 앉은 이에게 장애인을 괴롭히지 말라고 하는 사람들도 있다. 그러나 꼭 얘기하고 싶은 게 있다. 처음에 먼저 제안한 건 운전자 쪽이다! (심지어 나를 태우고 엄청난 경사를 속도도 안 줄이고 내려간 적이 있었다. 나는 억울하다.)

그렇게 조수석에 얻어 타기만 하다가 한 번은 함께 영화관에 갔다. 4D 영화를 보러 갔기 때문에 친구는 휠체어에서 내려서 의자에 앉아야 했다. 친구가 내리면 내가 그 휠체어를 통행에 불편이 없도록 뒤쪽에 옮기기로 했다. 아마 그때 처음으로 직접 휠체어 운전석에 앉아서 휠체어를 움직여본 것 같다. 편했다. 운전도 처음 치고 괜찮다고 칭찬까지 받았다. 이후 들어간 노래방에서도 친구를 대신해 휠체어를 주차하는 데 성공했다. 평소에 겪을 기회가 별로 없는 일을 한다는 즐거움과 함께 푹신한 의자의 안락함이 좋았다.

나는 보행할 때 대체로 두 다리를 이용하는데, 종종 너무 힘들어서 난간을 잡거나, 벽에 기대거나, 우산을 제3의 다리로 사용한다. 팔과 몸이 벽이나 난간, 우산과 결합해서 통째로 나의 보장구가 되는 셈이다. 그러나 이는 전혀 안락하지 않다. 애초에 이런 상황을 충분히 고려하지 않고 만들어졌기 때문이다. 기껏해야 잠깐 간신히 몸을 기댈 수 있을 뿐, 그것이 나에게 힘을 주지는 않는다. 딱 쓰러지지 않게만 해줄 뿐이다. 그러나 전동 휠체어는 다르다. 방석과 등받이는 나를 안정적으로 받쳐주고, 내가 이동할 때 몸 전체를 움직이지 않아도 되도록 만들어준다. 손만 움직이면 내 두 다리로 움직이는 것보다 훨씬 안정적으로 오래, 빠르게 이동할 수 있다. 나에게 조수석을 자주 내어주던 친구는 전동 휠체어를 '자유'라고 말했다. 누군가 뒤에서 밀어줘야만 움직였던 수동 휠체어를 벗어나 전동 휠체어를 타게 된 후에야 그는 자신이 가고 싶은 곳, 어디든지 갈 수 있었다. 주인을 따라 온갖 곳을 다닌 그의 휠체어는 칠이 벗겨져서 모델명이 안 보일 정도이다. 그는 내가 본 휠체어 사용자 중 가장 빠르게 달렸고, 속도를 즐겼으며, 급커브와 과속으로 조수석에 탄 나를 식겁하게 하곤 했다.

나는 자주 그의 속도를 부러워했다. 나는 체력이 생각보다 꽤 많이 안 좋은 사람이라서, 내가 휠체어를 이용하게 되더라도 아마 그 친구만큼 활발하게 다니지는 못할 것이다. 전동 휠체어가 체력을 아껴줄 수는 있을지언정 보강해 주지는 않을 테니까. 그래도 나는 자꾸 그 바퀴와 모터를 떠올린다. 버스나 지하철에서 앉아있다가 내릴 때가 되어 일어나면 순간 머리가 뒤로 넘어가는 느낌이 들면서, 눈앞에 은색과 보라색 가루가 가득해지고 상체는 통째로 먹먹해져 힘이 안 들어가는 것처럼 느껴질 때가 있다. 기립성저혈압과 매우 비슷한 이 증상이 생긴 지는 꽤 되었으나, 최저 혈압이 정상 범위보다 낮았던 하루를 빼면 혈압에는 문제가 없었다. 아마 체력 저하와 운동 부족의 악순환 때문이리라. 이런 일이 없어도, 몸에 힘이 잘 들어가지 않고 걷는 게 어려운 날이 생각보다 많다. 추운 날에 많이 걷고 나면 집에 돌아가는 길이 매우 고단하다. 학교에서 걸을 때는 혼자여서 막막할 때가 있다. 혼자가 아니어도 내가 물리적으로 기대기 힘들 때가 있다. 누군가의 조수석에 얹혀 가고 싶은 날이 많다.

나와 그 친구는 분명 다르다. 나는 만성질환이 있고, 그는 지체

장애가 있다. 나는 다른 데 기대지 않고 두 다리를 이용하여 걸을 수 있는 시간이 다른 데 기대야 하는 시간보다는 (아직) 길다. 내 친구와 달리 나는 전동 휠체어가 없다고 해서 이동권이 침해되지는 않는다. 그러나 나는 이동이라는 문제가 좀 더 풍부하게 이야기될 필요가 있다고 생각한다. 여전히 이동권이 보장되지 않는 사례가 너무나도 많은 한국에서 이런 주장은 시기상조나 배부른 소리일 수도 있다. 엘리베이터가 없는 지하철역, 여전히 계단식 버스가 더 많은 도로를 생각하면 우선 이동 자체가 가능해야 뭐라도 논의할 수 있는 것 아니냐고 물을 수 있다. 그러나 나는 '이동'에서 편안함, 편리함, 유연함, 안전함과 같은 가치가 더욱 강조되어야 한다고 생각한다. 기초부터 다져야겠지만, 기초가 다져진 곳에서는 그 이후를 상상해야 한다. 누군가가 가장 기초적인 이동의 문제를 해결할 때, 더 나은 이동을 고민하는 사람도 필요하다. 삶의 군상은 워낙 다양하기 때문이다.

나는 동아리 활동 중 학교 근처에 장애인이 접근 가능한 장소들을 기록하여 '배리어프리 맵'을 만들 당시 각 건물만을 조사하지 않았다. 각 건물을 조사하는 것도 유의미하지만, 정작 그 건물까지 가는 길이 막혀있다면 건물에 엘리베이터가 있어도 그곳이 접근 가능하다고 말할 수 있을까? 이동권은 어느 지점에서 다른 지점으로 가기 위한 것이고, 이는 사회적 활동을 통해 사회 안의 유의미한 존재가 되기 위한 과정일 것이다. 이동권 논의에도 다양한 결이 있지만, 가장 중심의 줄기는 '휠체어가 갈 수 있도록' 하는 것이다. 나는 여기에 휠체어가 '누구'에게 주어지는지의 문제도 추가하고자 한다.

계단을 오를 수 있는 사람이라 해도, 그가 이동하는 데에 체력을 다 써서 도착 후에 지쳐 버린다면 사회적 활동은 분명 제약된다. 만성질환자들, 아픈 사람들이 인간관계에서 소외되고, 노동과 같은 사회적 활동에 참여할 수 없는 이유 중에는 명백히 이동의 문제가 있다. 나는 단지 집에서 학교에 갔을 뿐인데, 그 이동만으로도 지쳐서 학교에서 아무것도 못 할 때가 있었고, 출발하기 전까지 체력이 있었으나 집에 도착하자마자 쓰러지듯 누워서 씻지도 못하고 잔 날들도 있었다. 그래도 나에게 아직 전동 휠체어가 완전히 필수적이라고 생각하지는 않는다. 있으면 편하겠지만, 없어도 약속을 줄이고 체력 관리를 하면 이동이 일상에 큰 무리가 되지는 않는다. 그러나 나보다 증상이 심한 만성질환자들에게는 필수적일 것이다. 필요한 휠체어를 지원받지 못해서 사실상 누워만 지내는 이들도 있다. 내 친구만이 아니라, 생각보다 많은 이들에게 휠체어는 편하고 효율적인 이동이라는 자유를 선사할 것이다.

혹자는 이를 보고 장애인 행세를 하지 말라고 말할지도 모르겠다. 또 휠체어를 타고 다니는 사람이 얼마나 많은 시선의 폭력이 노출되는지 모르기에, 직접 겪어본 적이 없기에 내가 그런 생각을 한다고 주장할지도 모르겠다. 나는 "멀쩡하게 생겨서, 장애인도 아니면서 무슨 휠체어가 필요해?"라는 말을 들을지도 모른다. 어느 정도 일리가 있는 지적이다. 나는 분명 사회적 낙인과 가시적인 보장구로 인한 차별을 받아본 적은 없다. 나는 현재 휠체어 사용자가 아니며, 옆에 있는 친구에게 꽂히는 시선을 느낀 적은 있어도 혼자 그런 시선을 받아본 적은 없다. 하지만 이는 불완전한 지적이다. 휠체어 사용자의 경험을 모르기에 휠체어가 필요하다고 말할 수도 있지만, 애초에 휠체어가 필요함에도 지원받지 못했기에 휠체어 사용자의 경험을 모르기도 한다. 핵심은 나에게도, 다른 아픈 사람들에게도, 혹은 건강한 사람들에게도 휠체어가 필요한 순간은 존재한다는 것이다. 훗날 언젠가 노인이 되어 휠체어가 필요해질 것이라거나 모두가 잠재적 장애인이라는 말을 하고 싶은 게 아니다. 어제든, 오늘이든, 내일이든, 장애인 등록이 되든 안 되든, 질병을 진단받든 아니든, 휠체어가 필요한 몸의 상태는 갑자기 찾아올 수 있다는 의미이다. 필요성이 곧 사라질지언정 예측할 수 없다는 뜻이다. 만성질환자라면 그런 순간이 더 자주 올 것이라고 짐작할 수 있기에, 적어도 나에게는 그렇기에, 이런 다양한 상황도 고려할 필요가 있다는 뜻이다.

　나는 장애인으로서의 정체성을 가지고 이를 선언하고자 휠체어를 요구하는 것이 아니다. 장애인 정체성 집단에서 자주 소외되고 오해받는 내가 장애인 정체성을 갖기는 어렵다. 다만 이는 피로와 통증으로 보행에 어려움을 겪는 만성질환자가 자신의 질병과 함께 삶을 영위하기 위해 요청할 수 있는 정당한 편의이다. 쾌적함과 편리함도 권리에 포함할 수 있을지는 잘 모르겠지만, 한국의 장애인 이동권 운동은 사회의 많은 부분을 바꿔왔고, 이동의 문제에서 사

람들의 삶을 크게 개선했다. 배제된 누군가가 사회적으로 유의미
한 존재가 될 수 있어야 한다는 이동권 운동의 방향을 생각한다면,
앞서 설명한 것과 같은 맥락에서 이동권은 쾌적함과 편리함도 포
함할 수 있을 것이다. 거리는 더 편평해야 하며, 엘리베이터는 더
많아야 한다. 그리고 자유의 바퀴는 '멀쩡한 청년'을 포함하여 필
요한 모든 이에게 주어져야 한다.

취준생의 자격

초등학교부터 고등학교 때까지 나는 꽤 성실한 학생이었다. 개근상, 정근상이 여러 개였다. 그런데 재수 학원에서 처음으로 온갖 문제가 생겼다. 수술과 후유증, 크론병으로 인해 나는 두통, 관절통, 근육통, 복통을 달고 살았다. 약 부작용으로 자리에서 일어나지 못해 결석한 날도 있었고, 두통이 너무 심해서 조퇴한 날은 세기가 힘들다. 담임선생님은 내가 필요하면 언제든 쓸 수 있도록 조퇴증과 외출증을 미리 왕창 써주었다. 학원을 졸업하고서도 외출증이 집에 남아있었을 정도이다. 나는 걸핏하면 나갔다. 수업을 듣다가도 두통을 견딜 수 없으면 그냥 나가서 바깥 공기를 쐤다. 난간에 기대서 반쯤 잠들어 있다가 수업이 끝난 친구들이 나와서 내 상태를 확인한 적도 있었다. 그때 나는 결석, 외출, 조퇴를 밥 먹듯이 했다. 자주, 불편하게 했다는 뜻이다.

사실 지각은 많이 안 했는데, 지각할 정도의 상태면 애초에 나가는 것부터가 어려웠기 때문이다. 차라리 아파서 학원에 못 나가는 날에 부모님은 더 안심하곤 했다. 학원에 나가면 내가 아파도 바로 도울 수가 없으니. 학원에서도 그렇기는 했지만, 학교에서 출석률은 성실함의 척도였다. 아프기 전에는 그러한 평가 기준에 의문을 가져본 적이 없었다. 그런데 돌이켜보면 아픈 사람은 정근상은 받을 수 있어도, 개근상은 절대 받을 수가 없다. 그리고 수업에 빠진 사람은 그 내용을 보충할 방법이 없다. 물론 친구들에게 노트를 빌리고, 선생님을 찾아가서 따로 질문을 드릴 수도 있겠지만, 그건 제도적 보장이 아닌 개인적 노력이다. 즉 학교에 아픈 학생은 없어야 했다.

재수가 끝나고 대학에 들어가서야 나는 출결과 성실성의 연결, 출결 점수의 비중에 문제의식을 느끼기 시작했다. 1학년 때는 지금보다 건강했지만, 그래도 종종 아팠다. (당시 기준으로는) 시간표가 널널했지만 조금이라도 무리를 한 다음 날에는 머리가 핑 돌고 속이 메슥거렸다. 수요일에 있는 수업은 당시 학교의 교양 수업 중 1학년이 들을 수 있는 가장 어려운 수업, 소위 '헬강'으로 유명했다. 그러다 보니 화요일은 이 수업을 대비하느라 조원들과 모여서 밤새 공부하기도 했는데, 수업과 조원들이 좋았던 것과는 별개로 체력에는 큰 타격이었다. 이 수업 도중에 증상이 너무 심해져서 조퇴한 적이 여러 번 있었다.

그래도 이때까지는 버틸 만했다. 1학년 때는 기숙사에 살아서 강의실에서 나오자마자 바로 침대에 누울 수 있었다. 하지만 기숙사 생활이 끝난 2학년 때부터 문제가 커졌다. 오전에 일찍 일어나서 움직이면 쓰러질 듯 힘들었고, 학교에 도착해서도 정작 수업에는 못 가곤 했다. 아프다고 메일을 보내기 시작한 건 그때부터였다. 매번 메일을 보내는 것은 교수님이 어떤 분이든 정말 눈치 보이는 일이었다. 출결이 점수로 포함된다는 것은 나에게 정말 큰 압박이었다. 몇 회 미만으로 출석하면 무조건 F를 받는 제도까지 있었다. 학기 중에 입원이라도 하게 되면 더욱 난감하다.

내가 만난 교수님들은 모두 나의 사정을 이해해 주었지만, 이는 순전히 운이었다. 교수님들에게 사정을 일일이 설명하면 출석은 어느 정도 고려해줄 수 있다고 하더라도, 수업을 듣지 못해서 생긴 공백을 메울 제도는 없다. 그래서 성적을 망칠 것 같다면 휴학을 해야 한다. 아니면 아픈 와중에도 죽도록 공부해야 하거나. 내 주변에는 나처럼 아픈 몸으로 학교에 다니는 이들이 있고, 내가 아는 한 이 친구들은 정말 '성실'하다. 자신이 움직일 수 있는 한에서 항상 최선을 다했고 자신의 머리가 돌아가는 한에서 항상 열심히 고민했다. 그러나 아픈 몸 때문에 수업에 나올 수 없어서 성적을 제대로 못 받는다는 현실에 좌절감을 느껴야 했다. 억울함도 있었다. 대학에 오기 전에도 질병 때문에 학교를 제대로 다닐 수 없어서 수

학을 사칙연산 말고는 거의 할 줄 모른다고 말한 친구도 있었다. 학교는 노력과 재능이 아니라 건강한 몸으로 다니는 것이었다. 경직된 시간에 맞추어 오차 없이 움직일 수 있는 능력만이 성실함으로 여겨지는 사회에서 아픈 사람은 학교도 다닐 수 없다.

경제학과 대학원을 진지하게 오래 고민했지만, 그 공부를 하면서 내 마음속 어딘가에 갈증이 있다는 느낌을 받았다. 무엇보다도 장애인권동아리 활동을 시작한 것이 가장 컸다. 뜻밖에도, 자주 아프고, 성실하기 힘든 나의 몸을 고민하면서 크론병이 진로를 바꾸는 결정적인 계기가 되었다. 예상치 못한 방향이면서, 꽤 괜찮게.

크론병 환자 중에는 관리를 잘해서 대기업에서도 일하는 사람들이 있지만, 솔직히 나는 내가 몸 관리를 그만큼 잘할 수 있을지 의문이었다. 학과 동기나 선후배들은 으레 5급 공무원 시험, 금융 공기업, CPA, 로스쿨 중 적어도 하나는 준비한 적이 있거나 지금도 준비 중이다. 나도 로스쿨을 잠깐 고민했지만, 어딜 가나 몸이 문제였다. 힘들게 합격해 놓고선 몸이 견디지 못해 5급 공무원을 그만두는 사람들이 매년 있다는 이야기, 로펌이고 검찰이고 쉴 틈 없는 업무와 알코올 범벅인 뒤풀이에 제대로 참여하지 않으면 버티기 어렵다는 이야기를 심심찮게 들었다. 특정 시기에 일이 몰리는 회계사의 노동환경도 나에게는 적합하지 않았다. 이런 몸으로 일할 수 있는 환경을 만들어야 한다고 생각하는 지금은 또 다르겠지만, 내가 적응해야 한다고 생각했던 그때라면 나는 그저 아픈 걸 참고 일하다가 수술을 하게 되었을지도 모른다.

한국에서 야근이나 과도한 업무량은 기본이다. 그래서 최근에는 '워라밸Work and Life Balance', 즉 일과 생활의 균형을 맞추어 '저녁이 있는 삶'이나 '주말이 있는 삶'이 필요하다고 이야기가 나오곤 한다. 하지만 이는 특별한 질환이나 장애가 없는 건강한 비장애인들만의 해당 사항이기도 하다. 나 같은 사람에게 야근이나 과도한 업무량은 아예 취직이 불가능한 조건이니까. 어떤 질병이나 장애를 가진 이들은 아예 노동 시장에서 배제되기도 하고, 중증장애인에게는 최저임금을 안 줘도 된다는 법 조항까지 있다.* 공무원은 일찍 퇴근한다고 착각하고 잠시 공무원 시험 준비도 생각했었지만, 그 어려운 시험을 뚫고 들어가서도 매년 그만두는 사람들이 적지 않다는 이야기를 들었다. '워라밸'이라는 말이 유행처럼 들리지만, 그걸 누릴 수 있는 사람조차 한정적이다.

직장 스트레스는 질병을 심해지게 하거나, 없던 질병을 만들기도 한다. 그런 스트레스가 기본인 곳은 나에게 그냥 일할 수 없는 곳이다. 나는 스트레스가 심하면 염증이 늘어난다. 크론병 환자는 과로나 스트레스로 인해 염증이 심해지고, 장에 구멍이 뚫리기도 한다. 나는 암을 조심하라는 말을 진단받은 날에 듣기도 했다. 그

---

* 최저임금법 제7조(최저임금의 적용 제외) 다음 각 호의 어느 하나에 해당하는 자로서 사용자가 대통령령으로 정하는 바에 따라 고용노동부장관의 인가를 받은 자에 대하여는 제6조를 적용하지 아니한다. 1. 정신장애나 신체장애로 근로능력이 현저히 낮은 자 2. 그 밖에 최저임금을 적용하는 것이 적당하지 아니하다고 인정되는 자.

런데 이런 스트레스나 끔찍한 노동조건은 건강한 사람들도 견디기 힘들다. 보통 회사에서 힘든 일을 도맡게 되는 것은 입사한 지 얼마 안 된 사람들이고, 여기서 청년이 대부분을 차지한다. 눈치도 가장 많이 봐야 하고, 성폭력에 시달리기도 한다. 잔업도 많다. 가장 낮은 직급의 청년들이 스트레스와 과로에 유독 취약할 수밖에 없는 구조이다. 이러니 꿈이 없다는 이야기가 나오는 것이 아닐까? 나는 이것이 끝없이 성취를 요구하는 사회에서 발생할 수밖에 없는 현상이라고 생각한다. 철학자 한병철이 《피로사회》에서 이야기하듯, 그렇게 성과만을 좇는 주체는 극심한 우울과 불안에 빠질 수밖에 없으니까.

그런데 놀랍게도 크론병은 그런 우울과 불안을 오히려 조금 완화해 주었다. 나는 내 몸에 패배했다는 사실을 인정함으로써 성과의 굴레를 약간은 벗어날 수 있었다. 크론병을 '딛고' 성공하는 이들도 존재하겠지만, 그러기 위해서는 자신의 고통을 계속 외면하고 참아야 한다. 이는 목숨을 건 싸움이 된다. 나는 목숨을 걸고 싶지 않았다. 그것은 내 몸을 존중하는 길이 아니라고 생각했다. 너무 엄살떠는 것 아니냐고 물을 수도 있다. 그럴지도 모른다. 병에 걸린 후 겁이 많아졌다. 미리 조심하는 버릇이 들다 보니 면역력과 함께 배짱도 약해졌다. 내 몸을 지키면서 살아가려면 어떻게 해야 할지 고민하다 보니, 꿈의 방향을 바꾸면 된다는 생각이 들었다. 가봤자 못 버틸 것이라는 예상과 새로운 흥미가 결합해서 나는 앞서 언급한 모든 대안을 확실하게 포기하고 대학원을 준비하기로 했다.

장애인권동아리와 장애인권위원회 활동을 하면서 장애학을 접했다. 장애인의 삶, 장애 정체성, 장애인을 차별하는 사회에 대한 이론들은 내가 사회뿐 아니라 나의 몸을 다시 생각할 수 있도록 하는 도구였다. 나는 장애학을 통해 나의 아픈 몸을 들여다보면서, 몸을 다루는 학문들을 찾고 공부하기 시작했다. 그러다 접한 문화인류학 역시 마찬가지였다. 나의 몸뿐 아니라 아픈 몸으로 살아가는 많은 이들의 이야기를 배우고, 알아갈 수 있을 거라는 생각이 들었다. 이런 공부들에 둘러싸인 지금이 나는 행복하다(번역이 안 된 읽을거리가 많다는 점만 빼면 말이다). 큰돈을 벌면서 살거나 안정적인 직장을 갖지 못할 가능성이 크지만, 나를 알아갈 수 있는 이야기들을 공부하는 지금이 좋다. 크론병이 아니었다면 나는 이런 방향성을 잡지 못했을 것이다.

석사까지 학교에서 마칠 수 있는 과정에 합격했지만, 박사 과정에 진학하려면 장학금을 받아야 한다. 그때 어떻게 될지는 모르겠다. 다만 나는 이렇게 취업과는 다른 꿈과 진로여도 희망을 갖고 나아갈 수 있어야 하는 세상을 만들고 싶다. 누군가는 자신의 몸을 거스르며 살았을 것이다. 행정고시를 준비하는 친구가, 합격한 지 얼마 되지도 않아서 갑자기 심장마비로 죽은 사람도 있다는 이야기를 해준 적이 있다. 정확한 사인은 모르지만, 과로로 죽는 공무원들이 있다는 사실을 고려한다면 노동조건 때문이었을 가능성이 크다. 우리가 몸을 외면하면서 죽어가게 만드는 사회이다.

내 주변에는 내가 포기한 일들에 매진하는 이들이 많다. 로스쿨
에 합격한 친구, 탈락한 친구, 행정고시를 포기한 친구, 언론고시를
준비하는 친구, 기업의 인턴 자리를 찾는 친구……. 한편으로는 나
에게도 주류적 삶을 누리고 싶은 욕망이 있어서 그런 모습들이 부
럽기도 했다. 하지만 옆에서 바라본 취업 준비는 정말 고통스러운
과정이었다. 국어능력인증시험부터 시작해서 영어는 기본이고 스
터디 모임, 학원, 인터넷 강의, 문제 풀이, 자기 소개서 쓰기, 논술
준비, 면접 준비까지, 준비할 것이 한두 개가 아니었다. 이처럼 많
은 기준에 맞는 사람이 되어야 한다니, 이게 가능하기는 한가. 건강
한 사람들에게도 무리라고 하는데, 책 읽고 글 쓰는 것 이상으로는
체력이 잘 받쳐주지 않는 나에게는 어떨까.

'건강함'은 취업 준비의 기본 조건이다. 게다가 적지 않은 기업
들에서는 자기 소개서에 '도전 정신'이나 '특별한 경험'을 소개하
라는 항목을 마련해 두는데, 여기에 으레 등장하는 레퍼토리는 에
베레스트 등반이나 국토대장정 같은 경험이다. 이건 기업 자기 소
개서인가, 철인 경기 지원서인가. 겉보기에는 자신의 장점을 어필
하는 문항이지만 사실 그 안에는 건강과 끈기, 그리고 이 두 '미덕'
이 담보하는 성실함이 담겨있는 것이다. 즉 건강함은 취업 준비의
기본 조건일 뿐 아니라 취업의 조건이기도 하다. 시력과 같은 신체
능력 수치를 묻기도 하고, 아예 신체검사를 요구하는 기업도 있다.
굉장히 노골적이다. 기업에서는 극한의 경험을 통해 자기 몸의 한
계를 뛰어넘고, 시키는 일 정도는 가볍게 해낼 수 있는 건강의 화

신을 원하는 것이다. 때로는 취업 준비를 시작도 안 하길 잘했다는 생각이 들기도 한다. 건강하지 않은 사람이 몸을 돌보는 동시에 취업까지 준비하는 것은 건강한 사람에 비해 더 큰 이중고일 수밖에 없으니까. 나야 공부하기로 마음먹은 사람이라 치더라도, 취업을 원하는 크론병 환자는 정말 난감할 것이다. 그렇다고 건강한 사람들이 다 살기 편한 것도 아니다. 그들은 모두 자신이 더 건강하고 유능하다고 증명해야 한다. 건강한 사람마저도 건강을 요구하는 사회에서 고통받는다.

나처럼 약을 먹어도 어쩔 수 없이 아프고 피곤한 사람에게는 어쩌면 이렇다 할 묘책이 없을 수도 있다. 하지만 업무 강도만 줄어도, 업무 중에 겪는 스트레스만 줄어도 자기 일상을 영위할 수 있는 이들조차 약과 피로 회복제에 의존하는 세상은 바람직하지 않다. 국토횡단쯤 거뜬히 해내는 사람도 박카스를 먹어야 소화할 수 있는 업무는 사람이 할 일이 아니다. 분명히 밝혀두는데, 그건 청춘이 아니고 철인이다. 말 같지도 않은 노동 강도는 많은 사람을 죽였고, 장애인들을 노동, 나아가 사회에서 소외시켰다.

일하지 않는 사람도 존중받는 사회여야 하지만, 동시에 일하고 싶은 사람이 있다면 그가 일할 수 있는 환경을 조성해야 한다. 계단, 좁은 복도, 소리가 울리는 회의실, 아무것도 없는 바닥처럼 비장애인이 일할 수 있는 환경은 이미 있다. 그러니 장애인이 일할 수 있는 환경도 필요하다. 아픈 사람이 일할 수 있도록 충분한 휴식 시간이나 출결 시스템도 필요하다. 모두가 자신의 꿈을 찾을 수 있으려면, 우선 몸이 존중되어야 한다. 몸을 거스르지 않고도 살아갈 수 있어야 한다. 질병이 없는 사람들도 자신의 몸을 관찰하고, 한계를 받아들일 수 있는 세상이어야 한다. 나는 오히려 바로 그 한계에서 우리가 가장 행복해질 수 있다고 생각한다. 특히 많은 일과 성취를 요구받고, 무엇보다 건강을 요구받는 나와 같은 청년들이 자신의 몸과 어울려 살아갈 수 있으면 좋겠다.

누구도
해치지 않는 말하기

물론 사람들은 은유 없이 사고할 수 없다. 그러나 그렇다고 해서 우리가 자제하고 피하려 애써야 할 은유가 없다는 것을 의미하지는 않는다. 물론 모든 사고는 해석이다. 그러나 그렇다고 해서 해석에 '반대한다'는 것이 언제나 옳지 않다는 것을 의미하지는 않는다.

―수전 손택Susan Sontag, 《은유로서의 질병》

병신과 장애인

의도치 않게 상처를 주는 말들이 범람한다. 나는 되게 자주 상처를
받는 사람이다. 위장에 항상 상처가 나있는 건 둘째 치고, 인터넷
에 떠도는 활자들과 주변 사람들의 친절하고 즐거운 말에도 자꾸
만 마음이 긁힌다.

　언제나 그렇듯이 나는 난데없이 상처를 받았다. 얼마 전 '진보
논객'이라 불리는 어느 사람은 자기 기준에서 '헛소리'라 여겨지는
댓글에 대고 딱 다섯 글자를 남겼다. "쾌유하세요." 나는 순간 이
해하지 못했다. 쾌유하라니? 누가 병에 걸렸나? 사실 병에 걸린
사람이 있다고 해도 쾌유하라는 말이 항상 옳거나 유용하지는 않
다. 또 최근에는 '보수 언론'이라 불리는 매체의 사설을 읽다가, 청
소년들에게는 '포퓰리즘 면역 항체'가 없으니 투표권을 주어서는
안 된다는 표현을 읽었다.[11] 음, 면역 항체? 누가 병에 걸렸나? 사
실 병에 걸린 사람이 있다고 해도 그 사람의 권리를 타인이 결정할
수 있는 건 아닌데 말이다. 코로나19로 한국이 떠들썩하던 2020년
3월에는 사회문제를 '기저 질환'이라고 표현하고, 비례대표용 위
성 정당을 '역병'이라고 하는 칼럼도 읽었다.[12] 텔레비전에서는
'연예인병'이라는 단어가 나왔다. 자기가 연예인이라도 된 줄 안다
며 조롱하는 의미 같았다. 그게 대단히 조롱할 일도 아닌데. 나쁜
의도에는 자꾸 '병'이 붙었다.

　어느 날부터인지 항상 유행하는 종류의 말이 있다. 'OO병.' 이

를테면, 단발이 잘 어울리는 연예인을 보고 단발을 따라 하는 행동을 "단발병에 걸렸다"라고 했다. 사춘기를 '중2병'이라고 칭하기도 한다. 특히 이것이 많은 사람에게 일어날 때, 즉 유행할 때 ○○병이라는 말이 생긴다. 그와 더불어 "○○병에는 약도 없다" 같은 말도. 유행어 속의 ○○병은 대체로 전염병이다. 그런데 전염성 질병 말고도 사람들에게 퍼지는 것은 많다. 감정도 전염된다고 하고, 생각이 전염된다고도 한다. 재채기나 하품이 전염된다는 이야기도 있다. 그런데 '단발 하품'이나 '단발감' 혹은 '단발삘feel'이 아닌 '단발병'이다.

조금 더 노골적이고 의미가 직접적인 듯한 경우들도 있다. 성범죄가 일어났을 때 많은 남성들은 그 남성 성범죄자가 '미친' '정신병자'이고 '정상적인 남성'들은 그러지 않는다고 말한다. 정치인이 누군가를 모욕하거나 민주적이지 않은 언행을 할 때, 그러한 기사에는 정신병원의 이름과 전화번호가 주르륵 적힌 댓글이 올라오곤 한다. 사람들은 그러한 정치인을 욕하려고 '정신병자'라고 말한다. 속이 너무 답답할 때는 "암 걸린다"라고 말하고, 어떤 일에서 실력이 부족한 사람에게는 '병신'이라고 말한다. 나는 PC방에서 게임할 때 꼭 필요하지 않으면 헤드셋을 사용하지 않는 편이다. 그래서 주변의 말소리가 섞여 들리곤 하는데, 가장 자주 듣는 단어 중 하나가 '병신'과 '장애인'이다. 그 사람들이 장애인에 대한 혐오 표현을 논하고 있다고 믿고 싶었지만, 대체로 "이것도 못하냐, 병신아?" 같은 문장이었다. 사실 이럴 때는 어떻게 개입해야 할지 잘 모르겠고, 말을 거는 게 잘하는 일인지 확신도 없어서 혼자 조용히 넘기곤 한다. 정말 환자나 장애인을 욕하려고 저런 말을 하는 경우는 거의 없거나 점차 줄고 있지만, 여전히 그 의도와 무관하게 지나가던 행인 1은 상처를 받는다. 무심코 던진 '포퓰리즘 면역 항체'와 "쾌유하세요"에 지나가던 난치 자가면역질환자인 내가 맞은 것처럼.

나는 그러한 말을 사용하지 않되, 그것이 왜 상처가 되는지도 함께 꼭 따져보아야 한다고 생각한다. 누군가는 이것이 고작 기분의 문제라고 말할지도 모르겠지만, 말이 상처를 입히게 된 배경을 본다면 기분은 단지 개인적인 문제가 아닐 수 있다. 누군가의 기분은 온 세상이 나서서 보호해 주지만, 누군가의 기분은 걸핏하면 짓밟히기 일쑤이다. 사례는 많다. 남성이 피해자고 여성이 가해자일지 모른다는 일말의 단서라도 있는 사건에서는 유례없는 구속과 국제 공조를 단행했지만, 수많은 여성이 피해자인 사건에서 주요 용의자들은 집행유예로 풀려나거나 불기소처분을 받았다. 비장애인의 삶의 질 향상을 위한 온갖 사회기반시설과 혜택이 생기는 동안 장애인 복지 제도는 도리어 퇴행하기도 했다. 기분은 개인적인 관계에서 중요하지만, 그 배경에는 사회적인 차별이 존재할 수 있다. 기분은 불평등과 분리할 수 없다. 누군가는 너무 존중받아서, 누군가는 너무 무시당해서 기분이 쉽게 망가진다. 존중과 무시가 사람을 가린다면, 그 배경에는 보통 불평등이 있다.

나는 대학교 1학년 때까지만 해도 이런 말들을 아무런 반성 없이 사용하던 사람이었다. 저런 말들 없이는 누군가에 대해, 혹은 어떤 상황에 대해 제대로 표현할 수도 없는 사람이었다. 뒤늦게 말버릇을 바꾸려고 노력했고, 1년이 지난 후부터야 조금씩 나아지기 시작했다. 그러고도 어떤 말들에 대해서는 무지했다. 3년 정도 지난 지금도 충분하지 않다. 그런 말들의 목록을 완벽하게 만들 수도 없다. 나는 학교의 장애인권위원회에서 활동하면서 2018년 초에 사람들과 함께 장애인 혐오 표현의 목록을 만들었고, 각각이 어떻게 문제가 되는지 설명을 달았다. 그 게시물은 우리가 예상한 것보다 훨씬 많이 공유되었고, 요즘도 가끔 그 게시물의 알림이 뜨곤 한다. 이렇게 목록을 만드는 일은 우리의 언어가 인간에게 얼마나 무심한지, 장애인에 대한 차별이 우리 일상 속에 얼마나 깊이 들어와 있는지 알게 해주는 일종의 충격 요법이기도 하다. 하지만 비슷한 문제는 특정 어휘에 의해서만 발생하지 않는다. 혐오는 각종 다양한 방식으로 말을 변주한다. 금기어의 한계는 뚜렷하다.

한편으로 그런 금기어를 만드는 것이 다시금 의료나 법의 권위에 호소하는 것 같다는 느낌을 받을 때도 있었다. 사람들은 폭행이나 살인 사건이 보도될 때 범인을 보고 '분노 조절 장애'라고 욕하곤 한다. 나는 이 표현이 옳지 않다고 생각하면서도, 나의 지적이 장애나 질병을 신체 혹은 의료로 환원하지는 않는지 자주 고민한다. 이를테면 어떤 사람이 음식점에서 메뉴를 고르지 못하는 상황들 때문에 일상생활과 인간관계에서 큰 불편을 겪고 있다고 해보자. 그리고 그가 자신의 상황을 조롱하기 위해서도 아니고, 남을 비난하기 위해서도 아니고, 자신의 상황을 설명하기 위해서 '선택 장애'라는 단어를 사용한다고 해보자. 과연 나는 이 사람에게 "그런 말을 하시면 안 됩니다"라고 할 수 있을까? '장애'라는 단어를 모욕적으로 사용하는 사회를 간과하는 것은 아니다. 다만 누군가가 자신의 상황을 진지하게 설명하고자 할 때 'ㅇㅇ병'이나 'ㅇㅇ장애' 같은 말을 사용하는 것을 원천 봉쇄하는 것이 정말 옳은지 의문이 생겼을 뿐이다.

정신 질환을 비난의 도구로 사용할 때 이런 대응을 본 적이 있다. "당신이 의사도 아니면서 진단하지 마라." 사실 의사라면 더더욱 공적인 장소에서 타인을 그의 동의 없이 진단해서는 안 되지만, 저 문장은 기본적으로 질병의 판단을 오직 의사에게 맡긴다는 점에서 의료적 권위에 호소한다. 나는 진단을 받지 않았으나 자신의 증상들을 스스로 관찰하며 자신이 조현병이라고 확신하는 사람을 본 적 있고, 그러한 판단이 충분히 존중받아야 한다고 생각한다. 일단 적어도 나는 그 판단의 옳고 그름을 판단할 자격도 능력도 없으며, 우리는 의료적 권위나 법적 기준과 무관하게 우리는 자신을 설명해야 하는 상황에 맞닥뜨리곤 하기 때문이다. 특히 만성질환자라면 더욱 그렇다. 섬유근육통, 자율신경계수조증, (만성 피로 증후군으로 더 많이 알려진) 근통성 뇌척수염 등은 병원에서 진단 자체가 어려운 희귀, 난치, 만성질환이다. 이런 질환들은 전혀 이상이 없다는 말을 듣고 몇 년이 지나서 뒤늦게 진단되기도 하며, 아직 발견되지 않은 만성질환도 있을지 모른다. 여성들의 증언은 종종 무시돼서 진단을 받지 못하거나 정신 질환으로 환원될 때가 있고,

우울증은 여성들이나 걸리는 질병이라는 식의 성차별로 인한 의학의 편견은 남성들이 우울증 진단을 받지 못하게 하기도 한다. 그러나 우리는 진단명이 없으면, 혹은 복지 카드가 없으면 그 사람의 말을 인정하지 않곤 한다. 그가 환자 혹은 장애인을 사칭한다고 몰아붙이곤 한다. 실제로 내 친구는 장애인으로 법적 등록이 되지 않았다는 이유로 사람들에게 비난당한 적이 있었다.

지금 우리가 살아가는 사회에서 질병과 장애를 의료나 법과 완전히 떼어놓고 말할 수는 없을 것이다. 그러나 질병과 장애를 의료나 법의 영역에만 가둔다면 자신의 몸을 표현할 수 있는 길이 막히는 사람이 너무나 많다. 나의 어머니는 걸핏하면 잠이 오고, 머리가 아프고, 어지럽고, 매일같이 토하고 코피가 나는 생활을 아주 오래 이어갔다. 차라리 죽었으면 좋겠다는 심정이었다고 했다. 어떻게 치료할 방법은 없는지, 무슨 병인지 이름이라도 알고 싶어서 할 수 있는 모든 검사를 다 받았지만 모든 결과에서 이상이 없다는 대답만 돌아왔다. 그러나 어머니의 증상과 몸의 상태는 그대로였다. 최근에는 진단명이 생겼다. 진단을 받기 전에, 차라리 진단이라도 받을 수 있다면, 내가 왜 아픈지 이해라도 할 수 있다면, 진단이 나쁘기만 한 일은 아닐 것 같다는 어머니의 말이 떠오른다. 진단명이 없는 환자들은 오히려 더 고립되고 외면당한다. 학교나 일터에서는 엄살떨지 말라고 비난받고, 주변 사람들에게는 게으르다거나 거짓말쟁이라는 오해를 받곤 한다. 진단명 하나의 유무로 존중을 얻을 수도, 잃을 수도 있다.

누군가를 비난할 때 질병이나 장애라는 말을 사용하면 안 되는 이유는 질병이나 장애를 나쁜 것으로만 이해하는 차별적인 사고방식을 답습하지 않기 위함이다. 그래서 나는 만일 그 단어를, 자신의 몸의 상태를 정말 진지하게 고민하는 사람이라면, 자신을 설명하고 표현하기 위해 질병이나 장애라는 말을 사용할 수 있다고 생각한다. 김원영 변호사는 EBS 〈배워서 남줄랩〉에서 '병신'이라는 단어도 자신이 떳떳하면 쓰고, 아니면 쓰지 말라고 했는데, 당시에는 이것이 너무 관대한 기준이라고 생각했다. '분명 잘못은 잘못 아닌가?' 그러나 애초에 그것이 왜 잘못인지, 어떤 상황에서 잘못이 되는지는 충분히 생각하지 않았던 것 같다. 한편으로 나는 이것이 정치적 올바름Political Correctness의 잘못된 사용일 수 있다고 생각한다. 나는 혐오 표현의 사용에 반대하며, 나부터 이를 잘 실천하고자 노력해서 종종 'PC충'이라고 불린다. 그러다 보니 나는 '정치적 올바름'이라는 말이 무슨 의미인지 고민하게 되었는데, 생각할수록 납득이 안 가는 말이었다. 무엇이 정치적이라면 그것의 의미를 두고 계속 여러 주장이 경합해야 한다. 정치적인 문제에서 답이 하나로 고정될 수는 없기 때문이다. 그래서 '올바름'이 있다면 있지, '정치적 올바름'이 있다고 생각하지는 않았다. 내가 느끼기에 '올바름'이라는 단어는 굉장히 경직적이기 때문이다.*

---

* 이 부분은 '정치적political'이라는 말에 대한 앨리슨 케이퍼Alison Kafer의 정의에 빚지고

그런 사고의 흐름을 이어가다가, 요즘에는 '정치적 올바름'이란 어떤 단어의 의미를 한정하지 않고 계속 질문하는 일이라는 결론에 이르렀다. 이를테면 '홍대병'이라는 단어는 문제인가? 그것은 왜 문제인가? 이를 알아보려면 이 단어가 사용되는 맥락을 살펴야 하고, 사용되면 안 된다는 이유를 "'○○병'이기 때문"만으로 일축해서는 안 된다. 이전에 정치적 올바름에 대해 그것이 선악의 이분법으로 말을 나누고, 그렇게 구성한 '선'을 정치적인 주장이 아니라 자연적인 '도덕'으로 여기는 도덕주의로 나아가는 상황을 비판한 글을 읽은 적이 있다.[13] 나는 이러한 지적에 공감하며, 만일 정치적으로 올바른 것이 있다면 그것은 오직 논쟁이라고 생각한다. 말에 대한 논쟁이 필요한 이유는 사회에서 당연히 나쁜, 당연히 안 좋은 것으로 여겨졌던 질병이나 장애를 당연히 괜찮은 것으로 만들기 위해서가 아니라, 그것을 나쁘게 여기도록 만든 권력에 질문하기 위함일 것이다. 당연히 괜찮은 것은 없으며, 당연함에 익숙해지면 다른 누군가의 문제 제기에 쉽게 시큰둥해질 수 있기 때문이다(그러니 누군가를 쉽게 PC충이라 비난하는 일도 타인의 고민을 전혀 존중하지 않는 일일 것이다).

있다. 케이퍼는《페미니스트, 퀴어, 크립Feminist, Queer, Crip》의 9쪽에서 "무언가를 '정치적'이라고 말하는 것은 그것에 권력 관계들이 내포되어 있고, 이러한 관계들과 그 전제들, 그리고 효과들이 도전받고, 도전받을 수 있으며, 불화와 토론에 열려 있음을 의미한다"라고 말했다.

그래서 내가 선택한 방법은 두 개이다. 쉽게 판단하지 않고, 느낌을 직접 말하는 것. 어떤 사람이 '선택 장애'라는 단어를 사용할 때, 그가 웃었는지, 웃었다면 씁쓸하게 웃었는지 가볍게 웃었는지, 가벼움 속에 어떤 망설임이 있지는 않았는지 생각한다. 그것이 타인에 대한 조롱인지, 자신의 상황에 대한 진지한 고민에서 나온 판단인지 생각한다. 그리고 동시에 나는 그 말을 사용하지 않는다. 있는 그대로, 느낀 그대로 말한다. 즉 선택하기가 어렵다고 말한다. 다른 경우도 마찬가지이다. 대단한 일이 있으면 "미쳤다"라고 하는 대신 "대단하다"라고 말했고, 나쁜 사람이 있으면 나쁘다고 말한다. 심각하게 나쁘면 심각하게 나쁘다고 말한다. 어떤 일을 못하는 사람은 여러모로 따졌을 때 가볍게 말할 수 있는 상황이 아니라면 굳이 지적하려 하지 않는다. 누군가의 말이 맥락을 벗어나면 '난독증', '맥락맹盲' 혹은 "멍청하다"라고 말하는 대신 그냥 맥락을 벗어난다고 말한다. 화를 참지 못하는 사람에게는 '분노 조절 장애' 대신 화를 못 참는 사람이라고 말한다. 기분이 나쁠 때는 "거지같다"라고 하지 않고 기분이 나쁘다고 한다. 누군가에게 피해를 주지 않는 행동을 구태여 비난하거나 조롱하지 않으려 노력하고, 설령 피해를 주더라도 그것이 누구에게 피해인지, 비난하거나 조롱할 수 있는 행동인지 따져본다.

써놓고 보면 참 단순한 방법이다. 그때그때 상황을 섬세하게 관찰하고, 그 상황을 다른 무엇에 빗대지 않고 말하는 것뿐이다. 이렇게 단순한 방법을 찾았음에도 여전히 말하기를 열심히 의식해야 할 만큼 습관과 편견은 강력하다. 의도치 않게 상처를 주는 말은 보통 당장 앞의 사람이나 경험이 아닌 편견에 기대는 말이다. 그래서 그 편견이 입혀진 사람들은 자꾸 의도치 않게 상처받는다. 말을 조심할 때 핵심은 말 자체가 아니다. 말을 경계하면서 우리는 말 뒤의 불평등한 사회와 내 앞의 사람을 마주하게 된다. 은유는 단지 글이나 생각을 꾸미는 장식을 넘어 우리의 태도, 신념, 행동에 영향을 주기 때문이다.[14] 우리가 사용하는 말을 섬세하게 살펴보는 것은 단지 '프로불편러'의 일이 아니라, 자신을 돌아보고자 하는 이들 모두의 몫이다.

말의 방향

그러나 내가 질병 은유나 혐오 표현을 비판하는 이유는 그것이 단지 낙인이나 편견을 반복하고 재생산하기 때문만은 아니다. 사람들이 받는 상처를 넘어서, 이러한 은유는 현실을 전혀 진지하게 고려하지 않는다. 말은 방향을 설정한다. 질병을 사례로 생각해 본다면, 질병이 무엇인가를 비난하기 위한 도구로만 사용될 때, 환자가 입는 상처는 비단 마음의 상처뿐이 아니다.

　코로나19 참사에서 수많은 기사, 칼럼, 평론이 쏟아져 나왔다. 여기서 '바이러스'는 가장 흔한 은유였다. 박원순 서울시장은 세계 여성의날을 맞아 SNS에 올린 글에서 '차별과 폭력, 혐오와 배제는 가장 고질적이고도 반드시 없어져야 할 바이러스'라고 말하기도 했다. 인터넷 뉴스의 댓글이나 SNS에서 읽은 것까지 포함하면 셀 수 없이 많겠지만, 언론사의 헤드라인에서 사용된 바이러스나 질병의 은유는 주로 다음과 같은 모습이었다.

[여기는 논설실] 코로나보다 더 무서운 '꼬리표'와 '지역 혐오 바이러스'

_《한국경제》, 2020.03.18.

[세상읽기]위성정당 '역병' 창궐…총선 연기를

_《경향신문》, 2020.03.20.

[지평선] 우리 사회의 기저 질환

_《한국일보》, 2020.03.19.

[이상헌, 바깥길] 또 다른 바이러스

_《한겨레》, 2020.03.17.

[만평] 혐오 바이러스 방역

_《오마이뉴스》, 2020.03.11.

특히 인종차별, 지역 차별 등을 '혐오 바이러스'라고 칭한 사람과 언론사는 세기 힘들 정도로 많다. 이 모든 과정에서 '역병' 혹은 '바이러스' 혹은 '기저 질환'은 지극히 얄팍하게 사용되었다. 각 글을 읽어보면 알겠지만, 위와 같은 글들에서 역병과 바이러스는 어떤 나쁜 것이 퍼지거나 만연한 상황을 비판하는 도구일 뿐이다. 여기서 문제는 역병과 바이러스는 우리가 맞서 싸우고 없애야만 하는 대상, 없애지 않으면 사회가 위험해지는 대상이 된다. 하지만 이는 감염병의 현실과는 크게 다르다. 우리는 언제나 감염병의 위기에 살고 있으며, 전문가들은 앞으로 우리가 알지 못하는 변종 바이러스가 더욱 자주 출몰할 것이라고 예상한다. 코로나19처럼 전파가 빠른 바이러스가 또 온다면, 이를 미리 파악하고 방역하는 것은 사실상 불가능하다. 방역 혹은 '바이러스와의 전쟁'은 지극히 사후적이다. 필요하지만 결코 전부는 아니라는 뜻이다.

질병과 기저 질환을 은유로 사용할 때도 맥락은 비슷하다. 위에 언급한 《한국일보》 논설*의 구조에서는 질병을 은유로 활용하면서 질병을 가진 사람들의 현실에는 요만큼의 관심도 없는 모습이 드러난다. 이 글은 기저 질환 관련 내용을 단지 '기저 질환은 심각하고 위험한 것'이라는 전제를 만들기 위해서만 맨 앞에 약간 덧붙이고 있다.

> 코로나19의 국내 치명률은 1% 수준이다. 그러나 감염자가 고령이거나 기저질환을 갖고 있으면 이야기는 달라진다. 질병관리본부가

---

* 이 글이 다른 글들보다 유독 문제가 심각해서 강력히 비판하는 것은 아니다. 다만 다른 글들은 바이러스나 질병을 아주 얕팍한 은유로만 사용하여 비판하기가 민망할 정도라면, 이 글은 질병의 현실에 대한 외면이 글의 구조에서도 드러날 만큼 질병의 은유가 글의 축으로 작동한다. 이 글의 구조는 질병에 대한 사회의 무관심과 그로 인한 몰이해를 파악하기에 적절한 분석 대상이다.

파악한 사망자 특성(16일 0시 기준)을 보면, 75명 중 74명에게 기저질환이 있었다. [···] 나이가 많을수록 치명률도 높아져, 80세 이상은 9.26%로 치솟았다.

그리고 신천지, 혐오, 소외 계층의 문제를 우리 사회의 '기저 질환'이라고 호명하면서, 이것의 치료에 머리를 모아야 한다고 말한다. 기저 질환이 있으면 문제가 생기니 기저 질환을 없애야 한다는 사고방식은 완치 혹은 사망이라는 허구의 이분법에 갇혀있다. 그러한 인식을 비판하며 수전 웬델이 쓴 문장처럼, 아픈 사람은 "낫든지 아니면 죽어야 한다."[15] 이는 기저 질환의 문제를 전혀 해결하지 못한다.

코로나19가 파고든 건 신체의 취약점만이 아니다. 첫 확진자 발생 이후 두 달, 코로나19는 우리 사회의 여러 기저질환도 드러냈다.

게다가 이 글에서는 기저 질환이라고 칭한 것들을 '모두 알고 있었으나 눈감았고, 어쩔 수 없다면서 합리화했던 우리 사회의 환부'라고 표현한다. 나는 아니라고 단호하게 대답한다. 사람들은 기저 질환의 현실을 알지 못한다. 아는 사람들도 이를 외면하고 어쩔 수 없다고 합리화한 것은 사실이지만, 모두 알고 있던 자명한 일은 아니다. 정부 및 관련 기관에서는 기저 질환을 가진 환자들에게 각별히 유의하라고 안내하면서도, 어떻게 각별히 유의해야 하는지는 안내하지 않았다. 나는 한국의 공신력 있는 기관에서 한글로 발행된 정보가 아닌, 외국에서 영어로 발행된 정보를 통해 내가 복용하는 약이 나를 바이러스에 취약하게 만든다는 사실을 확인할 수 있었다. 우리 사회는 기저 질환을 알지 못한다. 알아도 외면한다.

　모두 알고 있었으나 눈감았고, 어쩔 수 없다면서 합리화했던 우리 사회의 환부다. 그러니 코로나19는 어쩌면, 완치율이나 치명률 같은 숫자 이상의 과제를 속속 남기고 있는지도. 바이러스가 언제 사라질 지 모르지만, 그 뒤엔 공동체의 기저질환을 대면하고 치료에 머리를 모아야 하는 것이다. 방치하면 우리 사회의 치명률은 더 높아질 테다. 다행히 실체를 도통 알 수 없고 변이마저 자유로운 바이러스보단, 해법이 쉬운 문제다.

　"방치하면 우리 사회의 치명률은 더 높아질 테다"라는 문장은 더욱 문제이다. 치명률의 핵심을 기저 질환으로만 돌리기 때문이다. 기저 질환을 어쩔 수 없는 죽음의 조건으로 합리화하는 태도는 여기에 그대로 반영된다. 이어서 "실체를 도통 알 수 없고 변이마저 자유로운 바이러스보단, 해법이 쉬운 문제다"라고 말하지만, 대부분 기저 질환은 치료가 어렵거나 쉽게 재발하기에 어쩔 수 없이 갖고 살아야 한다. 그런데 여기서는 기저 질환에 비유된 사회문제들이 바이러스보다 해결하기 쉽다고 말하고 있다. 틀렸다. 바이러스도, 기저 질환도 모두 어렵다. 둘은 비교 가능한 대상이 아니다. 접근 자체가 다르기 때문이다. 이처럼 이 논설은 기저 질환을 가진 사람이 살아갈 수 있는 세상을 단 한 번이라도 고려했다면 쓸 수 없는 문장들로 점철되어 있다. 문제는 기저 질환이 아니라, 기저 질환을 둘러싼 사회이다. 기저 질환을 해결하는 것이 아니라, 기저 질환자가 감염되더라도 치료될 수 있는 최적의 시스템을 구축하려고 노력하는 것이 우리에게 남은 과제이다.

말과 글은 너무도 일상적이라서 별 것 아니라고 느껴지기도 하지만, 그러나 그렇기 때문에 우리의 인식에 큰 영향을 주기도 한다. 앞서 살펴보았듯, 잘못된 은유는 잘못된 방향으로 향한다. 이는 당장 앞에 있는 한 명의 사람을 전혀 고려하지 않기에 그에게 상처를 주기도 하고, 그가 처한 현실에 관심이 없기에 바뀌어야 하는 현실을 가리기도 한다. 현실이 바뀌지 않으면 마음만이 아니라 몸을 다치고, 생존이 어려운 사람들이 있다. 누구도 해치지 않으려면, 우리는 사용하는 언어를 꾸준히 되돌아보며 내가 무엇을 얼마나 진지하게 여기는지 성찰할 필요가 있다. 내가 사용하는 문장 안에 어떤 사람들의 삶이 들어있는지 고민하고, 말의 방향을 정확히 맞출 필요가 있다.

텍무새가
떴다!

요즘 콘텐츠들은 대체로 동영상 아니면 카드 뉴스로 제작된다. 기사도 글로 먼저 쓰이고 카드 뉴스로 변환되는 일이 많다. 카드 뉴스는 콘텐츠의 분위기를 담는 이미지 위에 글자나 사진을 보기 좋게 넣어서 만든 일종의 프레젠테이션이다. 한 페이지에 글자가 적어서 읽기 편하고 눈에 쏙 들어온다. 그러나 카드 뉴스는 치명적인 단점이 있다. 카드 뉴스가 그 자체로 음성 지원이 안 되는 시각 매체라는 점이다. 요즘 스마트폰에는 대부분 TTSText To Speech라는 기능이 있다. 이름은 제각기 다르지만 모두 글자를 소리로 변환해 준다. 이 기능은 독서장애인, 시각장애인, 노인 등 많은 사람이 글을 편하게 읽을 수 있게 돕는다. 이 기능은 누군가에게는 항상 필요하고, 누군가에게는 편리하다. 한번은 시험 기간에 눈이 너무 피곤하고 공부하기도 싫어서 필기 내용을 잘 때만 TTS로 틀어놓곤 했다. 그러니 이는 엘리베이터 같은 것이라고 할 수 있겠다.

　카드 뉴스가 유행하면서 TTS를 사용해도 '사진'이라는 설명만 나오는 경우가 많아졌다. 아주 조금씩 바뀌고 있긴 하지만, 아주 오랫동안 캔 음료에는 점자로 '음료'라고만 적혀있었다. 그래, 음료라는 건 알겠다. 그런데 무슨 음료인지가 중요한 것 아닌가. 사진도 마찬가지이다. 텍스트로 설명을 마련해 두어야 누구든 그 내용을 알 수 있다. 그런데 포스터나 카드 뉴스를 만들어본 사람이면 알겠지만, 그 안에 들어가는 글자를 기록해두는 건 전혀 어려운 일이 아니다. 보통은 메모장에 미리 내용을 입력해두고, 디자인한 배경 위에 이 글자를 복사하여 넣게 된다. 그러니 텍스트는 이미 다 있다. 텍스트가 없더라도 구글에서는 글자를 자동으로 인식해서 입력해주는 기능도 제공하고 있다. 이걸 복사해서 포스터나 카드 뉴스와 함께 올리기만 하면 된다.

　이처럼 설명 텍스트를 추가하는 것은 간단하지만, 여전히 그 필요성을 인지하는 사람이 많지 않다. 접근성에 대한 인식이 제고되고 있지만, 아직 보편적이지는 않은 것이 현실이다. 그래서 어느 날부터 나는 텍스트가 함께 올라와 있지 않거나, 사진의 내용이 텍스트보다 많은 게시물마다 찾아다니며 이런 식으로 댓글을 달았다. "사진의 내용이 텍스트로 없어서 음성 지원이 어려울 것 같습니다."

댓글에는 시각장애인, 독서장애인, 노인을 굳이 언급하지 않았다. 가능한 한 필요한 지원의 모습으로 말하고 싶었기 때문이다. 계단을 보고 "지체장애인이 못 올라가겠다"라고 생각하는 것이 아니라 "바퀴가 못 올라가겠다"라고 생각하는 것처럼 말이다. 사실 전자는 불확실하기도 하다. 지체장애인 중에서 목발을 짚고 올라가는 사람도 있고, 조금 비틀거리지만 계단을 오르는 데는 큰 문제가 없는 사람도 있다. 마찬가지이다. 시각장애인 중에서도 저시력 장애인에게는 음성 지원보다 큰 글자 버전이 필요한 것이고, 노인 중에서도 안경을 쓰는 정도로 충분한 사람들에게는 음성 지원이 필요하지 않다. 그러니 특정 유형의 사람들을 집어서 음성 지원이 필요하다고 말할 수는 없다. 나는 정확하게 말하고 싶었다. 점자를 읽을 수 있는 시각장애인은 40퍼센트 정도이고, 수어를 주로 사용하는 청각장애인은 70퍼센트 정도인 상황에 "시각장애인은 모두 점자를 읽고, 청각장애인은 모두 수어를 한다"와 같은 잘못된 편견을 심어주고 싶지는 않았기 때문이다.[16] 장애인차별금지법에서 이야기하는 '정당한 편의 제공'의 차원에서 접근하고 싶기도 했다.

다양한 콘텐츠로 사회적 이슈를 다루며 SNS에서 큰 인기를 끌고 있는 〈스브스 뉴스〉라는 언론사에 몇 달 동안 댓글을 달았다. 그런데 알고 보니 다른 사람도 이미 1년 전에 그 언론사에 같은 이유로 연락했다가 무시당한 적이 있었다. 계속 댓글을 달아도 반응이 없으니, 이를 지켜보던 나의 지인들까지 가세해 댓글을 달아주

었다. 그런 와중에 받은 답글은 황당했다. '절차에 큰 변화가 생기
므로 논의가 필요'하다니? 앞서 언급했듯이 같은 내용의 글자만
추가하면 될 일이다. 이게 큰 변화라면 새 콘텐츠는 어떻게 만드나
싶었다. 황당한 일을 겪으니 오기가 생겼다. 텍스트 없이 카드 뉴
스를 올리는 페이지든 사람이든 보이는 족족 가서 댓글을 달거나
메시지를 보냈다. 어떤 곳에서는 5분도 안 되어 글자를 추가했고,
어떤 곳에서는 비슷한 헛소리를 했고, 어떤 곳에서는 대답이 없었
다. 주변에서는 지치지 않냐고 물었지만, 많은 응원이 큰 힘이 되
었다. 그리고 매일 같은 댓글을 쓰는 게 그리 어려운 일은 아니었
다. 주변 사람들은 나를 '텍무새'라고 부르기 시작했다. 앵무새처
럼 텍스트 내놓으라는 말을 반복한다는 의미였다. 그리고 얼마 후
바로 그 언론사에서 카드 뉴스의 내용을 드디어 텍스트로 첨부하
기 시작했다! 텍무새의 짜릿한 승리였다.

게다가 'EVE'라는 회사에서는 나를 소재로 한 카드 뉴스를 만들
면서 자신들의 부족함을 인정하고, 텍스트의 중요성을 사람들에게
알리기도 했다. 그 회사는 콘돔처럼 성생활에 필요한 용품들을 만
들어 판매하는데, '누구나 안전하게 사랑할 권리'를 이야기한다.
텍스트가 없는 카드 뉴스는 '누구나' 읽을 수 있는 콘텐츠가 아님
을 알게 된 후, 나의 문제의식에 공감하고 이를 사람들에게 알리고
자 카드 뉴스를 만든 것이다. 이후 그 회사의 관계자에게 연락을
받고 만났을 때는 제품 개발에서 포장이나 제품 형태 자체를 다르
게 만들어서 서로 다른 제품임을 확인할 수 있게 하면 어떻겠냐고

제안했다. 점자도 좋지만 여전히 절반 이상은 점자를 읽을 수 없으니까. 반응은 좋았고 나는 신제품을 기대하고 있다.

하지만 이게 끝이어서는 안 된다. 이미지의 내용을 텍스트로 옮길 때는 보통 정말 글자만 옮긴다. 이는 전혀 충분하지 않다. 물론 콘텐츠의 종류나 맥락에 따라 다르겠지만, 연세대학교 장애인권동아리 게르니카는 '텍스트 대체 메뉴얼'(2019.05.19. 페이스북 페이지 '연세대학교 장애인권동아리 게르니카' 참고)을 만들 때 '국립장애인도서관 데이지 자료 제작 지침 제17조 (그림, 사진, 그래프, 지도 등의 시각자료)'를 참고한 바 있지만, 여기의 사례는 SNS에서 나누는 사진들과는 종류가 다르다. 각자 자신이 사진으로 무엇을 표현하고자 했는지 고민하며 텍스트 설명을 적어보는 연습이 필요하다. 다음의 두 문장을 비교해보자.

(1) 밥상 위에 찻잔이 있다.
(2) 짙은 갈색의 나무로 만든 밥상 위에 커피가 담긴 하얗고 동그란 찻잔이 있다.

(1)만큼 하는 사람도 거의 없지만, (2)정도는 되어야 사진을 설명한다고 할 수 있지 않을까. 포스터나 카드 뉴스도 마찬가지이다. 배경에 꽃잎이 가득하고 무지개가 펼쳐져 있는데, 중간에 써있는 "감사합니다"만 텍스트로 옮겨 적는다면 과연 이것이 카드 뉴스를 텍스트로 옮긴 것이라고 할 수 있을까? 단순히 글자만 옮겨서는

안 된다. 이건 일종의 번역 과정이다. 사실 나는 사진 설명이 글자만으로 부족하다고 생각한다. 그 분위기를 표현하기 위해 효과음도 필요하다. 나는 오로민경 작가의 전시 '영인과 나비'의 준비 과정에서 미술 전시를 배리어프리하게 만들 방법을 함께 고민했다. 형태와 배치를 설명하되 의미를 해설하면 안 된다는 등의 이야기였다. 사실 원칙을 이야기하는 것은 쉽지만 그걸 실제로 만들어내는 것은 정말 어렵다. 전시가 시작된 후 방문했을 때 갤러리에는 전시 설명을 위한 무선 헤드셋이 준비되어 있었다. 헤드셋을 끼고 움직이자 바로 앞에 있는 작품과 다음에 이동하면 어떤 작품이 있는지 안내가 나왔는데, 가끔 소리가 겹치거나 울렸다. 작품의 분위기를 전달하기 위함이었을까? 해설 없이 설명에 충실한 작가님의 음성은 감상을 전혀 해치지 않았고, 오히려 전시에 더욱 집중할 수 있게 해주었다.

이런 전시가 많아지면 좋겠지만, 미술관에 있는 음성 해설의 대부분은 시각장애인이 아닌 비시각장애인을 위한 것이라서, 작품의 형태를 설명하기보다는 작품의 의미와 배경을 해설해 주는 데 집중한다. SNS에서도 동영상과 사진이 범람하는 와중에 장면을 설명하는 음성은 찾아보기 어렵다. 시각적 스펙타클을 청각적 스펙타클로 번역할 다양한 방법을 찾아야 한다. 모든 감각의 접근성을 충분히 확보하고자 노력한다면 우리는 서로 다른 감각을 더 잘 번역할 수 있게 될 것이라고 생각한다. 어쩌면 이런 일이 직업으로 생길 수도 있지 않을까? '감각 통역사' 같은 이름으로 말이다.

하지만 여기서 끝나서도 안 된다. 요즘에는 SNS가 사진에서 사람 얼굴을 판독하고, 사물도 몇 종류를 구분하여 분류한다. 글자 인식이 가능한 프로그램들도 보았으니 사진 안의 글자를 자동으로 입력되게 하는 일도 기술적으로 전혀 어렵지 않을 것이다. 이용자들이 자체적으로 배리어프리한 게시 문화를 만드는 것도 중요하지만, SNS 플랫폼 자체가 기술적으로 배리어프리를 보장해야 한다. 나아가 현재 '웹 접근성'을 만족하는 웹사이트는 극소수다. 웹사이트가 의무적으로 웹 접근성을 만족하도록 만들거나, 웹 접근성을 만족하는 사이트를 따로 만들 필요가 있다. 이미 만들어서 운영하던 사이트를 수정하거나 배리어프리 버전 사이트를 새로 만드는 게 돈이 들어서 힘들다고 한다면, 함께 배리어프리에 드는 돈을 지원해 달라고 지자체와 정부에 제도를 마련하라고 요구하자.

접근성과 관련한 내용을 다루던 어느 사이트에서 영어를 쓰는 텍무새를 발견한 적이 있다. 너무 반가워서 메시지를 보냈다. 나는 텍무새다, 당신도 텍무새구나, 우리 앞으로도 이렇게 귀찮게 해서 SNS를 바꿔보자. 궁극적으로는 웹 접근성이 보장되고 친구들이 다 이용하는 SNS가 생겨야 하겠지만, 친구들이 페이스북, 인스타그램을 사용하는 지금 이 '사회적 관계망'에서 배제되지 않으려면 개인들의 노력도 꼭 필요할 것이다. SNS에서는 종종 'OO 챌린지'가 벌어지곤 하는데, 최근에는 다른 설명 없이 책 표지만 올리는 #7days7covers라는 챌린지에 참여했다. 그런데 표지 사진만 있으면 어떤 책인지 알 수 없는 사람들도 있다. 그래서 나는 이 챌린지의 문제점을 적으면서, 배리어프리Barrier Free를 BF라는 약자로 표기하여 #7days7covers_BF라는 보완된 챌린지를 시작했고, 많지는 않지만 주변 사람들도 여기에 동참했다. 그들이 끌어들인 이들도 포함하면 나름 의미가 있는 챌린지였던 것 같다. 누가 먼저 제안하지도 않았는데, 나의 글을 보고 배리어프리한 챌린지를 시작한 사람도 있었다. 사실 어떤 책들은 표지의 디자인을 책 초반부에 설명해 두기도 한다. 이를테면 장애학자 앨리슨 케이퍼의《페미니스트, 퀴어, 크립》은, 서론 앞에 '책 표지의 문자 설명Textual Description of the Cover Art'에 한 페이지를 할애한다. 나는 일부러 그 책을 챌린지에 올려서, 표지 설명이 책에 이미 포함될 수 있음을 알리기도 했다.

카드 뉴스에서도, 온갖 시각적 '챌린지'에서도 난 앞으로도 텍무새일 것이다. 특히 웹툰이 영화와 드라마로 만들어지기까지 하는 웹툰 전성시대에 웹툰의 음성 지원도 고민하고 있다. 지금은 종영한 MBC의 예능 프로그램 〈무한도전〉에서는 음성 지원 웹툰을 만든 적이 있는데, 그 사례를 참고할 수도 있을 것이다. 네이버에서 웹툰 음성 지원을 검색하다가 조금 씁쓸한 장면을 목격한 적 있다. 웹툰들을 보면 음성 지원이 된다는 댓글들을 볼 수 있는데, 어떤 사람이 이것을 문자 그대로 이해하여 네이버 지식IN에 웹툰 음성 지원을 어떻게 하냐고 질문한 글이 있었다. 답변들은 건조했다. 대사가 익숙해서 그렇다는 것뿐, 실제 음성 지원은 아니라는 이야기들. 다음 웹툰에서 '공뷰'라는 태그가 걸린 웹툰들은 음성 지원이 되기도 한다고 하여 검색해 보았지만, 소리는 부수적인 요소일 뿐이었다.

　만약 만화 작가와 소설가가 협업해서 그림을 소설처럼 묘사할 수 있다면, 팟캐스트 등을 활용하여 라디오 드라마 같은 형태로 만들 수도 있지 않을까? 그러니 우선은 이미지를 텍스트로 번역하는 게 필수이다. 문자는 무엇으로든 변환이 가장 편한 매체이기 때문이다. 콘텐츠를 만드는 이들이 텍스트 설명을 항상 함께 고민한다면 생각보다 빠르게 배리어프리한 문화를 만들 수 있을지도 모른다. 그러니 지금 이 글을 읽는 당신에게도 제안한다. 우리, 텍무새 할래요?

신경 노동

식사하다가도 나갈 일 있으면 나가야죠. 신경 노동이에요.[17)]

2019년 10월 19일, 어느 뉴스에서 들은 한 경비 노동자의 말이다.
계약서에는 주간 7시간 30분, 야간 7시간이 무급 휴게 시간으로 되
어있지만, 이 노동자는 하루 24시간 일하고 다음 하루를 쉬는 24시
간 맞교대 경비 노동자이다. 계약서에는 24시간 중 총 14시간 30분
이 휴게 시간으로 적혀있지만, 현실은 전혀 그렇지 않다. 그는 자
신의 노동을 '신경 노동'이라고 말했다. 그의 의도를 추측해보면
'쉬는 시간'에도 마음 편히 쉬지 못하고 '내내 신경 써야 하는 노

동'이라서 신경 노동이라고 한 것이 아닐까. 실제로 경비 노동자들은 쪽잠을 자다가도 호출이 있으면 바로 일어나서 움직여야 한다. 택배를 찾으려고 빌라 경비실을 들렀을 때, 노크 소리에 노동자분이 깬 적도 여러 번 있었고, 그 후로는 노크하기 전에 먼저 살짝 안을 확인부터 하는 버릇이 생겼다. 학교에서는 특히 밤에 경비 노동자분이 자고 있으면 조용하게 지나가려고 노력한다.

여기서 나는 쉬다가도 상황에 맞추어 언제든 일어나 움직여야 하는 장애인 활동지원사가 떠올랐다. 친구들과 함께 있다 보면 친구들의 활동지원사 선생님과도 인사를 하고 종종 대화도 나누게 되는데, 그러다 보면 선생님들은 언제 쉬는 건지 헷갈린다. 학생들이 수업에 들어가면 쉴 수 있지만, 대학 수업의 특성상 쉬는 시간이 고정되어 있지 않아서 수업이 시작한 후에도 활동지원사 선생님이 마음을 온전히 편히 놓고 쉴 수 있는 것은 아니다. 쉬는 시간이 아니더라도 중간에 화장실을 가려고 나갈 수도 있다. 분명 일반적으로 생각하는 '일하는 시간'과는 거리가 조금 있지만, 그렇다고 쉬는 시간도 아니다. 나는 이것이 노동의 강도가 달라지는 시간일 뿐, 노동하지 않는 시간은 아니라고 생각한다. 친구의 활동지원사 선생님도 그 시간이 덜 힘든 것은 사실이지만 편하지는 않다고 말했다.

자본주의에서의 시간은 종종 노동과 여가로 나뉘곤 하지만, 그러한 구분은 날이 갈수록 힘을 잃고 있다.* 이는 대체로 노동이 여가의 시간에 침투하는 형태로 나타난다(거꾸로라면 얼마나 좋을까!). 퇴근 이후나 주말에도 온라인 메신저로 업무를 지시하는 일명 '카톡 업무 지시'도 신경 노동을 불러오고, 사실상 출근도 퇴근도 없이 항상 대기 상태로 있어야 하는 프리랜서 노동자도 일종의 신경 노동을 수행하고 있다고 볼 수 있다. 경우에 따라서는 의료·소방·경찰 노동자도 마찬가지일 것이다. 내내 대기하면서 신경 써야 하는, 휴식조차 일을 기다리는 시간이 되어버려서 휴식이 일로 환원되는, 그래서 편하게 쉬지 못하고 공과 사의 구분도 사라지는 신경 노동.

신경 노동은 보장되어야 할 최소한의 휴식을 박탈한다. 내가 급한 일이 있어서 밥을 얼른 먹어 치우려고 하면, 함께 밥을 먹는 사람은 나에게 "천천히 먹어라, 그러다 체한다"라고 말하곤 한다. 실제로 밥을 급하게 먹으면 체하기도 하지만, 여기에는 밥을 먹는 시간만큼은 여유롭게 쉴 수 있어야 한다는 생각도 담겨있을 것이다. "밥은 먹고 다니냐"가 안부 인사로, "밥 한번 먹자"가 가장 흔한 빈말로 사용될 만큼 '밥심'이 중요한 한국의 문화도 여기에 영향을 끼칠지 모르겠다. 식사 외에 가장 중요한 휴식은 잠으로 꼽힌다. '잘 먹고 잘 자는 것'이 중요하다는 사실은 온갖 침대 광고에서 침

---

* 《경향신문》에서는 〈녹아내리는 노동〉이라는 기획 기사 시리즈를 연재했다. 여기서 '녹아내리는 노동'은 "일의 테두리가 사라져 형체를 알아보기 힘든 노동이다. 작업장과 작업장 아닌 공간의 경계가 허물어지고, 생산과 휴식 시간의 경계가 사라지며, 고용주와 노동자 및 소비자의 경계도 흐려진다." 이것도 이 글에서 말하는 '신경 노동'과 일면 유사하지만, 신경 노동은 휴식과 노동의 경계에만 집중하는 용어이다. 《경향신문》 기획기사에서 제안한 용어의 폭이 더 넓다.

대를 바꾸니 인생이 달라졌다고 하거나, 침대를 바꾸면 매일매일 행복해질 거라고 말하는 데서도 드러난다. 그런데 밥을 먹거나 잠을 자다가도 언제고 일할 수 있는 상태를 유지해야 하는 신경 노동은 그 자체로 개인의 몸과 마음에 만성적인 긴장 상태를 부여한다. 이는 모든 곳에서 만병의 원인으로 지목하는 스트레스를 극대화한다. 그렇게 발생한 스트레스는 노동자에게 새로운 질병을 일으키기도 하고, 원래 아픈 사람들이 몸을 관리하기 어렵게 하기도 한다. 질병을 갖게 되거나 상태가 나빠지면 더는 일을 할 수 없게 되기도 한다. 질병을 강요하고, 질병이 삶을 집어삼키게 하는 것. 질병이 삶의 조건이 될 수 없는 세상.

《사회운동활동가 건강권 포럼》 자료집에는 활동가들의 이야기가 실려있다. 한 활동가가 SNS에 '휴식이란…이 세상에 존재하지 않는 유니콘'이라고 올린 것을 본 적 있다. 저녁은커녕 주말조차 없는 것처럼 지내고 일의 시작과 끝이 명확하지 않은 삶. 문제가 생기면 낮이든 밤이든 새벽이든 논의하고 성명문을 쓰고, 농성할 때는 아예 먹고 자는 것이 모두 활동의 일부가 된다. 활동가들에게는 사실상 노동과 일상, 노동과 휴식의 경계가 존재하지 않는다. 이번에는 대학 안의 활동가인 나의 일상을 돌아본다. 언제 무슨 일이 생길지 알 수 없어 휴대폰을 놓지 못하고, 수시로 오는 연락 때문에 진동이 오지도 않았는데 진동을 느꼈다고 착각하는 '유령 진동'을 느끼고, 수업 시간에도 필기 대신 성명서나 항의 이메일을 작성하며, 휴식 시간에도 일은 이어진다. 언제나 문제를 바로 파악하고 해결할 수 있어야 한다는 압박을 느끼는 대학 내 아픈 활동가로서의 일상.

그 자료집에 수록된 '번아웃 증후군 테스트'에서 나는 기준 점수를 가볍게 넘겼다. 놀랍지는 않았다. 단지 나는 학교와 집에서 겪는 내 고통을 일상 내내 거리에서 국가와 맞서는 '더 힘든' 당사자나 다른 활동가들의 고통과 비교하면서 사소하게 여기려고 애썼다는 사실과 새삼스레 마주하게 되었을 뿐이다. 나의 고통은 신경 노동에 상당 부분 기인한다. 편한 휴식 없이 언제나 신경을 곤두세우고 있어야 한다는 점에서 내가 참여하는 학내 활동도 신경 노동과 흡사한 면이 많다.

꼭 학교 안이 아니더라도 마찬가지이다. 작년 여름 잠깐 쉬러 제주도에 내려갔을 때 어느 카페에 들어가면서 나는 이런 생각을 차례대로 했다. "점자 유도 블록이 없네, 턱이 많네, 계단이네, 소리가 울리네, 복도가 좁네, 두유 옵션이 없네, 엘리베이터가 없네……" 온전히 쉬고 싶어서 노트북도 안 들고 갔지만, 이미 나의 감각 자체가 공간의 접근성 점검에 맞추어져 있었다. 그러나 이는 자신을 '활동가'로 정체화하는 사람만의 경험이 아니다. 지금의 일상이 투쟁일 수밖에 없는 이들은 자신의 의지와 무관하게 세상의 문제점들을 목격하게 된다. 내가 특별히 술자리 문화를 개혁하겠다고 마음먹지 않아도 음주 문화의 부조리함을 내 크론병 때문에 알게 된 것처럼, 앞서 언급한 카페의 문제점들을 누군가는 자신이 사용하는 휠체어 때문에 인지하고, 인공 와우 때문에 인지한다. 그리고 이를 개선하고자 싸우게 된다. 그렇게 자신의 몸이 그 자체로 인식론인 우리는 '때와 장소를 못 가리는' '프로불편러'로 취급받게 된다. 이런 신경 노동은 '불편한' 우리의 잘못이 아니라 신경 쓸 수밖에 없는 환경이라는 잘못 때문임에도.

이렇게 휴식과 노동의 경계가 흐릿할 수밖에 없는 일이라면 우선 노동환경이 제대로 파악되고, 적절한 대가가 지급되어야 할 것이다. 그리고 신경 노동 때문에 생기는 건강의 문제는 산업재해라는 이름으로 공적으로 논의되고 관리되어야 할 것이다. 질병은 권하고 책임은 회피하는 사회는 반드시 변해야만 한다. 그렇다면 소수자와 활동가가 겪는 신경 노동은 어떻게 해야 할까? 쉬거나 놀 때조차 낮은 접근성과 혐오 표현, 성폭력을 '조심'하고 '피하며' 살아가거나 이에 맞서 싸우며 살아갈 수밖에 없는, 그래서 언제나 신경이 곤두서있는 이들의 일상은? 우리는 누구도 이런 종류의 신경 노동을 하지 않는 세상을 만들려고 노력하며 살아가지만, 사회 변화가 빠르게 나타나는 것도 아니라서, 활동가와 소수자는 신경 노동에서 벗어나기가 더욱 어렵다. 오히려 체념과 좌절에 빠지기도 한다.

그렇게 번아웃에 빠지게 되면, 신경 노동 속에서 우리는 정작 자기 자신을 보살피지 않게 된다. 자기 돌봄은 어렵다. 우리는 그것에 익숙하지도 않고, 자꾸만 자신의 고통을 상대화하여 낮춘다. 이렇게 신경 노동의 상황에 놓여있는 이들이 자기 돌봄으로 나아가려면 '서로 돌봄'이 필요하지 않을까? 어떤 종류의 신경 노동이든, 신경 노동자에게 가장 필요한 인식은 그 일이 정말 '힘든 일'이라는 것이다.

이를 위해서는 신경 노동자들의 연대가 필요하다. 내 만성질환의 경험을 사소하게 여기고 나 자신의 몸을 의심할 때 나를 가장 안정시켜 준 건 자신의 몸을 비슷한 방식으로 의심해본 친구였다. 우리는 질병의 경험을 나누고 서로의 아픔을 긍정해주며 서로에게 힘이 되었다. 언제 올지 모르는 연락을 항상 기다리고, 온 사방에서 죽음과 폭력의 소식을 매일 접하며, 자신의 몸이 세상에 낯선 인식론이 되어 끊임없이 세상과 불화하는 삶을 사는 사람들이 서로의 경험을 존중하고, 이해한다고 말하는 일은 중요하다. 그렇지 않으면 우리는 생존할 수 없다.

곁에 있는 이의 '사소한' 고통을 이해하려고 노력하며 고통의 경험을 나누는 예민한 사람들의 연대가 있다면, 우리는 조금 덜 힘들게 일하고, 싸우고, 함께할 수 있을 것이다. 그거 원래 힘든 일 맞다고, 나도 힘들었고 다른 사람들도 힘들어 한다고, 쉬고 싶은 감정이 절대 이기적인 것이 아니라고 서로에게 말해주자. 서로의 아픔을 존중하고 보살피기에 아프면서도 외롭지 않고, 변화를 향한 의지와 자신의 몸을 모두 지킬 수 있는, 아프고 사려 깊은 신경 노동자들의 공동체, 서로 돌봄의 연대를 꾸려나가자.

인권은 _____ 아니다

게르니카

나는 2015년에서 2016년으로 넘어가는 겨울부터 4학년을 마칠 때까지 학교 안의 장애인권 단체 소속으로 활동했다. 장애인권동아리의 일반 회원에서 총무로, 총무에서 회장으로, 그 후 장애인권위원회의 위원장으로 총 4년 정도 활동했다. 학교 안에서 인권과 관련한 활동을 하다 보면 불쾌한 일도 많이 겪게 되고, 좋은 사람들도 많이 만나게 된다. 그 안이라고 불화와 폭력이 없는 것은 결코 아니지만.

사실 장애인권동아리는 전국적으로 그리 많지 않다. 아직도 휠
체어가 접근할 수 없거나, 장애학생 지원 제도도 완비되지 않은 대
학들이 많으니 애초에 장애학생이 없는 학교도 많다. 장애인권동
아리나 봉사동아리가 있는데 회원들이 정작 장애학생을 만나본 적
이 없는 사례도 있었다. 2020년 2월 기준, 장애학생은 전체 대학생
의 0.4퍼센트에 불과하다.[18] 대학 이전에 중등교육 자체가 접근성
이 여전히 부족하다는 문제도 크지만, 나는 내가 목격한 대학 안의
장면들을 중심으로 이야기하고자 한다.

내가 다니는 학교의 장애인권동아리는 한국에서 가장 오래된
대학 내 장애인권 단체이다. 1996년에 주로 당사자들이 모여 대학
내의 가장 기본적인 이동권과 학습권을 요구하는 것부터 시작했
다. 동아리의 이름은 '게르니카'인데, 그 이유는 당시의 현실이 장
애학생에게는 마치 피카소의 그림 〈게르니카〉처럼 전쟁 같았기 때
문이었다. 이미 장애학생지원센터도 있고, 동아리도 잘 되고, 위원
회도 별도로 생긴 상황에 입학한 나로서는 상상하기 어려운 모습
이다. 장애학생지원센터가 생기기까지도 힘든 투쟁이 있었다고 한
다. 그리고 여전히 장애학생지원센터가 없거나, 있어도 전문성이
없는 학교들도 있는 현실을 감안하면, 내가 다니는 학교의 지원 제
도는 국내 대학 중 가장 좋은 편이다.

속기도 지원되고, 묵자로만 된 교재를 누구나 읽을 수 있도록
변환하는 작업도 진행된다. 휠체어 이용자가 있으면 강의실 변경
이 되기도 하고, 장애학생들은 우선 수강 신청과 도우미 제도를 통

해 학습권을 보장받고 있다. 일단 제도는 그렇게 되어있다. 그러나 현실은 그리 녹록지 않다. 우선은 정규 수업에만 한정해보자. 속기 서비스는 대체로 안정적이지만, 가끔 속기사의 실력에 따라 같은 사람의 같은 수업도 성적이 갈리는 일이 발생한다. 게다가 이공계열과 영어 수업은 속기가 가능한 사람이 사실상 없고, 이 경우에는 도우미 학생의 대필을 받아야 한다. 당연한 이야기이지만 도우미 학생은 이런 분야의 전문가가 아니다. 내가 다니는 학교에는 전공이나 교양을 가리지 않고 영어 수업이 많고, 오직 영어로만 열리는 수업도 있다. 그런데 영어 속기가 제공되지 않는다면? 이는 영어를 사용하는 청각장애학생이 학교를 다닐 수 없는 조건이기도 하다. 그러니까 '글로벌'을 말하고 싶더라도 한국어를 영어로 바꾸어 주는 음성 동시통역만이 아니라 영어 속기도 필요할 것이다. 예전과 비교하면 지원 제도는 크게 진보한 사례들이 있지만, 여전히 장애학생들은 자신의 능력이나 컨디션이 아니라 지원 제도의 불안정성으로 인해 공부와 성적에서 불이익을 받고 있다.

교재가 텍스트가 인식되는 PDF 파일이나, '.doc', '.hwp', '.txt'와 같은 표준 텍스트 파일의 형태로 제공된다면 묵자 인쇄물로만 나와있는 교재를 변환하는 작업까지는 필요하지 않을 수도 있다. 하지만 교수가 수업용 PPT나 교재를 형평성이나 저작권을 근거로 미리 제공하지 않는 일이 적지 않다. 물론 이는 장애인차별금지법 제4조의 1항의 3호 '정당한 사유 없이 장애인에 대하여 정당한 편의 제공을 거부하는 경우'에 해당한다. 형평성이나 저작권이 정당한 사유라고 생각할 수도 있지만, 앞서 언급한 편의는 같은 법의 제14조 '정당한 편의 제공 의무'에 명시되어 있는 내용이다. 속기를 진행할 때도 수업 자료를 먼저 받으면 속기가 훨씬 편하다. 미리 한 번이라도 본 내용이 전혀 모르는 내용보다 받아적기가 편한 것은 당연하니까. 그러나 이 또한 시각장애인에게 정당한 편의를 제공하지 않을 때와 비슷한 논리로 거부당하곤 한다.

문제가 생겼을 때 해결도 쉽지 않다. 대체로 장애학생지원센터에는 법적으로 처리할 수 있지 않냐고 묻는다면, 법적인 해결 절차의 속도와 그로 인한 후폭풍을 생각해 보라고 말하고 싶다. 전체 대학생 중 장애학생은 평균 0.4퍼센트뿐이다. 거기에 '○○을 요구한 △△장애인'이라는 식으로만 알려져도, 장애 유형으로 인해 문제를 제기한 사람은 아주 쉽게 특정되고 가십거리가 된다. 학교마다 있는 익명 커뮤니티에서는 "이때다!" 싶어 날뛰는 사람들이 판을 친다. 문제가 생겨도 최대한 조용히 넘어가려고 하는 사람이 많을 수밖에 없다. 학교라는 공동체는 정말 폐쇄적이다.

이처럼 문제를 제기하기 어려운 상황에 학교의 지원도 부족하다. 장애학생지원센터는 적은 인력과 예산으로 학생들의 학교생활을 돕고 있다. 여기서는 정규 수업을 벗어나는 학교생활도 문제로 떠오르게 된다. 학교에서는 수업뿐 아니라 특강, 세미나, 설명회 등 학생들을 대상으로 진행되는 행사들이 있고, 학생 사회에서 생기는 일들도 있다. 학생회나 동아리 행사나 회의, 그리고 학교 축제 말이다. 정규 수업 바깥에서 자신의 흥미를 찾고 학교생활을 즐기는 사람들은 아주 많다. 나 또한 그랬다. 그런데 바로 여기서 문제가 생긴다.

제도적으로는 지원이 다 완료된 것처럼 보이지만, 여전히 회의나 행사에서 속기가 제공되지 않는 일이 많다. 큰 글씨로 된 문서나 표준 텍스트 파일이 제공되지 않기도 한다. 특히 속기가 문제인데, 전문 속기사를 부르는 것은 돈이 들기 때문이며, 학생 사회에는 돈이 부족하기 때문이다. 기업이나 학교의 후원을 받는 동아리라면 돈이 충분하겠지만, 일반적인 동아리는 그렇지 않다. 시간당 몇만 원의 속기료를 매번 감당할 수가 없는 현실이다. 그런데 학교에서 진행하는 특강, 세미나, 설명회에서도 속기는 기본이 아니다. 신청이 들어오면 별도로 준비한다. 이는 기본적으로 속기사와 학교가 수업을 단위로 계약하기 때문에 생기는 문제이다. 항상 필요한 인력을 비정규직으로, 그것도 수업 단위로 계약하기 때문에 정규 수업이 아닌 일에는 매번 별도의 절차가 필요해지고, 그러다 보니 청각장애 학생들에게는 자신들이 이런 특강에 미리 초대받지 못한다는 감각을 갖게 되는 일들이 생긴다. 만약 학교에서 전문 속기사를 한두 명이라도 정규직으로 고용한다면 상황은 분명 나아질 것이다.

비장애인 '역차별'?

하지만 제도적으로 모두 해결할 수는 없다. 학교 안에서 하루에 몇 개의 행사가 진행될까? 동아리, 학회, 학생회, 위원회……. 이를 모두 해결할 만큼의 속기사를 고용하는 것은 사실상 불가능하다. 공동체에서 접근성을 고민하고, 정당한 편의를 제공할 수 있도록 미리 준비해야 한다. 각 공동체가 전문 속기사들이 일하는 곳과 연결된다면 더 좋을 것이다. 최근 학교 안의 단체들에서 행사나 축제를 진행할 때 전문 속기가 진행되는 사례가 늘어났다는 점은 주목할 만하지만, 최초로 장애인권동아리와 위원회, 지원센터가 생긴 학교라는 점을 감안한다면 다른 학교의 사정이 어떨지도 생각해봐야 한다. 여러 대학의 장애인권위원회가 모여서 이야기를 나눈 적 있었는데, 회원이 2명인 곳부터 10명이 넘는 곳까지 있었고, 활성화 수준도 달랐으며, 학교의 지원 수준도 천차만별이었다.

다른 학교의 상황을 구체적으로 알고 있지는 않다. 어떤 대학에서는 비장애인 위주로 돌아가고, 어떤 대학에서는 사실상 활동이 사라진 상태라는 등의 기억들도 이미 몇 년씩 된 일이다. 4년이면 졸업하고, 임기도 보통 1년 정도가 최대인 대학이라는 공간에서 몇 년 전의 정보는 인수인계하기에도 너무 오래되었다. 그래서 다른 학교는 모르겠지만, 어쨌든 지금까지 몇 년 동안 활동하고 있는 학교 안의 상황을 계속 고민하곤 한다.

앞서 언급한 것처럼, 내가 다니는 학교는 기본적인 지원 제도는 꽤 잘 되어있는 편이지만, 본부의 지원 부족으로 인해 장애학생들 및 담당자들이 모두 많이 노력해야 하는 상황이다. 그리고 정규 수업 참여라는 최소한을 넘어서는 영역, 이를테면 축제 참여 등에서는 문제가 여전히 많다. 연세대학교와 고려대학교 사이의 정기전이 있을 때마다 장애인권위원회는 담당 단체와 수많은 협의를 거치고, 장애학생지원센터의 도움도 받는다. 그럼에도 문제는 매년 발생한다. 경기장에 원래 마련된 장애인석에 응원을 위한 거대한 스피커가 설치되어서, 엄청난 소리 때문에 장애학생들이 서로 대화를 나눌 수가 없고, 청력 손실 위험을 경험하는 등 행사 참여에 큰 문제가 있었다. 우리는 담당 단체에 재발 방지를 요청했으나, 그들이 이를 제대로 해결한 적은 없었다(사과와 해결은 다르니까).

'아카라카를 온 누리에'라는 행사에서는 장애학우석의 위치를 두고 매년 새로 협의가 이루어진다. 이 행사는 연세대학교의 노천극장이라는, 약간의 평지와 그 뒤를 에워싼 높은 계단이 있는 공간에서 열린다. 그래서 평지에는 VIP석이 있다. 하지만 휠체어는 계단에 접근할 수 없으므로 장애학우석은 VIP석과 붙어서 배치될 수밖에 없고, 휠체어를 탄 사람의 눈높이를 고려하면 장애학우석과 무대 사이에는 안전 장비 외의 대상은 없어야 한다. 그러나 VIP석 옆이라는 것 때문에 일부 비장애인 학생들의 '역차별' 주장이 학내 익명 커뮤니티에서 나오고, 좌석 배치 권한을 독점적으로 행사하는 주관 단체가 '여론'을 신경 쓰기 때문에 장애학우석은 VIP석과 붙어 있으면서도 전혀 시야가 확보되지 않는 자리에 배치되는 경우도 왕왕 있다. 즉 행사 참여를 위한 '정당한 편의 제공'*이 제대로 이루어지지 않는 실정이다. 정기전과 '아카라카를 온 누리에'가 아니더라도 사례는 차고 넘치지만, 학교 이미지와 직결되는 행사에서조차 문제가 생기고 있다는 점은 좀 씁쓸하다.

이처럼 가장 기본적인 학습권 보장을 위한 제도는 되어있지만, 그걸 넘어서는 영역에서는 장애학생의 권리가 자주 침해되고 있다. 이런 상황에서 최근 몇 년 동안 장애인권동아리와 장애인권위원회 활동 인원 중 특수교육대상자의 비중이 점점 줄어들고 있다. 여기에는 여러 요인이 있겠지만, 주변의 이야기를 듣고, 학내 상황을 관찰하면서 나는 이것이 '커버링'의 문제라고 느꼈다. '커버링'은 사회학자 어빙 고프먼Erving Goffman이 처음 고안하고 이후 법학자 켄지 요시노Kenji Yoshino가 깊이 다룬 개념이다.[19] 간략히 설명하면, 내가 장애인임을 모두가 알지만 내가 장애인이라는 사실이 두드러지게 행동하지는 않는 것이다. 내가 크론병 환자임을 주변 모두가 알고 있지만, 내가 안 아픈 척을 하면서 식사 장소를 고를 때 큰 의견을 내지 않는 것도 하나의 커버링이며, 장애학생이 정당

---

* '정당한 편의 제공'과 관련해서는 장애인차별금지 및 권리구제 등에 관한 법률의 제4조 (차별행위)를 참고하면 좋다. 제1항제3호에서는 '정당한 사유 없이 장애인에 대하여 정당한 편의 제공을 거부하는 경우'를 차별행위로 규정하는데, 2항에 따르면 "제1항제3호의 '정당한 편의'라 함은 장애인이 장애가 없는 사람과 동등하게 같은 활동에 참여할 수 있도록 장애인의 성별, 장애의 유형 및 정도, 특성 등을 고려한 편의시설·설비·도구·서비스 등 인적·물적 제반 수단과 조치를 말한다."

한 편의 제공을 요구하지 않고 조용히 분위기에 묻어가는 것도 하나의 커버링이다. 가장 기본적인 학습권까지만 보장되는 현실은 커버링이 일어나는 가장 적합한 조건이다. 튀는 사람을 유독 싫어하는 한국 사회, 소문이 빠르고 폐쇄적인 대학이라는 공간에서는 튀지 않을 수만 있다면 적지 않은 경우에 폭력도 외면하거나 참는 것이 현실이다.

여전히 이 문제를 어떻게 해결해야 할지는 모르겠다. 이것이 장애인권 단체들만의 고민도 아니리라. 우리 학교 안에서 벌어진 총여학생회 폐지 과정과 그 이후 벌어진 온갖 괴롭힘, 여성주의자들에 대한 온라인 '수배 내리기'*는 대학 안에서 인권을 외치는 것이

* 여기서 '수배 내리기' 란 원래 또래 그룹에서 소문이 안 좋게 난 아이를 누군가 괴롭히고 싶을 때 찍힌 아이를 또래 네트워크(주로 SNS)를 통해 알려 수소문한 뒤 그를 괴롭히는 것을 의미한다. 이는 성원권의 박탈로, 해당자에 대한 이유 없는 폭력, 착취를 정당화하기 때문에 위험하다. 이러한 수배 문화는 자신을 규정할 만한 공간을 박탈당한 이들이 임의적 위계 관계를 설정하고 자신들이 어떠한 것을 판단하고 정죄하는 권위를 경험하고 확인하는 장이 된다. '수배 내리기' 는 주로 '에브리타임' 과 같은 대학 기반 온라인 익명 커뮤니티를 통해 대학 내 활동가를 '저격' 하고, 오프라인에서 그들에게 신체적 폭력을 행사하거나 대자보, 현수막 등을 찢어서 버리는 등의 폭력으로 이어지는 대학 내 활동가들에 대한 폭력의 구조 또한 잘 반영하고 있다. 또한, 이현재는 신자유주의 시대의 무한 경쟁이 인정 욕구를 강화하는 동시에 인정의 기회를 박탈한다는 사회적 맥락에서 남성들의 인정 욕구와 여성혐오 사이의 연관성을 분석한다. 자신을 소수자로 착각하는 주변적 남성들이 여성들에게 분노를 표출하고 인정을 요구하는 상황을 소수자 문제 전반으로 확장해 본다면, '수배 문화' 도 대학 내 활동가에 대한 비난을 설명하는 데 도움이 될 수 있다. 자세한 내용은 이현재의《여성혐오, 그 후》와 다음 논문을 참고하라. 민가영,

얼마나 고통스럽고 위험한 일인지 보여준다. 총여학생회를 의미하는 '총여'라는 단어, 심지어는 특정 단과대나 학과의 명칭이 여성주의자에 대한 낙인으로 작동하고, 장애인권동아리는 'PC충', 장애인권위원회는 총여학생회를 지지한 블랙리스트에 들어가는 공동체에서 누가 인권 운동에 선뜻 나설 수 있을까? 어떤 인권 운동이든 선뜻 나서는 사람이 많지는 않지만, 익명의 군중이 항시 사냥감을 노리는 현재 대학가의 상황도 분명 크게 작용한다. 온라인에서 대상을 특정하고 집단으로 몰려다니며 비난하는 '사이버불링'은 그것 때문에 죽는 사람이 많을 만큼 정말 큰 문제인데도 여전히 사소하게 여겨진다.

이처럼 지금 대학 안에서 인권을 외치는 이들은 많이 고립되어 있다. 그런데 바로 그 점이 연대의 가능성으로 작용하기도 한다. 넷플릭스 다큐멘터리 〈크립 캠프: 장애는 없다〉에는 흑인 민권운동단체 '블랙 팬서'가 건물을 점거하고 갇힌 장애인들에게 식사를 만들어주는 장면이 나온다. 사정이 넉넉해서 도우러 온 것이 아니다. 절박함이었다. 정말 추상적인 이유에서도, 심지어 특별한 이유가 없이도, 세상을 바꾸고자 하는 절박함이 있다면 사람들은 뭉친다. 학교에서도 그랬다. 억압의 과정에서 생긴 고통과 피해를 일일

〈청소년 가해와 피해 중첩성에 대한 연구: 가출한 십대 또래그룹의 폭력/범죄 문화와 그 안에서 여성의 위치를 중심으로〉, 《여성연구논총》, 32권, 서울여자대학교 여성연구소, 2017.

이 열거할 수는 없을 것이고, 그럴 권한도 없다. 하지만 우리가 이를 계기로 더 자주 뭉치고, 말하고, 싸우게 되었다는 점은 분명하다. 어떤 주제를 다루든 서로를 배제하지 않는다면 우리는 함께였다. 연대의 기쁨과 용기가 고통 이상이었냐는 물음에는 대답할 수 없을 것 같다. 하지만 고립 안에서 우리는 연대했고 확장했다.

질문하기

다른 대학에서도 인권을 외치는 일은 쉽지 않을 것이다. 게다가 장애인권은 당사자의 수도 적고, 성소수자나 여성 이슈보다 대학생층의 참여도 적다. 학부에서 교양이나 전공으로 장애 혹은 장애인 관련 수업이 열리는 것도 사실상 특수교육학과 사회복지학을 빼면 없다. 장애를 억압이라는 사회적 관계의 측면에서 바라보는 장애학은 아직 극소수의 대학을 제외하면 한국 대학 안에서 거의 가르쳐지지 않는다. 따로 시간을 내지 않으면 공부하기도 어려운 현실이다. 당사자들은 자신의 일상을 지키기 위해 인권의 침해를 감내하곤 한다. 더 나은 학교를 위해서는 분명 용기가 필요하지만, 당장 자신의 일상을 살아내고자 자신의 권리를 주장하지 못하는, 일상과 인권을 타협할 수밖에 없는 사람에게 무작정 용기를 요구하기는 쉽지 않다. 그래서 나는 학교 안에서의 경험을 바탕으로, 망설이는 비장애인들에게 행동해 달라고 부탁하고 싶다.

2019년 1학기에 문과대학에서 장애인권위원회에 도움을 요청
했다. 학생회 내부에서 장애인권 세미나를 진행하는데, 거기서 발
표를 해줄 수 있겠냐는 것이었다. 나는 위원장 자격으로 참여했다.
그때 나눈 이야기 중 유독 기억에 남는 질문이 하나 있다.

> 장애학생분들이 행사에 참여하실 때 어떤 도움이 필요하신지 잘 모
> 르는데, 그렇다고 따로 연락드리기에는 도움이 필요한 사람이라고
> 전제하고 들어가는 것 같고, 연락을 안 드리자니 어떻게 해야 할지
> 모르겠고…….

집행부원인 그는 말끝을 흐리다가 겨우 끝을 맺었다. 많은 사람
의 실수와 무지가 쌓여서 폭력이 되는 상황에 아주 작은 실수도 용
납하고 싶지 않기에 이토록 조심스러웠을 것이다. 그때 우리는 대
답했다. 모를 때는 물어보면 된다고. 아니면 행사 안내 포스터나
참가 신청 링크에 '필요한 편의 지원' 같은 문항을 만들어서, 예시
로 '이동 보조'나 '속기 지원' 정도를 적어둔다면 필요한 사람은 무
엇을 적어야 하는지 알 거라고. 당사자가 아니고서야 무엇이 얼마
나 어떻게 필요한지 미리 알 수가 없어서 우리도 알려드릴 수가 없
다고. 당연한 이야기이지만, 모르던 사람과 처음 만날 때는 어색할
수밖에 없고, 무지할 수밖에 없다. 그럴 때 방법은 물어보는 것뿐
이다. 아니면 편의를 요청할 방법을 마련하거나.
'아카라카를 온 누리에' 관련 안건을 상정하여 참석한 2019년 5월

27일의 회의에서 나는 이렇게 말했다(속기록의 내용을 직접 인용하면서 문장을 조금 다듬었다).

사실 당연한 이야기이지만, 장애학생들은 단과대학의 학생입니다. 각 단과대에서 그곳 학생들의 티켓팅을 담당하고 장애인권위원회에서 배리어프리석을 따로 이용하는 장애학생들의 티켓팅을 담당하기 때문에 별개의 문제로 보일지 모르지만, 장애학생들이 각 단과대 학생이라는 점을 잊지 않고 단과대 단위에서 함께 노력해 주시면 좋겠습니다.

이 말을 기억했든 아니든, 문과대학에서는 장애인권 관련 캠페인을 진행했고, 학교 건물 중 하나의 바닥이 미끄러웠던 문제를 해결했다. 교육과학대학에서는 휠체어 사용자가 엘리베이터를 먼저 탈 수 있도록 캠페인을 진행하기 전에 장애인권위원회에 사업 검토를 요청하였고, 임기가 끝나기 전에 휠체어 우선 대기 장소를 설치하여 홍보했다.

다른 사람들은 어떨지 모르겠지만, 나는 위원회가 없어도 되는 학교를 만들고 나서 기분 좋게 해산하고 싶었다. 가능할지는 모르겠지만 말이다. 어쩌면 우리의 말이 허공에 맴돈다는 무력감이 너무 강한 날들 때문이었을지도 모르겠다. 그러나 분명한 사실은, 장애 이슈를 따로 공부한 적이 없는 사람들도 위원회를 먼저 찾아 물어보고, 함께 사업을 진행했다는 점이다. 우리는 좋은 취지가 적절한 형식과 언어로 표현될 수 있도록 공조할 수 있었다. 경사로와 속기가 장애인에게 필요한 편의라면, 질문할 기회는 비장애인에게 필요한 편의이다. 물론 무례한 질문이 아니라는 전제에서 말이다. 꼭 어떤 단체에 들어가지 않더라도 접근성이 부족한 어플리케이션이나 건물을 보았을 때 관련 단체나 학교 기관에 문의하거나 제보할 수도 있다. 당장 옆에 있는 사람이 도움이 필요하다고 말하면 그를 도울 수도 있다.

나는 피부색이 다른 학생에게 실수할까 봐 다가가지 못한 경험이 있다. 처음에 영어로 인사했다가 그가 한국어로 대답했을 때 당황했고, 나중에 다시 마주쳤을 때도 나는 아무 생각 없이 영어로 먼저 인사해 버렸다. 그 후 나는 그를 불쾌하게 하고 싶지 않아서 조용히 다른 길로 피했다. 그러나 이는 그를 위한 일이 아니라, 내가 실수하지 않는 사람이 되고 싶다는 마음이었다. 때로 과도한 조심성은 상대가 아닌 나를 배려한다.

유리잔 그림과 '취급 주의'라는 글자가 붙은 택배 상자처럼 장애인을 대할 필요가 없다. 조금만 더 용기를 가지고 행동하되, 모르는 것은 물어본다면 큰 문제가 생기지는 않을 것이다. 실수가 생긴다면 그 책임을 지는 것은 모든 인간관계의 기본이니 그걸 두려워하지는 말자.

내가 아는 한, 인권은 거대한 게 아니다.

3

선을 응시하다

아플 권리도, 아프지 않을 권리도 없는 사회.
우리는 폐쇄회로에 갇혀 있는 것인가, 출구 없는 미로를 걷고 있는 것인가?
- 조한진희, 《아파도 미안하지 않습니다》

**페이지 중앙의, 테두리가 없는 둥근 프레임의 흑백 그림. 표지의 사람과 같다.
약간 헝클어진 듯한 짧은 머리의 옆모습. 빛을 등진 듯 목은 밝지만 턱, 코, 목젖으로 갈수록
거칠게 음영이 생긴다. 흰색 배경에는 옆모습의 그림자가 내려있다.**

'착한' 기업은
충분한가

장애인의 접근성 문제는 자주 자본주의적 논리에 포획되곤 한다. 어느 기업에서 장애인 고용을 늘렸다는 이야기, 시각장애인 안내견을 지원한다는 이야기, 새로운 기술을 개발했다는 이야기가 심심찮게 들려온다. 물론 좋은 일이다. 필요한 일이기도 하고. 그러나 거기에만 기댈 수는 없다.

삼성은 시각장애인 안내견을 기르고 지원하면서, 뒤에서는 장애인을 고용하기보다 벌금을 내려고 하며, 공장의 열악한 노동환경을 방치해서 많은 이들이 질병과 장애를 얻게 하곤 돈으로 회유했다.[20] 장애인 의무 고용을 지키지 않으면 부담금을 내야 하는데,

2019년 기사에 따르면 삼성은 부담금을 5년째 가장 많이 납부한 기업이었다.[21] 그러면서도 삼성은 시각장애인 안내견을 기르고 무상으로 지급했으며,[22] 저시력 장애인들이 사용할 수 있는 '릴루미노'라는 애플리케이션을 개발하고 이를 영화로 만들어서 장애인 친화적인 이미지를 내세웠다.[23] 삼성의 지원으로 덕을 본 이들도 당연히 있고, 그런 지원이 모두 철회되어야 한다고 말하고 싶은 것은 아니다. 하지만 장애인에 대한 지원은 노동자들에게 질병과 장애를 강요하면서 얻은 이윤으로 가능했다는 것을 잊어서는 안 된다는 이야기이다.

기업의 선행을 바라는 것은 상당 부분 운에 기대는 것이다. 소비자 운동을 통해서 기업을 압박할 수 있겠지만, 이를 위해서는 기본적으로 머릿수가 많이 필요하며, 소비력도 강해야 한다. 그러나 장애인은 비장애인과 비교했을 때 인구가 적고, 고용률은 낮으며, 임금도 적게 받는다. 한국장애인고용공단에서 2019년에 발표한 자료에 따르면, 2018년 기준으로 장애인은 전체 인구의 5퍼센트이며, 그중 65세 이상이 46.7퍼센트이다. 경제활동인구만 따지면 대략 절반 정도라는 의미이다. 전체 인구의 고용률은 60퍼센트 초반에서 후반 정도지만, 장애인 고용률은 15세 이상의 경우 30퍼센트대 중반, 경제활동인구만 따지면 50퍼센트대 근처이다. 전체 인구 실업률이 4퍼센트대일 때, 장애인 실업률은 6퍼센트대이다. 월평균 임금도 70만 원 정도 차이 난다.[24] 애초에 최저임금법 제7조는 '정신장애나 신체장애로 근로능력이 현저히 낮은 자'를 최저임금 적용 대상에서 제외하고 있기도 하다. 《워커스》 2019년 8월호는 장애인의 노동을 차별하는 사회를 다루고 있는데, 이곳의 기사들에 따르면 중증장애인 생산시설에서 주5일, 하루 8시간을 일해도 사실상 한 달에 버는 돈은 12만 원인 경우까지 있다.[25] 이런 현실에서 장애인이 소비자운동의 주체로 나서는 것은 결코 쉬운 일이 아니다.

게다가 소비자운동은 기본적으로 기업의 자율적인 선택과 제공이라는 틀을 긍정하며, 시장 원리 자체에는 이의를 제기하지 못한다. 애초에 시장에 진입하지 못하는 장애인들이나 시장에 필요한 재화나 서비스가 없는 장애인들이 있다. 소비자운동은 다양한 방법의 하나일 뿐이며, 그 한계도 뚜렷하다. 김도현은 《장애학의 도전》에서 마이클 올리버Michael Oliver와 아이리스 매리언 영Iris Marion Young을 경유하여 이러한 소비자 운동에서는 소비자의 선택권과 통제권이 실현될 수 없고, 시민이 탈정치화된다고 지적했다.[26] 그러니 이런 틀에서 '선행'이라는 표현은 한편으로 필연적이기도 하다. 기업은 하지 않아도 되는 일을 함으로써 이미지를 개선하여 더 많은 소비자를 확보할 수 있기 때문이다. 'OO친화적 ××'라는 라벨은 대체로 'OO'과 관련한 사회적 문제보다는 '××'의 훌륭함을 강조한다. 특히 'OO'이 동정이나 연민의 대상이라면 더욱 그렇다. 기업의 '선행'은 일종의 '봉사 활동'으로 프레이밍된다.

'선행'이라는 표현도 짚고 넘어가야 한다. 장애인차별금지법에서 '정당한 편의'라고 규정하는 것을 '착한 일'이라고 말하는 것이기 때문이다. 물론 법이 모든 판단의 준거가 될 수는 없고, 그래서도 안 된다고 생각한다. 그렇다면 이 편의는 왜 정당한가? 어떤 일이든 특정한 공간에서 이루어지고, 여러 사람이 어떤 방식으로든 대화를 나누며 진행된다. 그러므로 그 일에 참여하려면 공간과 소통이 접근할 수 있는 형태여야 한다. 따라서 휠체어가 이동하려면 경사로나 엘리베이터는 당연히 있어야 하고, 시각 정보가 필요한 사람에게 속기나 대본은 당연히 있어야 하며, 청각 정보가 필요한 사람에게 화면 해설은 당연히 있어야 한다. 파일을 음성이나 점자로 변환해야 한다면 표준 텍스트 파일 또한 당연히 제공되어야 한다. 특정한 몸을 가졌다는 이유로 누군가를 배제하지 않으려면 이러한 조건은 필수적이다. 이러한 '편의'가 정당하다고 법에까지 적힌 이유이다.

그리고 한국의 많은 기업은 아직도 상당히 경직직이고 수직적인 의사 결정 구조이다. 즉 기존의 프로세스가 바뀌기 어렵다. 내가 모 언론사라든지 여러 군데에 음성 지원을 위한 텍스트를 요청했을 때 '프로세스에 큰 변화'가 생기는 일이라 바로 변경하기가 어렵다고 대답한 것이 처음에는 그저 황당했으나, 이는 한편으로 그만큼 지금의 구조가 경직적임을 보여주기도 한다. 그러니 기업의 선행을 기다리는 일은 굉장히 비효율적이기도 하다. 물론 기업의 오너가 유독 장애인의 삶에 관심이 많은 사람이라면 얘기가 다를 수도 있겠지만, 그런 시혜를 기다리라는 요구는 자신의 존엄을 자본을 가진 타인에게 위탁하라는 이야기일 뿐이다.

또 다른 문제는 기업에서 내놓는 해결책들이 대체로 장애의 개별적·의료적 모델을 벗어나지 못한다는 것이다. 앞서 나는 삼성이 영화를 만들어 장애인 친화적 이미지를 형성하려 했다고 언급했는데, 〈두 개의 빛: 릴루미노〉라는 영화가 바로 그것이다. 이 영화의 한계는 기업이 내놓는 해결책의 한계를 아주 집약적으로 보여준다. 이 영화는 삼성에서 자신들이 새로 개발한 보장구를 홍보하기 위해 만든 영화인데, 다양한 유형의 시각장애인을 묘사하면서 시각장애인 내부의 차이를 드러내는 데도 기여하고 장애인에 대한 사회적 시선을 비판적으로 그렸다는 점에서 긍정적인 평가를 꽤 많이 받았다. 이 영화의 핵심 소재 중 하나는 '사진'인데, 시각장애인이 사진을 찍는다는 설정만으로도 기존의 편견에 도전한다는 평들을 여기저기서 많이 읽었다. 하지만 나는 바로 이 지점이 한계라고 생각한다.

"시각장애인은 사진을 찍을 수 없다"라는 편견에 우리는 두 가지 방식으로 대응할 수 있다. 하나는 "시각장애인도 사진을 찍을 수 있다"이고, 다른 하나는 "반드시 사진을 찍을 필요는 없다"이다. 앞서 언급한 영화는 전자에 해당한다. 그런데 영화에서는 비장애인이 활동을 보조하며 사진 구상까지 거의 다 한다. 당사자는 셔터를 누르는 것이 전부이다. "비장애인이 도와주면 당신도 사진 찍는 즐거움을 누릴 수 있다!" 같은 말을 하고 싶은 걸까? 대체 여기 어디에 장애인의 주체성이 드러나는지 모르겠다. 여기서 필요한 것은 카메라의 셔터를 누를 수 있게 해주는 것보다 적절한 사진 설명 혹은 화면 해설이다. 당사자가 직접 확인할 수 없는 것을 비장

애인이 잡아주고 확인하고 인정해주는 영화의 설정은 정당한 편의
가 무엇인지 이해하지 못했기에 가능하다. 물론 영화에 등장하는
시각 보조 도구는 경우에 따라 정당한 편의일 수도 있다. 그러나
장애인의 주체성은 인정하지 않으면서 기술이 장애를 해결해줄 것
이라는 환상을 퍼뜨리는 것만큼 해로운 것도 드물다. 이는 장애인
을 치료 대상으로 고정할 뿐이다.

　기술은 기업의 선행 중 가장 두드러지는 영역이다. 그리고 대체
로 기술은 정당한 편의를 제공하기보다 몸을 교정하려 한다. 리프
트가 달린 버스를 만들기보다 아주 비싸고 '진짜 다리 같은' 의족
을 만들어서 전시하는 데 기업들이 더 열을 올리는 것은 장애인을
둘러싼 환경이 아닌 장애인을 '치료'하여 사회의 정상성에 포섭시
킴으로써 장애인을 장애인으로 만드는 차별 구조를 은폐하기 위함
이다. 자신들이 바로 그 구조의 이득을 보고 있기 때문이다. 그러
니 우리는 시각장애인도 사진을 찍을 수 있다는 대응과 함께 반드
시 사진이 중요한 상황 자체를 문제 삼아야 한다. 즉 X를 할 수 없
다고 할 때 그 X가 꼭 필요한지 물어야 하고, X가 꼭 필요하다면
이를 달성하는 여러 방법을 고민해야 한다.

　신기술은 대체로 비싸다. 아주 비싸다. 2019년에 연세대학교
장애인권위원회에서 준비한 장애인권문화제의 이름은 'Barrier-
Free! Cost-Free?'였다. 장애인이 접근 가능한 것이 가격도 싸냐
는 물음이었다. 우리는 인공 와우, 보청기, 휠체어, 점자 리더기,
확대기 등의 보장구를 중심으로 준비했다. 옵션에 따라 가격이 천

차만별이었고, 옵션 하나에 수백만 원인 경우도 있었다. 가격은 그 자체로 또 하나의 벽이었다. 그러던 중 의족을 사용하는 가족을 둔 분이 와서 의족의 가격을 이야기 해줬다. 단위가 달랐다. 기업들이 주로 홍보하는 '멋진 신기술'은 대체로 비싸고, 평균적인 소득을 가진 사람들에게는 꿈도 못 꿀 가격일 때가 많다. 계단을 오르내릴 수 있는 형태의 휠체어도 발견했지만, 가격을 확인한 나와 친구들은 그저 계단 부술 망치를 다시 꺼내고 싶어졌다. 신기술을 발명하는 것이 곧 잘못은 아니겠지만, 그것만 기다릴 수는 없다. 저런 가격의 보장구가 상용화 가능한 가격이 되려면 또 얼마나 기다려야겠는가?

  '착한 기업'이 드물게 존재하기도 하지만, 그러한 기업을 바라는 것으로는 충분하지 않다. 정당한 편의를 제공하거나 생산하는 기업이 있고 그렇지 않은 기업이 있을 뿐이며, 간혹 '착한 기업'이 존재하더라도, 그런 기업이 등장하고 커지길 기다리는 동안 사람들의 삶은 이미 침해당하고 있기 때문이다. 배리어프리가 기업의 '선행'으로 해결되지 않는 이유이다.

'쓰레기'의
욕망

연세대학교 신입생 오리엔테이션에서 진행되는 장애 인지 교육은
끝날 때마다 장애인권 콘텐츠를 추천한다. 여기에 영화 〈셰이프
오브 워터〉와 〈릴루미노: 두 개의 빛〉이 포함된 적이 있다. 나는
특히 〈셰이프 오브 워터〉가 좋았다. 다른 데서는 잘 그려지지 않는
장애여성의 성적 주체성과 욕망이 영화의 전개를 전적으로 견인하
기 때문이다. 보면 〈릴루미노〉에서도 장애여성인 주인공이 관계에
서 굉장히 적극적이다. 둘 중 〈릴루미노〉는 다른 상업 영화들과 비
교하면 여러 면에서 참 잘 만들었지만, 여전히 아쉬움과 의문이 많
이 남는다.

애초에 이 영화는 삼성이 저시력 장애인의 시력을 보조하는 신기술을 홍보하려고 만든 것이라, 시각장애인으로 등장하는 이들이 그렇게 많음에도 영화는 내내 시각만을 강조했다. 물론 두 주인공의 사례는 상당히 시각에서 벗어나 있었다. 한 명은 후각을 사용하는 일을, 다른 한 명은 청각을 사용하는 일을 했다. 둘 다 시각적인 보조가 사용될 수도 있지만, 둘의 직업에서 시각은 다른 감각을 보조하는 역할을 했다. 그러나 영화의 전개는 전적으로 '사진'으로 풀어져 나간다. 그런데 사진에서 가장 핵심적으로 사용되는 건 시각이다. 따라서 사진 촬영은 전적으로 봉사 학생들의 도움을 받아 진행되어야 했다. 그렇다면 여기서 우리는 물어야만 한다. 왜 사진이 핵심이 되어야 했는가.

사진은 가장 대표적이고 대중적인 시각 매체이다. 우리는 휴대폰을 고르는 기준 중에 카메라 성능이 큰 비중을 차지하고, 사진이 없으면 글을 못 올리거나 글조차 사진의 형태로 올려야 하는 인스타그램이 가장 인기 있는 SNS 플랫폼인 시대에 살고 있다. 이런 곳에서 사진 혹은 사진 촬영에 대한 접근성이 없다는 건 상당히 큰 상실 혹은 소외로 느껴질 수 있다. 그리고 이 영화에 대한 사람들의 반응처럼, 시각장애인이 사진을 찍을 것이라는 생각을 하는 사람은 그리 흔치 않다. 따라서 시각장애인들이 직접 사진을 찍을 수 있도록 하는 사진 동호회는 분명 따뜻한 곳이며, 편견을 깨는 설정이다. 당사자들 또한 사진을 찍고 싶다는 욕망을 충분히 가질 수 있으며, 이러한 욕망의 실현은 정말 소중한 경험일 것이다. 그러나 왜 반드시 사진이어야 했는가? 처음 사진을 찍는 장면에서 동호회를 운영하는 교수는 시각 외에 다른 감각을 이용하여 피사체를 느껴보자고 했지만, 실제로 사진을 찍는 과정을 보면 사실상 시각장애인들은 봉사 학생들의 지시에 따라 팔을 움직여야 했고, 그들의 확인을 받아야 했다.

나는 여기서 이 영화 바깥의 두 장면이 떠오른다. 하나는 어느 요리 경연 프로그램에 나온 시각장애인 요리사에게 고든 램지 Gordon James Ramsay Jr가 요리의 모양을 자세히 설명해주고 그 요리사가 감격의 눈물을 흘리는 장면, 또 하나는 영화 〈겟 아웃〉에서 전맹 시각장애인 미술관장이 자기 조수의 훌륭한 설명을 듣고 작품을 고르는 장면이다. 이 둘과 〈릴루미노〉의 사진 촬영은 어떻게 다른가? 앞의 사례부터 보자. 물론 요리는 모양이 아주 중요하지만, 향과 맛, 그리고 익은 정도를 확인할 때는 촉감과 소리로도 판단할 수 있다. 오히려 시각이 보조적 역할일 수 있는 것이고, 그 요리사는 음식을 만들면서 적어도 향과 촉감, 소리에서 결과물의 모습을 상당히 완성도 있게 예측해냈을 것이다. 고든 램지의 설명은 여기서 비어있는 시각의 측면을 채워주었을 뿐이다. 따라서 여기서 시각은 그 요리사에게 마지막 퍼즐이었지, 핵심이 아니었다. 무엇보다도 음식에서 가장 중요한 건 역시 맛이니까. 그렇다면 〈겟 아웃〉은 어떨까? 물론 작품에 대한 설명은 조수가 전적으로 담당하지만, 판단은 관장이 내린다. 결정권과 생각의 여지는 그에게 있다. 사실 예술 작품을 고를 때 갈수록 중요해지는 건 형태 그

자체보다 작품 내용의 판단이기 때문에, 시각이 매우 중요할지언
정 그것으로는 전혀 충분하지 않다.

그러나 사진을 찍는 행위는 좀 다르다. 피사체를 만져본다고 하
더라도 사진의 구도를 남이 설정해 준다면, 여기서 사진을 찍은 이
는 누구인가? 오히려 "나는 이런 구도의 사진을 찍고 싶다"라고 시
각장애인이 이야기하면 봉사 학생이 그에 맞추어 화면을 자세히
묘사하고, 전맹 시각장애인은 이를 바탕으로 구도를 조금 바꿔보
라는 식으로 지시를 내릴 수 있다. 저시력 시각장애인이라면 확대
기 등을 활용하여 보조자 없이도 혼자서 사진을 찍을 수 있을 것이
다. 그러나 〈릴루미노〉에서는 대체로 봉사 학생이 구도를 잡아주
고 조언을 해주며 판단을 내려주었다. 사진 촬영을 주제로 삼고,
그리고 그 과정에 필요한 편의를 충분히 제공하지 않음으로써 시
각장애인이 의존할 수밖에 없는 상황을 만든 것이다. 사람들이 이
영화에 감동한 이유는 무엇일까? 다양한 이유가 있겠지만, 핵심은
'정상성의 충족'일 것이다. 이 사회에서 장애인은 '총체적 무능'이
라는 편견에 둘러싸여 있고, 이는 '정상적'인 한 명의 사람으로 기
능하지 못한다는 편견을 심어준다.

그래서 장애인의 역경 극복 서사는 정상성을 취득하여 행복해
지고 심지어는 구원을 받는다는 결론까지 함축한다. 특히 그가 절
대로 할 수 없으리라 예측된, '시각장애인의 사진 촬영'과 같은 일
이 성공하면 그는 '정상성'을 취득한다. "나도 사진을 찍을 수 있
다!"라는 '희망의 메시지'를 주는 '감동 실화.'

그러나 이는 문제의 근본을 감춘다. 시각장애는 비정상이라는, 비장애만이 정상이라는 전제에는 질문을 던지지 않고, 시각장애를 제거·보완함으로써 정상에 진입하도록 도와주는 것이다. 애초에 '정상적인 시력'이라는 기준 자체에 우리는 먼저 질문을 던져보아야 한다. 왜 어느 정도는 정상이고, 어느 정도부터는 비정상인가, 안경의 성능 혹은 의학이 발전한다면 이는 다시 조정될 수 있는가, 비/정상을 나누는 기준은 누가 세웠는가. 왜 우리는 어떤 환경에서만, 어떤 경험을 통해서만 행복해질 수 있는가, 아니 왜 그러한 종류의 행복만이 행복으로 통용되고 있는가. 이러한 행복을 벗어나는, '비정상'적인 욕망과 행복은 허가될 수 있는가. 주어진 길 외에 도전할 만한 여지는 우리에게 남아있는가.

그래도 이 영화는 다른 영화들보다 여러 면에서 낫다. 두 주인공 모두 전맹이 아니었다. 서로 다른 경험 때문에 부딪히기도 하는 모습이 나온다. 다양한 저시력 시각장애인이 등장하고, 전맹 시각장애인이 한 명밖에 안 나오며, 소통이 점자 일변도로 진행되지 않는다는 점에서 '시각장애=전맹=점자'라는 황당한 고정관념을 깨준다. 이런 설정들로 '(시각) 장애인'이 동질적인 집단이 아님을 자연스럽게 보여준다. 시각장애인에 대한 잘못된 태도나 행동을 보여주며 관객에게 분명히 경고를 보내는 내용도 포함되어 있어서 비시각장애인들에게 특히 많은 걸 깨우쳐줄 수 있는(!) 영화이기도 하다. 시각장애인을 재현의 대상으로 삼으면서도 시각장애인의 경험을 불쌍하게 묘사하거나, 보조 기구를 통해 시각이 보완되는 장면을 지나치게 낭만화하지도 않았다는 점에서 이전의 영화들보다 많은 진전이 있었음은 분명하다.

그러나 여전히 남는 의문이 있다. 왜 하필 사진이어야 했는가. 시각을 보조함으로써 할 수 있는 일은 다양한데, 왜 하필 가장 많은 의존이 필요한 사진이어야 했는가. 심지어는 두 주인공이 서로의 마음을 확실하게 확인하는 순간에도 왜 꼭 시각이 사용되어야 했는가. 〈셰이프 오브 워터〉에서는 언어장애인인 주인공이 행복한 상상 속에서 자신의 목소리로 직접 노래를 부르는 장면이 나온다. 물론 그는 음악을 좋아하는 사람이기에 행복한 순간을 노래로 표현하고 싶었을지도 모른다. 그 욕망을 탓할 생각은 추호도 없다. 그렇지만 장애인이 등장하는 거의 모든 작품에서 사랑과 행복은 '잃어버린' 시각이나 목소리를 '되살려' 주는 방식으로 묘사된다.

최근 KT에서는 인공지능 서비스 '기가지니'를 홍보하고자 "마음을 담다"라는 시리즈로 두 개의 광고를 내보냈다. 첫 사례는 농인인 주인공과 그 가족의 사연을 통해 AI 음성 합성 기술을 홍보한 "제 이름은 김소희입니다"(2020.03.26)이다. 그들은 주인공의 '실제 목소리'를 찾아 주겠다면서, 그가 말하고 듣지 못해서 불쌍하고 슬프다고 말하는, 그와 목소리로 대화하고 싶다는, 목소리로 대화하지 못하니 거리감이 느껴진다고 말하는 가족의 인터뷰를 담았다. 그리고 그들을 행복하게 해주기 위해서, 가족의 목소리를 데이터로 삼아 음성 합성 기술로 주인공의 '잃어버린 목소리'를 추론했다. 가족은 그렇게 만들어진 목소리가 나오는 영상을 보고 감동하며 눈물을 흘린다. 주인공이 수어를 하는 영상에는 자신의 목소리를 들려주게 되어 기쁘다는 내레이션이 깔렸다. 그러나 태어날 때부터 목으로 소리를 낼 수 없는 사람이라면 그는 목소리를 잃어버린 적이 없다. 세상에는 '목소리를 갖고 태어나는 사람'과 '목소리 없이 태어나는 사람'이 있을 뿐이다. 목소리가 없다는 것이 곧 불행도 아니다. 목소리가 없는 개인이 불행해지는 이유는 목소리가 있는 사람만을 정상으로 여기는 불평등한 사회 때문이다. 가족 중에 농인이 있다면 수어를 배워서 소통할 생각을 해야 마땅하다. 그러나 여기서는 청인들이 수어를 배우는 대신, 농인에게 존재하지 않는 목소리를 '되찾아' 주겠다는 '감동' 프로젝트를 진행하고야 말았다. 아, 세상에.

한 청각장애인 당사자가 《비마이너》에 기고한 글에서, 그는 자신과 다른 청각장애인들이 종종 외국인으로 오해를 받거나 청각장애인임이 드러난다고 말했다. 발음이 약간 뭉개지거나 억양이 조금 다르다는 점 때문이다. 그런데 KT 기가지니의 음성 합성 기술로 만들어진 목소리는 어땠을까? '퍽 자연스러운 억양과 발음'이었다. 기업이 자신들의 기술을 통해 보여주고 싶은 건 조금이라도 '표준에서 벗어난' 억양이 아니기 때문이다. 청각장애인들은 청인들과의 의사소통을 위한 '언어 치료'를 받는데, 이 과정에는 발음의 교정이 포함된다.[27] 그런 점에서 KT가 만든 목소리는 '치료'가 끝난 목소리다. 이 과정에서 수어를 사용하며 살아가는 사람의 현재와 인공와우를 사용하며 살아가는 사람의 현재는 사라지고, (사

실 존재하지도 않는) '목소리를 잃기 전'의 비장애인의 모습과 음성
합성으로 인해 '온전한 목소리'를 얻게 된 비장애인의 미래만이 남
는다. 이처럼 치료를 강제하는 상황에서 현재는 과거와 미래에 접
혀서 사라져 버린다.[28]

이어지는 광고 "제 귀에는 삐삐가 있어요"(2020.06.12)에서는 KT
가 17년 동안 인공와우 수술을 지원했다고 밝히며, 기가지니를 언
어 치료 용도로 사용하는 모습을 보여준다. 1분 8초짜리 영상 중
37초부터 자막이 없는데, 자막이 사라진 직후 주인공의 '또박또박
한 발음'이 등장한다. 이는 명백히 주인공의 발음을 강조하고 있
다. KT는 연달아 제작한 두 광고를 통해 청각장애인의 '정확한 발
음'과 '목소리'에 집중하면서, 대부분의 영상에는 자막과 수어 통
역을 달지 않는다. 여기서 언급한 두 사례와 '국민응원송'에만 수
어 버전을 만들었지만, 강조하고 싶은 부분에서는 자막을 없앤다.
인공와우를 지원할지언정 청각장애인에게 필요한 편의에는 관심
이 없기에 가능한 일이다. 이런 식으로 장애인 관련, 혹은 '감동'
콘텐츠에만 수어를 사용하는 것은 '마음을 담은' 분리주의이며, 장
애인의 정당한 권리를 비장애인의 따뜻한 배려로 왜곡하는 일이
다. 광고 마지막에 나오는 "KT는 수어의 인식 향상을 위해 노력합
니다"라는 문장을 읽고 헛웃음이 나온 이유이다.

주어진 선택지가 오로지 치료뿐인 곳에서, 즉 '정상'이 되어야
하고 '나아야만' 하는 사회에서 현재의 삶은 부정될 수밖에 없다.
지금의 삶은 부족한 '아래'의 삶이 되고, 우리는 계속 정상을 향해

올라가야만 한다. 왜 사랑과 행복의 장면에서조차, 한 가족의 삶에서조차 '정상성'을 담보하는 방식으로 사용되는 '상실된 감각의 보충'을 목격해야만 하는가. 볼 수 없다면 볼 필요 없이 화면 해설이나 촉각 정보를 요구하는 것, 말할 수 없다면 말할 필요 없이 시각적인 언어를 요구하는 것이 접근성이다.

앞서 언급한 《비마이너》의 글에서는 '농인이 더 나은 삶을 살고 사회에 참여할 수 있도록 하는 기술은 손이 아닌 소리로 잘 말하기를 강요하는 기술이 아니라, 음성언어를 수어와 문자로 통역해주는 기술'이라고 말한다. 그 이유는 초점이 최첨단의 기술력을 전시하는 데 있지 않고, "당사자와 함께하는 구체적인 고민을 통해 만들어낸 것이기 때문이다." 접근성을 보장하려면 우리는 당사자들을 침해하지 않으면서 함께하는 방법을 고민해야 한다.

나는 여기서 영화 〈토이 스토리 4〉를 떠올린다. 이 영화의 중심에는 쓰레기통에서 꺼낸 쓰레기로 만들어진 '포키'라는 캐릭터가 있다. 주변의 장난감들이 그에게 이제는 '장난감'이 되었다고 아무리 얘기해줘도 포키는 "나는 쓰레기야!"라고 외치면서 해맑게 본인의 자리라고 믿는 쓰레기통으로 달려간다. 그리고 누가 자신을 쓰레기통에서 꺼내면 오만상을 다 쓰며 짜증을 낸다. 그러던 그는 주인이 자신과 있을 때 따뜻하고 포근함을 느낀다는 이야기를 듣곤 더 이상 쓰레기통으로 달려가지 않는다. 그리고 외친다. "내가 그의 쓰레기였어!"

그는 장난감이 된 게 아니다. 주인의 품이 쓰레기통으로 변한 것이다. '우디'라는 장난감은 포키가 스스로 이제는 장난감이 되었음을 깨닫고 주인을 행복하게 해주는 장난감으로서의 본분을 다하길 바랐지만, 그 순간에도 포키는 그 본분을 '쓰레기'의 본분으로 이해한다. 쓰레기통에 누워있을 때 포키의 표정은 정말로 평온하다. 그에게 쓰레기는 그 자체로 따뜻하고 안락하다. 쓰레기통에서 쓰레기 사이에 있을 때 행복하다. 우디가 장난감의 효과나 본분을 이야기해도 포키는 이를 쓰레기의 관점으로 이해했다. 그에게 장난감은 끔찍했고, 쓰레기는 포근했다.

우리는 누군가의 삶을 벗어나야 하는 장소로 단정 짓곤 한다. 당사자가 어떻게 느끼든 그 삶을 우리 머릿속의 '쓰레기'로 상상하며, 그곳에서 상대를 구원해 주어야 한다고 생각한다. 쓰레기통에 있을 때 가장 행복한 그에게 계속해서 '장난감'으로서의 본분을 강조하고 역할을 요구하는 우디의 모습은 '착한 사람'을 만들어내는 지금의 사회와 닮아있었다. 상대방이 무엇을 원하는지와 무관하게 그에게 '바람직한' 욕망과 각본을 강요하는 사회. 특히 아픈 사람과 장애인에게는 이러한 태도가 더욱 강하게 드러난다. 당사자의 의사와 무관하게 시설화를 시도하거나, 휠체어 대신 목발이나 의족을 권해서 '덜 장애인처럼' 보여야 한다고 하거나, 재활 훈련 혹은 치료를 강요하는 태도, 자신의 장애를 수용하고 장애와 함께 살아가려는 의지를 무시하고 사회가 장애인에게 요구하는 '바람직한' 모습만을 주입하는 태도 말이다.

세상은 '정상'에 맞지 않는 존재를 '쓰레기'로 취급하고, '정상'

의 바깥을 향하는 욕망은 이상하다고 말한다. 우리에게는 장난감이 되길 요구하는 세상에서 당당하게 쓰레기로서, 쓰레기통으로 달려가는 쓰레기의 욕망과 의지가 필요하다. 우리에게는 눈으로 보지 않아도 되고 목소리를 내어 말하지 않아도 되는 진정성과 욕망을 추구할 수 있는 세상이 필요하다. 그래서 나는 사회가 요구하는 세상을 벗어나서, 나의 '이상한' 욕망을 좇아 쓰레기통으로 달려가며 포키처럼 당당히 외쳐보려고 한다.

"난 쓰레기야!"

연극이 끝나고 난 뒤

2018년 9월 서울시 청년의회에서 박원순 서울시장에게 장애인의 이동권 보장을 요구했다. 박 시장은 자신이 직접 휠체어를 타고 다니며 실태를 조사해 보겠다고 말했다. 저상 버스와 계단 버스의 배차 순서를 직접 조사하는 게 핵심이었지만, 언론에서는 박 시장이 '휠체어 체험'을 한다는 식으로 보도했다. 나는 분노할 수밖에 없었다. 박 시장은 이미 한여름의 '옥탑방 체험'으로 많은 비판을 받았던 사람이기에 더욱 이 상황이 문제라고 생각했다. 물론 박 시장은 한여름에 옥탑방에서 한 달 동안 살며 폭염을 재난에 포함하기 위해 '서울시 재난 및 안전 관리 기본조례' 개정안을 발의하도록 하는 데 기여했지만, 체험이라는 형식이 지니는 한계는 너무도 명백하다.

체험은 기본적으로 일회적이거나 일시적이다. 체험의 문제점은 마치 그 짧은 시간 동안에 본인이 당사자의 '고통'을 모두 이해라도 한 것인 양 착각하게 만든다는 것이다. 대부분 초·중등 교육 과정에서 장애인권 교육을 받지 못하거나, 아주 적게 받는다. 초등학생 때 시각장애인 체험 수업을 들은 적이 있다. 그냥 눈을 가리고 교실 뒷문으로 들어간 후 특정 경로를 따라 앞문으로 나가는 것이었다. 바닥에는 점자 유도 블록도 없었고 내 손에 케인cane*이 있는 것도 아니었다. 이런 보조 도구들을 사용하는 방법도 배우지 않았다. 평생 시력에 의존하며 살아온 사람이 시력에 의존하지 않고 보행할 때 어떻게 해야 하는지 아무것도 배우지 못한 상태에서 난데없이 눈을 가리고 걷는다면? 결과는 정해져있다. 이런 것도 '교육'이라고 부를 수 있는가?

평생 두 다리로 걷다가 잠깐 '장애 체험'을 해보겠다고 수동 휠체어를 타면 당연히 불편하다. 본인의 몸이 살아온 방식과 다르니까. 몸이 살아가는 방식은 사람에 따라 다 다르다. 만약 내가 갑자기 하이힐을 신고 걷거나, 모델 워킹을 하려고 한다면 나는 굉장히 불편할 것이다. 발이나 다리가 '아플' 수도 있겠지. 모든 사람에게

---

* 주로 시각장애인이 보행할 때 사용하는 지팡이.

는 그 자신의 생활 방식이 있고, 그 자신의 몸이 움직이는 방식이
있다. 누구든 갑자기 다른 방식으로 살려고 하면 당연히 불편하다.
게다가 자신이 당사자가 잠시 되어 보겠다는 선택은 오히려 당사
자의 주장을 묵살하기도 한다. 문제를 제기한 당사자의 말에 "직접
해보겠다"며 당사자의 경험을 손쉽게 '나도 아는 것'으로 만들어
버리기 때문이다. 정말로 꼭 직접 해봐야만 문제를 알 수 있는가.
당사자들의 증언과 주장은 그렇게도 신뢰가 안 가는가.

　그래서 체험은 무용하며 오히려 아무것도 안 하는 것보다 해롭
기도 하다. 체험을 통해 장애는 '불편'하고, '아프'고, '힘든' 것으
로, 따라서 장애인은 '불행한' 사람으로 인식된다. 체험은 몸의 경
험이므로 참가자는 편견을 더욱 확신하게 된다. 그래서 장애인은
'그럼에도 행복한' 혹은 '그럼에도 열심히 사는' 사람이 된다. 장애
인의 차별 경험은 휠체어 하루 타보면 다 알 수 있는 얄팍한 것이
되어버린다. 체험은 그래서 위험하다. 체험은 어설픈 사이비 당사
자성을 잠시 걸쳤다가 벗는 일시적인 연극일 뿐이기에 체험자는
결코 그것을 통해 당사자에게 이입할 수 없으며, 체험이 좋은 결과
를 낳는 경우는 기적이라고 보아도 좋다. 체험은 철저한 타자화를
바탕으로 하며 그 결과는 봉사 활동의 것과 별반 다르지 않을 것이
다. '내'가 '직접' '현장에서' '겪어서' 그 힘듦과 고통을 '이해'한다
는 오만함을 얻게 됨으로써 시혜적 태도는 더욱 강화된다.

　또한 지금껏 정치인들은 필요할 때만 장애인들을 찾아가서 자신
들의 품격을 높이기 위한 연극에 그들을 동원했다. 2004년에는 정

동영 의원이, 2011년에는 나경원 의원이 장애 아동의 목욕을 돕는 모습을 언론에 내보냈고, 2017년에는 반기문 전 사무총장이 노인 요양 시설에 찾아가서 노인에게 밥을 떠먹이는 장면을 연출했다. 2020년 총선에서는 나경원 후보가 다운증후군이 있는 자신의 딸을 선거 유세에 데리고 나오기도 했다.[29] 김원영은 자신의 책 《실격당한 자들을 위한 변론》에서 자신도 "국회의원 본인과 '천사 같은' 장애인들을 만나고 왔다는 모임 주최자의 존재가 생생하게 드러나는 무대"에 동원되었다고 말하기도 했다. 이렇게 자신을 돋보이게 하려고 장애인을 이용하는 것은 생각보다 굉장히 흔한 일이다. 이때 장애인의 존재는 해당 인사의 의전의 일부로 동원된다.[30] 장애인 봉사 활동을 나가면서 스스로를 '좋은 사람'이라고 생각하는 것 또한 이와 똑같은 원리이다. 이런 문제는 꽃동네 시설의 봉사에서 가장 극명하게 드러난다. 내가 활동한 장애인권동아리에서 낸 두 번째 문집에는 꽃동네로 봉사 활동을 다녀온 의대생의 글이 담겨있다.

  필자 '거니'는 2017년 2월에 단체로 꽃동네에 봉사 활동을 다녀왔고, 그곳에서 '눈을 가리고 강당을 한 바퀴 돎으로써 시력의 소중함을 알자는 취지'의 장애 체험을 해야 했다. 봉사 활동 전후에 학교에서도, 봉사 활동 중에 꽃동네 안에서도 시설과 탈시설이라는 사회적 논쟁과 장애인의 자립과 지역사회 통합에 대해서는 전혀 배울 수 없었다. 사람들이 시설에 살게 된 배경 또한 아무도 말하지 않았다. 그 봉사 활동은 "그저 '아 1박 2일 동안 봉사 활동에 갔다 왔어, 힘들었어' 등의 (온전히 자신에게 초점이 맞춰져 있는) 이야기로 귀결되었을 뿐"이었다.[31] '봉사'라는 연극은 장애인을 동원한다. 여기에 삶을 살아가는 장애인은 없다.

기존에는 연극에 장애인이 동원되었다면, 공공연한 체험 행사는 장애 혹은 장애인을 소품으로 사용한다. 사이비 당사자성이 비당사자의 편견을 재생산하는 측면이 있다면 체험 행사는 그러한 사회적 고정관념을 적극적으로 이용하여 자신을 강조한다. 장애를 체험하는 '나', 내 일도 아닌데 무려 장애인들을 위해 장애를 체험해보는 비장애인인 '나'가 강조된다는 뜻이다. 정치인은 자신의 언행에 특히 조심해야 한다. 무엇보다도 애초에 당사자들, 활동가들의 문제 제기에 똑바로 대응했어야 한다. 그렇게 오랫동안 광화문역에서 농성하다가 나왔던 사람들이 다시 그 바로 옆에 농성장을 마련할 일이 없도록 했어야 한다. 한번 체험해 본다고 그 문제를 이해하는 게 아니다. 당사자들, 전문가들, 활동가들은 이미 수없이 요구해왔다. 그런데 그걸 여태 외면해 놓고서 체험으로 적극적인 척을 한다면 이 얼마나 기만적인가.

지하철의 휠체어용 리프트가 위험하다는 문제 제기는 항상 있었지만, 이는 단 한 번도 제대로 받아들여지지 않았다. 1996년부터 2017년까지, 서울시는 장애인들의 목숨을 앗아간 후 책임도 지지 않고 사과도 하지 않는다.* 저상 버스 도입률도 목표치에 못 미

---

* 국가인권위원회 자료에 따른 주요 사고만을 보더라도, 1999년(혜화역, 천호역), 2000년(종로

치는데 공무원들은 장애인들이 저상 버스를 이용하지 않는다며 책임을 돌렸다. 저상 버스를 탈 때 나는 시끄러운 소리, 집중되는 시선, 오래 걸리는 시간과 사람들의 눈초리, 욕설, 모욕은 생각하지 않는다. 장애 체험에서는 이런 문제도 충분히 알 수 없다. 대부분의 체험 행사는 오래 돌아다닐 수 있을 만큼 긴 시간 진행되지 않기 때문이다.

게다가 체험은 형식 자체가 너무 불완전하다. 완전한 것은 어디에도 없지만, 체험은 놓치는 것이 너무나 많다. 휠체어를 타는 사람의 몸의 경험도 질병이나 장애의 유형에 따라 너무나 다르고, 휠체어를 탄 사람의 성별에 따라서도 다르다. 청각장애 체험은 주로 입 모양을 보고 말을 맞히거나 귀를 막고 소리를 작게 하는 것으로 이루어지는데, 터무니없는 행사이다. 입 모양을 읽는 훈련이 하루이틀 필요한 것도 아니고, 들리는 정도도 다 다르다. 정말 '케바케 case by case' 그 자체이다. 무엇보다도 아예 체험 불가능한 장애도 많다. 요루나 장루를 착용하는 내부 장애나 크론병 같은 질병은 체험할 수가 없다. 배에다 전기 충격기를 붙여서 찌릿찌릿 신호를 줄

3가역), 2001년(오이도역, 영등포구청역, 고속터미널역, 발산역), 2002년(발산역), 2004년(서울역), 2006년(회기역), 2008년(화서역), 2012년(오산역) 등 장애인 휠체어리프트 사고는 계속 발생했고, 2017년에는 신길역에서 추락 사고가 발생했다. 호출 버튼의 위치, 무게 하중 등의 심각한 안전 결함이 있음에도, 사고가 발생한 후 수개월이 지난 후에야 호출 버튼의 위치를 바꾸는 등 서울시는 적극적으로 문제를 방조했다. 자세한 내용은 이 부분에서 참고한 다음의 기사에 나온다. 〈장애인은 죽고, 리프트는 살아있다〉, 《비마이너》, 2018.12.31.

수도 있겠지만, 이런 모든 체험 방식은 경험을 오로지 감각으로 축소해 버린다. 장애를 몸에 결부된 생물학적 요소로 환원하는 문제도 있는 것이다. 즉 이러한 체험들은 '장애인들에 대한 공포와 오해를 줄이고자 기획되었으나, 정작 장애인들의 목소리와 경험은 부재'한다. 따라서 장애인의 권리에 대한 정치적 논의도 사라진다. 즉 체험 행사는 장애를 문화적으로 상상하기보다 개인적으로, 또 제한적으로 상상하는 데 그친다.[32]

내가 동아리에 들어간 계기에는 나의 질병도 있었지만 처음 참여한 행사도 큰 영향을 미쳤다. 영화 〈변호인〉의 배리어프리 상영회였다. 그 자리에서 나는 작은 주황색 스펀지로 만들어진 귀마개, 안대, 그리고 내가 지금까지도 겨울에 꺼내는 귀도리로 감각을 차단해 봄으로써 다양한 방식의 영화 관람이 가능하다는 것을 경험했다. 이는 얼핏 장애 체험과 비슷한 것 같지만, 사람의 감각이 아닌 기존 영화에 부재하던 요소를 부각한다는 점에서 초점이 다르다. 문제는 몸이 아닌 환경과 상황이라는 것을 분명히 드러내기 때문이다.

그러나 체험 일반을 즉시 폐기하자는 것은 아니다. 한국장애인재단에서 발행하는 잡지 《세상을 여는 틈》 13호에는 조금 다른 체험이 등장한다. 휠체어 럭비 교육이다. 먼저 인권 교육이 진행되고 그 이후에 선수들의 시범 경기가 펼쳐진다. 그리고 학생들이 직접 휠체어 럭비를 해본다. 물론 장애인 스포츠는 어떤 스포츠나 그렇듯 '건강한' 사람만이 참여할 수 있기에 한편으로는 결국 '신체 기능'을 강조하는 방향으로 가는 것이 아니냐는 비판도 가능하다. 그 럼에도 이는 연민의 시선과 무력함이라는 편견에 도전한다는 점에 서 기존의 체험과는 분명 다르다.[33]

'어둠 속의 대화'라는 전시도 섬세하게 살펴볼 필요가 있다. 이 또한 안대를 씌우고 걸어가 보라고 하는 기존의 체험과 비슷한 듯 하지만, 시각장애인 당사자가 안내 역할을 한다. 아무것도 안 보이 기 때문에 시각장애인이 경험 있는 선배로서 길을 이끈다. 여기서 비장애인은 안내인에게 잠자코 끌려갈 수밖에 없다. 관객 중에는 "시각장애인이 되고 싶다"라고 말한 사람도 있었다고 한다. 이는 전시 안에서 길잡이 역할이 되는 시각장애인이 롤 모델임을 단적 으로 보여준다. 전시를 기획한 사람도 시각장애인 당사자인데, 그 는 인터뷰에서 시각장애인 일자리를 늘렸다는 점에도 큰 의의를 두었다.

체험도 어떻게 진행하느냐에 따라 의미나 효과가 분명 달라질 수 있다. 유의미한 체험 행사를 진행하려면 기존의 문제를 답습하 지 않으려는 노력이 필요하고, 낙인을 제거하거나 전복해 버리는 시도가 필요할 것이다. 여기서 중요한 것은 장애인의 삶을 관람 대 상으로 만들지 않는 것이며, 몸과 낙인의 경험이 즉각적으로 학습 될 수 없는 것임을 분명히 인지하는 것이다. 이해해야만 인식이 개 선될 수 있다는 생각, 그리고 이해와 인식 개선으로 인권이 나아질 수 있다는 생각은 한편으로 이해할 수 없는 경험에 대해서는 침묵 한다. 김형수 장애인학생지원네트워크 총장은 한 강연에서 장애인

인권 교육에만 '인식 개선'이나 '이해'와 같은 말들이 붙는다는 점을 대상화라고 비판한다.[34] 그러한 명칭 안에서 장애인은 주체가 아니라 단지 이해의 대상일 뿐이다.

이해할 수 없는, 겪어본 적 없는 삶을 존중할 수 없다면, 우리는 누구도 있는 그대로 존중할 수 없다. 체험이라는 낡은 패러다임에서 벗어나야 하는 이유이다.

'환자' 대통령을
상상하다

정치인들이 며칠 동안 모습을 안 보이면 '건강 이상설'이 대두된다. 2020년 초에는 김정은이 북한에서 가장 중요한 국가적 행사 중 하나인 태양절 행사에 등장하지 않았고, 약 20일 정도 모습을 드러내지 않았다는 이유로 '건강 이상설'에 휘말렸다. 몇 언론이 조회 수를 노리고 무리수를 던졌을 가능성도 물론 있지만, 이를 두고 한국의 여·야뿐 아니라 청와대, 거기에 미국 백악관까지 의견을 밝혔다는 점을 생각하면 그렇게만 볼 수는 없다. 북한 정세에 우리가 유독 예민하기도 하지만, 어느 국가든 대표자의 건강은 이슈가 된다. 2016년 미국 대선에서도 당시 대선 주자였던 힐러리

클린턴Hillary Diane Rodham Clinton과 도널드 트럼프Donald John Trump의 건강이 사람들의 말밥에 오른 바 있다. 2019년 4월에는 시진핑이 걷다가 다리를 절룩거렸다는 기사가 사방에 올라왔다. 나는 뉴스에서 시진핑이 발목을 살짝 삐끗하는 영상을 보았는데, 저렇게 작은 움직임에도 언론들의 카메라가 내리꽂히는 것이 나로서는 쉽게 이해되지 않았다.

우리는 왜 국가 대표자의 건강에 그렇게 관심이 많을까? 일상에서도 우리는 안부의 핵심을 '건강'에 둔다. 밥은 잘 먹고 다니는지, 잠은 잘 자는지, 아픈 데는 없는지 등의 질문들이 대화의 필수적인 의례처럼 자리 잡은 상황은 누군가의 건강이 그의 현재 상태를 거의 모두 보여준다고 믿기 때문이다. 이는 건강을 잃으면 모든 걸 잃는다는 말이 일상에 스며든 하나의 현상이다. 전 세계의 언론이 각국 정상의 건강에 이토록 집착하는 데도 이런 인식이 깔려있다. 지도자 개인이 국가 시스템과 동일시되며, 따라서 그의 건강이나 능력이 국가의 현재 상태까지도 보여준다는, 그래서 그가 건강을 잃으면 국가가 위험해진다는 믿음 말이다.

'레임덕lame duck'이라는 표현이 있다. 이는 임기 말에 통치력·지지율이 저하된 지도자나 공직자를 의미한다. 이는 18세기 런던 증권시장에서 채무 불이행 상태의 투자자를 '절름발이 오리'에 비유한 것에서 시작하여 19세기에 미국으로 전파된 후 지금과 같은 의미로 변했다. 즉 이는 장애를 무능의 동의어로 쓰는 장애 은유이다.

장애 은유는 두 층위로 작동한다. 장애인에 대한 편견을 재생산하고, 장애인의 현실을 공적 담론에서 추방한다. 장애인이 무능한 것은 그 개인의 몸 때문이므로 장애인 개인이 '극복'하는 것이 유일한 길이라는 식이다. 즉 장애 은유는 은유의 대상을 개인화한다. 이 두 층위는 긴밀히 연결되어 있지만, 이 글에서는 개인화의 문제에 집중하고자 한다. 이 용어에 대한 설명을 찾아보면 '나라 전체에 나쁜 영향을 끼칠 수 있는 위험한 현상'이라고 나온다. 일국의 지도자가 얼마나 큰 책임을 지고 있는지 모르는 것은 아니지만, 나라 전체가 흔들릴 수도 있는 문제를 '레임덕'이라고 명명하는 것은 문제 상황을 직시하지 못하게 한다.

국가처럼 거대하고 복잡한 조직이라면 더욱 시스템을 잘 만드는 것이 중요하다. 지도자가 바뀌더라도 조직의 틀이 어느 정도 유지되고, 사회를 지탱하는 기본적인 합의들이 다시 검토될 때도 삶이 흔들리지 않을 만큼의 안정성은 있어야 한다. 지도자 개인의 역량보다 사회 제도를 신뢰할 수 있어야 한다. 이를 '건강 이상설' 논의에 연결하면, 지도자의 건강에 문제가 생긴다 하더라도 그것이 이렇게나 중요한 문제일 이유가 없는 시스템을 구축해야 한다는 의미일 것이다. 나는 아픈 특정인을 옹호하는 것이 아니다. '아픈 지도자'가 가능한 사회를 이야기하는 것이다.

지금 사회에서 건강은 개인의 문제로 여겨진다. 개인이 관리해야 하고, 실패도 개인의 몫이다. 사회는 치료 이외의 방법을 고려하지 않는다. 그래서 '건강 이상'은 개인의 결격 사유가 된다. 아픈 사람은 치료받아야 하는데, 치료는 기본적으로 (그것이 일시적인 휴

식이든 장기적인 입원이든) 격리 혹은 단절을 의미한다. 바로 이 단
절이라는 측면에서 질병과 사망은 기간의 차이만을 가진다. 이에
따라 '공석'의 기간이 결정되기 때문이다. 지도자의 건강은 국가적
관리의 대상임에도, 여전히 공적으로 논의되지는 않는다.

언론과 정치인들이 합작하여 생산하는 '건강 이상설' 이면에는
사슬처럼 엮인 문제들이 숨어있다. 지도자 개인의 건강에 좌우될
만큼 불안정한 체제를 발견하면, 그 안에는 지도자의 건강 상태가
바뀔 때를 대비하지 않은 환경이 있다. 여기서 아픈 몸은 일하거나
존중받을 수 없고, 그 배후에는 건강과 노동만을 견고하게 엮어내
는 건강 중심 사회가 있다. 하지만 지도자 개인이 '여전히 건재'하게
공식 석상에 등장함으로써 '불식' 혹은 '일축'할 수 있는 '건강 이상
설'은 국가 지도자를 당연히 건강해야 하는 사람으로 전제한다. 그
런 사회에서 '환자 대통령' 혹은 '환자 총리'는 존재할 수 없다. 존재
하더라도 소아마비에 걸린 후 휠체어를 타는 대신 재활 치료와 하
반신 보철물로 '직립'할 수 있게 된 후에 정치인으로 성공한 미국의
루스벨트Franklin Delano Roosevelt 대통령과 같은 모습일 것이다.

얼마 전 영국의 총리 보리스 존슨Alexander Boris de Pfeffel Johnson
이 코로나19에 감염되어 위중한 상태였다가 치료 후 업무에 복귀
했다. 영국 내각에서 그가 사망할 경우를 대비하여 비상 계획까지
세웠다는 소식은 적지 않게 기사화되었으나, 이는 단지 보리스 존
슨의 상태가 얼마나 위중했는지 강조하기 위함일 뿐이었다. 사망
시 비상 계획까지 세웠다는 헤드라인을 보고 내가 처음 한 생각은,

'아니, 진즉에 했어야지'였다. 공석은 언제나 생길 수 있고, 사람의 몸이 온전히 통제되지 않으므로 그 기간도 쉽게 조절할 수 없다. 따라서 우리는 아픈 사람이 일할 수 있도록, 혹은 아플 때 쉬어도 공석이 채워질 수 있도록 미리 체계를 마련해야 한다.

아픈 사람은 어떤 상황에서 일할 수 있는가? 근로지원인이나 업무 대리인이 필요하다. 한국장애인고용공단에 따르면, 근로지원인 제도는 원래 '중증장애인 근로자가 핵심 업무 수행 능력은 보유하고 있으나 장애로 인하여 부수적인 업무 수행에 어려움을 겪고 있을 때 근로지원인의 도움을 받아 업무를 수행할 수 있도록 지원하는 제도'이다. 이는 상황에 따라 몸을 움직이기가 힘들어질 수 있는 아픈 사람들에게도 필요하다. 여기서 나아가 업무 대리인도 필요하다. 나는 학교에서 장애학생 도우미로 일한 적이 있는데, 아파서 어쩔 수 없이 결근해야 하는 날이 있었다. 그때 나 대신 일할 수 있게 교육을 받은 사람이 있었다면, 일은 훨씬 수월했을 것이다. 처음부터 상황에 따라 두 명 정도를 도우미로 배치하는 것도 방법이다. 협업할 경우 한 명이 비는 상황이 생겨도 대처하기에 더 낫다.

변동성 있는 몸에 대비한 환경도 필요하다. 스트레스가 심하거나 피로가 쌓이면 나처럼 누워서 쉬어야만 하는 아픈 사람들이 있고, 긴 시간을 일할 수 없는 날에는 조금만 일할 수 있도록 선택할 수 있는 조건이 필요하기도 하다. 근육병 환자들의 경우 오래 앉아 있으면 피가 통하지 않아서 생명에 위협이 되는 일도 있다. 따라서 휴식 공간과 휴식 문화가 자리 잡아야 한다. 시간의 유연성도 동반

되어야 한다. '불구의 시간crip time'이라는 개념이 있다. 영미권의
속어로 사용되던 용어라 어원이 분명하지는 않지만, 장애인들이
몸 상태나 교통의 문제 때문에 시간 약속을 지키지 못하거나 더 많
은 시간이 필요한 상황을 지칭하는 데서 시작되었다고 알려져 있
다. 이는 '제때'에 대한 기존의 약속들이 어떤 몸의 상태를 전제하
고 있는지 물으며, 시간 자체를 다르게 구성할 수 있게 해준다.[35]
이러한 개념을 통해 기존의 업무 일정을 재고한다면, 우리는 변동
성 있는 몸에도 대비할 수 있게 될 것이다.

또 서로 경쟁하기보다 협력하는 업무 환경이 필요하다. 한 일터
의 노동자들이 서로 경쟁해야 한다면 자신의 몸을 혹사하게 된다는
사실을 우리는 잘 알고 있다. 협력하여 일하면서 서로 어떤 업무를
하고 있는지 잘 파악한다면, 누군가가 빠졌을 때 나머지의 협력으
로 그의 빈자리를 채워줄 수 있을 것이다. 식사도 중요하다. 회사
안팎에 반드시 다양한 식단을 선택할 수 있도록 환경이 조성되어야
한다. 소화기 질환을 가진 사람들이 점점 많아지고 있다. 소화기 질
환이 아니더라도 알레르기나 체질을 고려한다면 식단의 선택지는
다양할수록 좋다. 일터 안에서 급식을 제공한다면, 식단을 짤 때 이
처럼 다양한 조건을 고려해야 한다.

아프다고 의심되는 사람이 공인이든 아니든, 그의 건강은 수군
댈 대상이 아니다. 질병이나 사망을 '설說'로 소비하는 대신, 질병
과 사망을 포함하는 몸의 변동성으로 조직과 사회를 재구성해야
한다. 언론에서 지도자의 '건강 이상설' 대신 '업무 대리인'이나

'근로지원인'을 알릴 수 있는, 아픈 사람이 일할 수 있는 사회, 공
석이 비상이 아닌 일상의 한 부분일 수 있는 사회가 필요하다.

타인의 몸을 의심할 권리?

2019년 조국 당시 법무부 장관에게 여러 의혹이 제기되었다. 가족들도 조사 대상이었는데 수사 과정에서 그의 부인인 정경심 교수의 '지병'이 논란이 되었다. 조국 전 장관의 지지자들 중에서는 정경심 교수에게 강한 연민을 드러내며, 검찰이 아픈 사람까지도 괴롭힌다고 분노를 표출한 이들이 있었다. 아픈 당사자가 의도했는지 나로서는 알 수 없으나 많은 이들이 질병과 불행, 불쌍함을 하나로 여긴다는 사실 하나만큼은 분명히 드러났다. 아픈 사람은 불쌍하고, 봐줘야 하는데, 검찰이 그렇게 하지 않았기 때문에 비판받아 마땅하다는 것이었다.

이 사고방식은 여태 수많은 정치인과 재벌이 활용한 바 있다.

당장 며칠 전까지 두 다리로 걷던 사람이 구속되거나 경찰서에 출석할 때만 갑자기 휠체어를 타고 나타나거나 침대에 누운 채 이송된다. 건강하던 사람이 감옥에 가자마자 갑자기 지병이 발견되거나, 다치거나, 아프다. 기억이 나지 않는다면 '회장 출석 휠체어'라고 검색해보라. 법원 등에 출석할 때 휠체어를 타고 등장한 기업인들의 목록을 줄줄이 확인할 수 있다.

그런 사례들을 보며 나는 그들의 진실성을 의심했었다. 의심을 넘어, 아픈 사람을 '깍두기' 취급하는 세상에서 중요한 수사를 피해가려는 면피 수단이라고 확신했다. 이 사회는 질병과 장애를 사실상 구분하지 않으며, 이 둘을 모두 불행으로 개인화한다. 정치인들과 기업인들은 이를 활용하여 자신들이 당면한 문제를 휠체어와 환자 이송 침대 위에서 회피해왔다.

물론 실제로 그럴 수도 있다. 그러나 이제는 질병의 사실 여부가 딱히 중요하다고 생각하지 않는다. 어떻게 확인하겠는가? 권력은 진단서도 만들어낼 수 있고 통증은 사실상 당사자만이 느끼고 확인할 수 있다. 똑같은 증상이 있는 사람도 어느 지역에 사는지, 어느 병원에 가는지, 어떤 의사를 만나는지에 따라 진단을 받을 수도 있고, 받지 못할 수도 있다. 기소되어 재판을 기다리는 이들 중에는 정신 질환이 없음에도 정신 질환이 있다는 소견서를 받아서 들고 나타나는 이들도 있다. 심지어 돈을 받고 진단서를 발행해주는 의사들도 있다. 똑같은 증상이 성별이나 나이 등의 요인에 따라 의사에게 전혀 다르게 대우받기도 하고, 진단을 받지 못하는 경우도 왕왕 있다.

이런 현실을 조금씩 알게 되면서 원래 의심부터 하던 내가 이제
는 잠시 판단을 유보하게 되었다. 이를테면 코로나19 참사 당시에
는 권영진 대구시장이 실신해 업혀서 나가는 장면이 기사화되었는
데 이를 두고서도 말이 많았다. 그런데 나에게는 종일 아무런 문제
없이 일하다가 스트레스 때문에 밤에 갑자기 쓰러진 경험들이 있
었고, 그런 나를 온전히 믿지 않던 사람들이 떠올랐다. 아픈 사람,
만성질환자 중에서는 이동할 때 휠체어와 다리를 번갈아가며 이용
하는 사람들도 적지 않다. 그런 이들에게는 "뭐야? 쟤 걸을 수 있
으면서 휠체어 타는 거야?"와 같은 말이 쉽게 나온다. 나는 때로
몇 시간, 혹은 몇 분 간격으로 건강 상태가 오락가락하곤 한다. 어
제 쌩쌩했다가 오늘 초주검인 상황도 흔하다. 그래서 친구와의 약
속이나 과외가 취소되는 경우도 많고, 학교 수업에 갈 준비를 다
끝냈는데 억울하게도 결국 다시 누워야만 하는 날들도 많았다.

아픈 몸의 이러한 변동성은 아픈 사람들을 거짓말쟁이로 낙인
찍는 가장 주된 근거가 된다. "안 아파 보이는데" 혹은 "멀쩡하더
니 왜 갑자기 아파?"와 같은 의심의 말들은 아픈 몸에 낙인을 찍음
으로써 만성질환자를 위축시킬 수밖에 없고, 이는 이들의 몸이 제
도와 관계에서 마땅히 고려되어야 할 대상으로 여겨지지 않도록
한다. 질병은 거짓말과 불행 중 하나로 수렴된다. 자신의 몸을 위
한 요구나 지원은 불필요하다는 이유로 가볍게 기각된다. 나는 의
사조차 아닌 이들에게까지 내 몸에 대한 선택권을 박탈당한다.

이는 질병이 그 자체로 고민의 대상이 아님을 보여준다. 사람들은 질병을 맞닥뜨렸을 때 대부분 고민하지 않고 즉각적으로 반응한다. 꾀병이 아닌 이상 질병은 '아프고 불행'하기에 얼른 치료해줘야 하고, 그러므로 '안 그래도 아픈 사람'을 힘들게 하는 모든 것은 무조건 악하다. 아픈 사람을 보호하는 듯한 이 문장은 오히려 아픈 사람을 동등한 시민으로 존중하지 않는 태도를 담고 있다. 질병이 있다고 하여 관계나 제도에서 배제되고, 기회를 박탈당한다면 질병은 삶의 조건이 아닌 소외와 체념, 포기와 배제의 조건이 된다. 아동, 청소년, 장애인의 인권 운동에서 보호주의는 자주 중요한 쟁점으로 등장하는데, 보호주의가 그들을 삶의 주체가 아닌 오직 보호의 대상으로 축소한다는 점에서 그들의 인권이 침해되기 때문이다.

아픈 사람들이 종종 '깍두기'가 되는 것도 같은 맥락이며, 건강한 사람들은 바로 이 사고방식을 활용하기도 한다. 꾀병을 부리는 것이다. 특히 권력자들은 아픈 사람을 압박하는 것이 반인륜적이라는 통념을 휠체어와 진단서, 병원 침대로 활용한다. 그들은 질병에 대한 편견을 활용함으로써 질병에 가해지는 거짓말쟁이 낙인을 강화하게 된다. 그들이 실제로 건강하든 아프든, 결과는 바뀌지 않는다.

건강한 사람들이 질병이나 통증에 대한 편견을 가볍게 활용하고 소비할 수 있는 이유는 그들이 언제든 자신이 원하는 상태로 돌아갈 수 있기 때문이다. 이는 '건강 권력'이라는 시민권이다. '깍두기'는 특히 사람들이 모여 경쟁 놀이를 할 때 게임의 규칙에서 벗어나 있는 사람을 의미한다. 이는 특권처럼 느껴지지만, 특권은 어디까지나 성원권이 분명히 보장되어 있을 때만 성립한다. 게임에 함께하고 있다는 인식이 없어서, 사실상 번외 내지는 엑스트라일 수밖에 없는 '깍두기'는 특권이 아니라 성원권조차 없는 사람이다. 개별의 몸에 무엇이 필요한지 고려하지 않고, "쉽게 해주면 되겠지" 정도로 상황을 일단 봉합해 버리려는 태도는 아픈 몸을 차별하고, 동시에 아픔을 표면적으로 특권과 연결한다. 나처럼 질병으로 인해 군대에 가지 않는 사람이 '신의 아들'이라고 불리는 것에서도 그런 현실은 적나라하게 드러난다.

이처럼 질병에 대한 차별은 기괴하게도 시민권의 박탈로써 표면적 특권을 부여하며, 그 표면적 특권의 실상이 보호주의이기에, 이를 통해 '역차별' 담론까지도 등장할 수 있는 기반을 마련한다. 아픈 사람, 질병이 있는 사람에게는 무조건의 보호가 아니라 상황과 몸에 맞는 적절한 지원이 필요할 뿐이다.

이 사회에는 권력자들이 질병과 장애에 대한 편견을 활용하여 면피할 수 있는 구조와 정황이 분명히 존재한다. 그러한 면피는 질병과 장애에 대한 편견을 재생산한다. 그러나 이 문제의 핵심은 그들의 질병이나 건강의 진실성이 아니다. 아픈 몸의 진실성에 초점을 맞추면 몸에 대한 의심은 정당화되고, 몸은 증명과 검증의 대상이 되며, 비난의 대상이 된다. 무엇보다도 지병이 있다고 하더라도 죄를 회피할 권리가 생기지는 않으며, 아픈 사람도 나쁜 마음을 먹고 보호주의라는 통념을 활용할 수 있다. 당연한 사실이지만 질병이나 장애의 여부가 그 사람의 선함을 보증해 주지는 않기 때문이다. 그러므로 죄를 지은 사람이 아프다면, 혹은 아픈 사람이 어떤 혐의를 받고 있다면, 적절한 절차에서 자신의 역할을 충분히 할 수 있도록 지원이 필요하다. 이는 농인의 재판에서 수어 통역사나 농통역사가 필요한 것과 크게 다르지 않다. 그래서 나는 초점을 권력자들의 몸이 아니라 그들이 활용하려는 편견과 건강 중심성에 두려 한다. 그렇게 한다면 아픈 몸을 배제하지 않으면서 현상을 좀 더 정확히 파악할 수 있다.

아무리 누군가의 몸이 의심된다고 할지라도 '아픈 척'만을 근거로 누군가를 비난하면, 그 화살은 결국 수시로 자신의 고통을 입증해야 하는 아픈 사람들에게 돌아오게 되어있다. '아프다는 사실은 이미 쉽게 의구심 앞에 놓'이기 때문이다.[36] 혹자는 '아픈 척'을 하면서 책임을 회피하려는 사람이 아픈 사람들을 모욕하는 것이므로 그들을 비판해야 마땅하다고 말하기도 했고, 문제의 초점은 '아픈 척'을 하는 사람이라며 내가 초점을 흐린다고 말하기도 했다. 둘 다 틀렸다. 아픈 '척'이라는 근거를 댈 수가 없지 않은가. 아픈 사람을 모욕하고 문제의 초점을 흐리는 것은 오히려 누군가를 꾀병이라며 비난하는 행위이다. 문제는 질병이나 장애가 아니라 그 사람이 저지른 잘못이고, 아프다는 이유로 누군가를 무조건 봐주는 사회이다. 아픈 척을 하더라도 통하지 않는 사회를 만들기 위해 노력해야 한다는 뜻이다.

질병을, 타인의 몸을 의심하는 행위는 건강한 사람이 아픈 사람과의 관계에서 갖는 권력의 표출이다. 여기에는 "당신이 진짜 아프면 당신을 인정해줄 수도 있다"라는 불합리한 사고방식이 전제되어 있다. 이는 "아픈 당신을 불쌍히 여겨 이번만큼은 봐주겠다"라는 의미이다. 아주 지독한 시혜적 태도이다. 질병과 아픔에 대한 시혜적 태도는 질병이라는 조건에 처한 사람을 시민권에서 더욱 멀어지게 한다. 질병을 삶의 조건이 아닌 소외의 조건으로 만든다.

증상의 진실성과 무관하게 몸은 존중되어야 하며, 모든 몸은 동등한 시민으로서 대우받아야 한다. 질병과 증상은 그 자체로 중요한 문제로 여겨져야 한다. 단지 누군가를 검증하기 위한 도구가 아니라, 질병과 증상이 진지하게 고려되어 아픈 사람도 자신의 권리를 충분히 누릴 수 있게 해야 한다. 질병권, 혹은 질병 차별은 아직 일상 속에서 충분히 공유되지 않아서 장애인의 편의에 대해 당사자에게 먼저 물어봐야 한다는 사실을 알고 있는 사람들조차 아픈 사람의 몸은 너무나 쉽게 단정 짓곤 한다. 타인의 질병에 대한 '합리적 의심'은 무엇에 근거하는가? 나의 태도부터 바꾸기 위해 다시 한 번 되새긴다.

타인의 몸을 의심할 권리는 없다.

당신의 시선은
결백한가

2020년 1월 많은 구독자를 모으고 높은 수익을 벌어들인 한 유튜버가 '장애인 사칭'의 의혹을 받은 후 결국 자신이 장애를 과장했다고 털어놓았다. 투렛 증후군* 당사자들뿐 아니라 장애인들을 포

---

* 틱은 특별한 이유 없이 자신도 모르게 얼굴이나 목, 어깨, 몸통 등의 신체 일부분을 아주 빠르게 반복적으로 움직이거나 이상한 소리를 내는 것을 말한다. 전자를 운동 틱(근육 틱), 후자를 음성 틱이라고 하는데, 이 두 가지의 틱 증상이 모두 나타나면서 전체 유병 기간이 1년을 넘는 것을 뚜렛병Tourette's Disorder 혹은 투렛 증후군Tourette's Syndrome이라고 한다. 〈네이버 지식백과〉 틱장애(tic disorder) (서울대학교병원 의학정보, 서울대학교병원) 참고.

함하여 많은 이들이 이에 분노했고, 그 유튜버는 동영상을 모두 삭제한 뒤 활동을 중단했다(이후 다른 계정으로 등장했다는 논란 등은 이 글의 주제와 무관하므로 다루지 않는다). 그가 투렛 증후군을 갖고 살아가는 다른 이들에게 상처를 줬다는 점은 명백한 잘못이지만, 나는 이 사건을 둘러싼 맥락을 짚고 싶다.

그는 겨우 한 달 만에 40만 명에 가까운 구독자를 얻었고, 영상들의 조회 수는 수십만 회에서 많게는 수백만 회에 육박했다. 논란이 일기 전에 그의 영상과 조회 수를 보고 나는 의아했었다. (사실 많은 영상에 갖는 의문이긴 하지만) 이 영상을 왜 이렇게 많은 이들이 볼까? 여기서 사람들은 무엇을 느끼는 걸까? 유튜브나 인터넷기사 댓글의 반응은 다양했다. 감춰야 한다고 생각했던 장애를 드러내는 그의 모습을 보고 용기를 얻은 투렛 증후군 당사자도 있었고, 라면을 먹다가 손의 움직임을 제어하지 못하여 면이 떨어지거나 젓가락이 얼굴에 부딪히는 '독특한 먹방' 혹은 '웃긴 먹방' 정도로 소비하는 이들도 있었으며, 그를 불쌍히 여기는 이들도 많았다. 스크롤을 내릴 때마다 그를 동정하고 비장애인인 자신의 처지에 안도하는 이들이 눈에 띄었다. 장애인권운동가 스텔라 영Stella Jane Young의 표현을 빌리자면, 해당 유튜버의 영상들은 적지 않은 이들에게 '감동 포르노'로 소비되고 있었다.

그는 결국 본인이 사기를 쳤다고 시인했다. 나는 여기서 묻고싶다. 그가 이용한 것은 장애인가, 장애를 향한 사람들의 시선인가? 사기를 치는 데는 다양한 방법이 있는데, 왜 그는 하필 장애를 과장했을까? 유튜브를 포함하여 인터넷에 사기꾼이 널려있음은 말할 필요도 없다. 각종 다양한 사기꾼들이 사방에서 활약하고 있는데 이들이 활용하는 공통 요소는 바로 관심이다. 그가 투렛 증후군을 활용한 것은 그것이 사람들의 이목을 끌 것이라고 믿었기 때문일 것이다. 하지만 과연? 사람들을 끌어모은 것은 정말 투렛 증후군이었을까?

투렛 증후군을 밝히고 콘텐츠를 만드는 이들을 검색했다. 유튜브에서 찾은 당사자들의 구독자 수는 1만 명을 넘기는 경우가 거의 없었다. 조회 수를 비교해도 한참 부족했다. 그 유튜버가 사기꾼이라고 모두에게 알려진 후로, 유튜브에나 인터넷 댓글에나 아임뚜렛이 '진짜 장애인'을 모욕하고 상처 입혔다는 의견들이 가득하다. 유튜브에서 '아임뚜렛' 혹은 '투렛 증후군'을 검색해도 이제는 그 유튜버의 영상이 아니라 다른 사람들이 그 유튜버를 공격하는 영상만 가득하다. 그런데 그들은 왜 정작 '진짜 장애인'의 채널에는 방문하지 않는가? 텔레비전 프로그램에 출연한 투렛 증후군 당사자는 구독자가 3만 명을 넘겼고, 꾸준히 활동해온 다른 유튜버도 3만 명 정도의 구독자를 갖고 있지만, 이는 일반적인 사례가 아니었다. 오랫동안 자신의 혹은 가족의 장애를 드러내고 그 편견에 맞선 이들의 채널들에도 들어가서 구독자 수와 조회 수를 확인했다. 논란이 된 채널에 비교하면 너무 적어서 헛웃음이 나왔다. '진짜 장애인'을 걱정하던 저 많은 댓글들은 대체 어디서 튀어나왔나? 그들은 정말 '진짜 장애인'을 걱정하느라 그렇게 화가 났을까?

장애인 당사자들, 그리고 그들의 인권을 위해 싸우는 이들도 이 사건에 매우 분노했다. 하지만 이것만으로 설명하기에 논란은 너무도 컸고(나는 아임뚜렛 사건을 주요 방송사의 뉴스에서 봤다), 그의 동영상에 달렸던 동정의 댓글은 너무도 많았다.

여기서 '진짜'와 '가짜'의 대립에 주목해보자. 앞서 다른 글에서도 언급했듯 지금 사회에서 장애나 질병은 '입증'의 대상이다. 나도 아파서 수업에 빠지면 '소장 및 대장 모두의 크론병'이 '최종 진단'된, 의사와 병원의 도장이 찍힌 진단서를 제출한다. 그제야 비로소 내가 말한 질병과 고통은 '진짜'가 된다. 실제로 아임뚜렛의 사기가 밝혀진 후 당사자 유튜버들은 진단서를 들고 등장했다. 그런데 자율신경계수조증이나 섬유근육통 등의 희귀 만성질환은 진단 자체가 어려워서 환자들은 거짓말쟁이 취급을 받다가 뒤늦게 진단받곤 한다. 내 친구 중에는 만성질환을 진단받지 못해서 증상을 제대로 완화하지 못하거나, 우회로를 통해 가까스로 약을 구해서 일상을 이어나가는 이들이 있다. 내 친구는 심장 질환이 있음에도 검사 비용과 검사의 정확도 때문에 신체검사를 앞둔 상황에서도 진단서를 받지 못해 현역으로 군대에 가야 했다. 진단서를 출력할 수 있는 상황조차 일반적이지 않다는 의미이다. 이러한 방식의 입증은 철저히 의학과 의료계의 권위에만 의존하기 때문에, 현재 의료 서비스의 사각지대에 있는 사람들은 더욱 세상 바깥으로 밀려날 수밖에 없다.

질병을 의심하는 행위는 건강한 사람이 휘두르는 권력을 보여주지만, 질병의 의료적 입증은 진단받은 사람에게만 주어지는 기회이다. 자신이 사기꾼이 아님을 주장하고자 진단서를 꺼내게 된 이유는 충분히 이해할 수 있지만, 그것은 분명 진단된 것만이 진짜라는 인식을 재생산할 수밖에 없다. 이와 더불어 장애나 질병의 진실성을 의심하는 것은 굉장히 심각한 착각에 기인한다. 특정 명칭을 가진 장애나 질병의 증상이 일관성 있고 비슷할 것이라는 착각 말이다. 소화기 질환인 크론병의 주요 증상은 복통이지만, 나는 복통보다 두통과 관절통이 심했다. 그 때문에 나는 내 질병을 오래 의심했다. 요즘은 복통보다 매일 화장실에서 휴지에 피가 묻어 나오게 하는 항문의 상처가 더 문제이다. 겉으로 쉽게 드러나는 주요 증상만을 기준으로 장애나 질병의 진실성을 판단한다면 나는 크론병 환자가 아닐 것이다.

하지만 크론병을 포함하여 많은 질병과 장애는 다양한 얼굴을 갖고 있다. 어떤 사람들은 아임뚜렛이 조리학과 출신이며 래퍼였다는 점을 근거로 그가 사기꾼이라고 주장했지만, 파격적인 뮤직비디오와 가사로 큰 인기를 끌며 세계적으로 유명해진 가수 빌리 아일리시Billie Eilish를 떠올려보라. 'Z세대 아이콘'이라고 불리며 그래미 시상식을 휩쓸고, 그 유명한 영화 〈007〉 시리즈 신작의 주제곡까지 부른 그는 무대에서 뛰고, 춤을 추기도 하고, 음역대가 높은 노래와 저음의 랩까지 소화한다. 그런 그에게 아임뚜렛을 검열한 기준을 똑같이 적용한다면, 빌리 아일리시에게 투렛 증후군이 있다는 사실을 믿기 어려울 것이다. EBS 〈배워서 남줄랩〉 "발달장애인 동생과 살기로 했다"에서 장혜영은 패널들에게 물었다. 발달장애인인 자신의 동생이 래퍼가 된 모습을 상상할 수 있냐고. 그러나 사람들은 실제 사례가 있어도 장애인의 다양한 삶을 상상하지 못한다. 이미 장애인들은 다양하게 살고 있는데도.

'진짜 장애인'들의 채널에는 구독자도 별로 없는데 아임뚜렛은 어떻게 한 달 만에 저만큼의 성공을 거둘 수 있었을까? 이 맥락에서 핵심은 장애보다는 장애에 대한 시선이다. 장애를 '진실하게' 드러낸 이들은 그만큼의 주목을 받지 못했다. 텔레비전에 나온 이들의 구독자 수조차 아임뚜렛의 10분의 1정도였다. 장애인 당사자들을 제외하고, 그의 많은 구독자는 단지 자신들이 동정할 수 있고 자신들에게 감동을 주는 특정한 형태의 힘겨운 모습, '그럼에도' 희망을 버리지 않는 모습에 관심 가졌을 뿐이다. 실제로 그는 사건 이후의 한 인터뷰 영상에서 미국의 어느 애니메이션에 등장하는 투렛 증후군 캐릭터를 보고 '영감을 받아서' 투렛 증후군 환자인 캐릭터를 콘텐츠로 만들었다고 밝혔다. 대체 그 영감은 어떤 것이었을까? 그는 같은 인터뷰에서 '(투렛) 증후군 앓고 계신 분들이 유쾌하게 본인의 삶을 표현하는 걸 보고, 내가 느낀 감정들을 사람들에게 전달하면 좋을 것' 같았다고 말하기도 했다.[37] 의도부터 소비된 맥락까지 모두 명백한 '감동 포르노'였다. 그는 자신의 영상에서 투렛 증후군이 없는 사람들은 감사히 살아야 한다고 말하기도 했는데, 여기서 이미 그가 만든 영상의 방향성은 뚜렷이 드러났다. 사람들은 자신이 유일하게 상상할 수 있는 투렛 증후군의 모습을

동정했을 뿐이다. 물론 그렇지 않은 사람도 있겠지만 구독자 수와
조회 수의 차이가 말해주는 바는 너무도 명백하다.

그 유튜버는 장애인 당사자들에게 상처와 실망을 안겨주었다.
그러나 논의가 여기서 그친다면 문제는 해결되지 않는다. 아임뚜
렛 사건은 장애와 질병에 관한 상상력의 결핍과 장애인을 동정하
는 사회가 있었기에 가능했다. 자신의 몸과 움직임이 '진짜'인지
입증해야 할 책임은 실제로 질병이나 장애를 가진 사람들, 나아가
'다른 몸'을 가진 사람들에게 부과된다. 사실 장애를 '불쌍해 보이
게', '무능해 보이게' 과장해야만 자신의 필요를 충족할 수 있고
'진실함'을 증명할 수 있는, 생존할 수 있는 역설적인 상황은 계속
문제시되었다. 장애 등급 판정과 활동지원 시간 책정 과정이다. 할
수 있는 것도 할 수 없다고 말해야만 활동지원을 조금이라도 더 받
을 수 있고, 그것마저도 사실은 충분하지 않다. 이는 장애등급제가
폐지되어야 하는 이유 중 하나로 계속 언급되어 왔다. 아임뚜렛 사
건은 바로 이런 맥락에 대한 문제의식 없이 사람들이 장애인과 환
자의 몸을 동정과 재미로 소비하게끔 만들었다는 점에서 비판받아
마땅하다.

그는 사건 이후 거리에서 자신을 알아보고 욕하는 이들을 마주
친 적이 있다고 밝혔다. 그를 욕한 이들, 나아가 그를 욕하는 영상
으로 조회 수를 끌어모은 수많은 유튜버들에게 묻고 싶다. 그를 욕
하면서 당신은 어떤 감정을 느꼈는지, 그가 비난받아 마땅하다고
생각한 이유는 무엇인지, 그가 왜 그런 사기를 칠 수 있었는지 생

각이라도 해봤는지, 당신은 정말 이 상황에서 무결한지 묻고 싶다. 이 사건이 일어날 수 있었던 사회는 내버려두고, 사기꾼 한 명만 비난하는 일로는 아무것도 바꿀 수 없다. 그런 건 '참교육'이나 '정의구현'이 아니다. 문제는 사회를 바꾸는 일이다.

장애와 질병에 관한 상상력이 풍부하고 장애인과 비장애인이 동등하게 살아가는 사회라면 아임뚜렛은 사기를 치더라도 장애인을 사칭하지는 않았을 것이며, 사기를 쳤더라도 성공하지 못했을 것이며, 사기꾼임이 발각되었더라도 투렛 증후군 당사자들이 입증의 압박에 부딪히지는 않았을 것이다. 결정적으로 내가 묻고 싶은 건 한 문장이다.

당신의 시선은 정말 결백한가.

해명은 없다*

나는 크론병으로 인해 신체검사에서 5급을 받아 군대에 가지 못했다. 내가 자원을 하면 어떻게 되는지 또 모르지만, 내 앞에 놓인 '모범적인' 선택지는 보통 '면제'라고 부르는 '제2국민역'과 치료 지원 사업이었다. 여기서 후자는 질병 등의 사유로 현역 복무가 어려운 이들에게 치료를 지원해주고, 현역으로 복무할 수 있도록 해주는 '슈퍼군건이 만들기 프로젝트' 사업이다. 그러나 크론병은 아직 치료법이 없기에 나에게는 해당 사항이 없었다.

---

* 이 글에서 '그'는 성 중립적 대명사로 사용되었다.

20대 초반 한창 입대하는 친구들이 많았던 시기에는 부러워하
는 친구들도 여럿 있었다. '겉보기에 멀쩡한데' 군대는 안 가니까.
나는 '신의 아들'이었다. 그럴 때마다 나는 내 상황을 어떻게든 설
명해야 한다는 압박을 느꼈다. 아파서 결석한 수업의 교수님께 메
일을 쓰듯이 나는 병의 원인과 증상부터 지금 상태까지 의료 기록
을 읊기 시작한다. 들으면 대체로 충격과 공포로 당황하는 '희귀',
'난치', '원인불명', '면역', '염증' 같은 말은 꼭 들어가야 한다. 술
을 못 마시고 기름지고 자극적인 음식을 못 먹는다는 이야기는 마
치 군대 면제의 자격처럼 취급되었다. 그런 불쌍함이라도 있어야
나는 입대를 앞둔 친구들에게 욕을 덜 먹을 수 있었다. 그러면서
항상 고민했다. 나는 왜 그렇게 구구절절 설명을 덧붙였을까? 누
가 요구한 적도 없는데. 그건 설명이 아닌 해명이었다.

2020년 1월 변희수라는 한 군인이 강제 전역을 통보받았다. 그
는 여성이지만 '남성 군인'으로 복무해야 했다. 자신이 선택한 적
없는 몸에 의해 자신이 아닌 정체성을 강요받았기 때문이다. 그는
있는 그대로의 자신으로 살아가고자, 아니 생존하고자 목숨을 걸
고 자신의 성별을 밝혔다. 전우들의 격려와 응원을 가득 안고, 소
속 부대의 지지를 받으며 용기를 냈다. 부대에서는 그가 수술을 받
을 수 있도록 휴가까지 내주었다. 여성인 그는 수술 후 남성 군인
이 아닌 '여군'으로 복무하고 싶다고 밝혔다.

사람들은 여기에 온갖 기준을 들이밀며 그를 가로막았다. 그가
'남자'라며, 혹은 '남자'로 살아왔다며 함께 생활할 여군들을 갑자기

'걱정'하기도 했다. '진짜 여자'임을 증명하라고 요구하기도 했다. 정작 여군들은 함께 생활하는 데 문제가 없다고 밝혔다는 기사[38]도 나왔고, 여단에서는 그가 복무에 적합하다고 판단했는데 말이다. 그러나 검증 혹은 증명이라 쓰고 의심이라 읽는 일련의 폭력은 멈출 생각이 없었다. 사람들은 전투 능력과는 아무 관련이 없는 몸의 일부를 제거했다는 이유로 이미 입대와 복무 전반에 걸쳐 입증된 그의 신체적 능력을 재차 확인하려 들었다. 전역했다가 다시 시험을 보라며 경력 단절을 강요했다. 그의 몸은 의심의 대상이었다. 심지어《국민일보》에서는 이 사건을 두고 〈가짜 소수자의 횡포〉라는 기고문[39]을 그대로 실었다.

2020년 2월 숙명여자대학교의 20학번 새내기 중 한 명이 입학 반대 운동과 색출 시도에 부딪혀 결국 입학을 포기했다. 입학 반대와 색출의 근거는 트랜스 여성인 그가 '여성을 사칭하는 남성'이라는 주장이었다. 하지만 그는 수많은 이들에게 고통을 줄 만큼 까다로운 한국의 법적 성별 정정 절차까지 마친 상태였다. 사람들은 염색체 등을 운운하며 그에게 '생물학적 여성'이 아니라고 했지만, '생물학적'인 기준으로 볼 때 염색체, 유전자, 내성기, 외성기, 호르몬, 뇌 중 어느 것도 성별을 분명히 판가름하는 기준이 될 수 없다는 의학과 생물학의 연구들이 이미 있다.[40] 저렇게 다양한 기준을 사용해도 '정확히' 따지기 어려운 성별이라는 것은 출생 당시 의사의 곁눈질을 통해 확인된 외부 성기의 형태만을 근거로 지정되곤 한다. 지금 세상에서 살아갈 때 인생의 많은 부분을 결정해 버리는 성별의 지정 과정에 비과학적인 면이 존재한다는 뜻이다. 그러나 성별은 아주 명료하며 영원불멸이라고 여기는 이들은 여전히 많았고, 통념에 어긋나는 모습을 발견하면 그 몸을 검증하려 들었다. 언론은 이런 여론 속에서 등장하는 혐오 표현을 대놓고 방관했고 적극적으로 부추기기까지 했다.

몇 년 동안의 고민은 이 사건들을 관통하는 경험 속에서 말로 정리되기 시작했다. 내가 나의 몸과 상황에 대한 설명이라고 착각했으나 해명이라고 직감하고 있던 나의 행동들은 나의 질병과 약한 몸이 잘못이라는 생각에서 나왔다. 나의 몸이 상대에게 상처가 될까 걱정하며 많은 이들이 좋아하지만 나는 못 먹는 음식들을 언급하며 나의 불쌍함을 강조했고, 누가 먼저 묻지도 않았지만 마치 오랫동안 숨겨온 죄를 고백하는 사람처럼 "실은 내가……"로 말문을 열곤 했다.

그러나 나는 잘못하지 않았고 나의 몸은 잘못이 아니다. 내 몸 때문에 남에게 빚진 말이나 행동은 없다. 당연히 내 몸에 책임을 물을 수 있는 사람도 없다. 나의 질병은 아무도 해치지 않았다. 그저 어쩌다 복잡 치루가 생겼고, 수술 후 진료를 받다가 그것이 크론병 때문이었음을 발견했을 뿐이다. 구체적인 원인도 밝혀지지 않았다. 여기서 내가 원하든 원하지 않든 크론병은 내 몸에 존재하며, 치료법도 존재하지 않는다. 그렇다면 내가 이 몸으로 살아갈 수 있는 사회를 만들어야 하지 않나.

변 하사는 아직 군은 트랜스젠더 군인을 받아들일 준비가 미처

되지 않았지만, 자신이 선례가 되었으면 한다고 말했다. 다시 수험서를 집은, 숙명여대를 다닐 뻔한 그 학생은 이 사회가 모든 사람의 일상을 보호하고 다양한 가치를 포용하길 바란다고 말했다. 나는 경제학과 출신이 으레 선택하는 진로 중 하고 싶지 않은 일들을 포기할 때 내 몸을 유용한 핑계로 삼기도 했지만, 내가 하고 싶던 일들도 몸 때문에 포기했다. 그게 나의 몸에 맞게, 나의 몸과 함께 살아가는 길이라 생각했다.

지금도 내가 나의 몸을, 통증을 극복해야 한다고 생각하지는 않는다. 그럴 수 없기 때문이다. 하지만 문득 생각이 든다. 나의 몸이 잘못이 아니라면 나는 왜 내 몸을 근거로 원래의 진로를 포기했을까? 왜 '이런 몸'이라서 내가 원하는 일을 할 수 없다고 생각했을까? 그 이유는 내가 요구받은 적도 없이 나를 해명했던 이유와 같았다. 세상과 주변인들뿐 아니라 나에게도 내 몸은 잘못이었다. 그래서 어딘가 심각하고 불행해 보이는 말을 꼭 덧붙이며, '멀쩡해 보이는' 나도 사실은 아픈 사람이라고 전달하고 싶었던 것이다. 아픈 나는 죄인이었고, 안 아파 보이는 나도 죄인이었다.

그 군인은 자신이 선례가 되어 이미 있는 성소수자 군인들과 앞으로 올 성소수자 군인들이 차별받지 않게 군대를 바꾸겠다고 말했다. 훌륭한 여군이 되어 끝까지 최전방에 남아 나라와 국민을 지키겠다고 말했다. 변 하사와 함께 생활하고 그를 지지하고 응원한 전우들을 보고 나는 놀랄 수밖에 없었다. 군대는 성소수자 색출이 버젓이 일어나던 집단이다. 하지만 그곳에서 믿을 수 없이 커다란

변화가 일고 있었다. 변 하사를 만나기 전에 그의 전우들이 트랜스
젠더에 관해, 성소수자에 관해 어떤 인식을 가지고 있었을지 나는
알 수 없다. 하지만 분명한 사실은, 변 하사의 존재가, 변 하사의
용기가 전우들의 용기가 되었다는 점이다. 성소수자를 색출하던
집단 안에서 성소수자를 지지하는 목소리를 내는 데는 분명 큰 용
기가 필요했을 것이다. 숙명여대 입학을 포기한 학생은 자신을 지
지한 사람들에게 고맙다고 말하며, 그런 목소리들 덕분에 "일상은
일상일 수 있다"라고 얘기했다. 이번 일을 통해 다른 사람들이 더
멀리 나아가리라고 믿는다고도 덧붙였다.

내가 질병 때문에 진로를 포기했다고 고백하자 누군가 "들어가
서 버티고 바꿨어야지!"라고 화를 냈다. 당시에는 그 말이 다소 폭
력적이라고 느꼈다. 하지만 한편으로 나는 내가 원한 미래와 나의
몸을 연결하여 제대로 상상해본 적이 없었다. 힘든 학교생활과 그
이후 진로의 삶의 모습을 막연히 넘겨짚으며 로스쿨을 포기했기에
크론병 있는 변호사, 크론병 있는 검사를 꿈꾸지 못했다. 필드워크
한 번에 겁을 먹고 새 전공을 재고하면서 크론병 있는 인류학자를
상상하지 않으려 했다. 상상도 안 해보고 나는 이미 여러 길을 포
기했고, 그렇게 해서 걸러낸 길마저도 당연히 못 한다고 생각할 뻔
했다. 하지만 내가 그런 직장에 들어가서 나의 질병을 밝힌다면 어
떤 일이 벌어질까. 정말 사람들은 나를 그저 소외시킬까, 아니면
어떻게든 나와 함께하려고 노력할까. 어쩌면 나의 용기와 존재가
그 공간을, 사람들을 바꿀 수 있지 않을까. 그런 직업을 갖고 싶은

크론병 환자들에게 더 나은 세상이 될 수 있지 않을까.

여전히 그 진로들을 포기한 것이 나의 잘못이라고 생각하지는 않는다. 하지만 하나는 분명하다. 나부터 나의 몸을 부정하고 의심했기에 나는 용기를 내지 못했다. 아플 때 응당 받아야 할 편의나 이해를 구할 때는 사람들이 생각하는 '불쌍한 아픈 사람'의 모습에 부응하려고 노력했다. 사람들은 자신의 편견에 맞는 소수자만을 인정하기 때문이다. 편견의 압박은 삶을 압도할 만큼 강력하다. 하지만 변희수 하사는 '여자처럼' 보여야 한다는 압박에 전면으로 도전했다. 어릴 때부터 나라와 국민을 지키고 싶었다고 말했고 자신이 군인으로서 얼마나 적합한 사람인지 말했다. 그는 자신의 몸이 아닌, 자신의 의지와 꿈을 설명했다. 그건 해명이 아니었다. 용기였고 증명이었다.

도망쳐도 돼, 아니지, 도망이 아니지, 잘못한 게 없잖아, 그치. 저딴 시선까지 감당할 만큼 중요한 일이 아니야. 니가 너인 것에 다른 사람을 납득시킬 필요는 없어. 괜찮아.

1월과 2월의 사건들을 보고 만들기라도 한 듯, 많은 인기를 끈 드라마 〈이태원 클라쓰〉의 12회와 13회에서는 트랜스여성인 '마현이'라는 캐릭터가 세상 앞에서 커밍아웃하고, 정체성이 아닌 요리사로서 자신의 능력을 증명하는 장면이 나왔다. 내가 나인 것에 다른 사람의 납득은 필요하지 않다는 말, 그의 몸은 잘못이 아니기에 '도망' 칠 수 없다는 말은 많은 이들의 마음에 다가갔다.

그래, 이제야 분명히 말할 수 있게 되었다. 잘못이 아닌 무엇을 해명할 수는 없다. 몸에는 잘못이 없다. 불가능한 것을 요구하지 말라.

몸에 대한 해명은 없다.

4

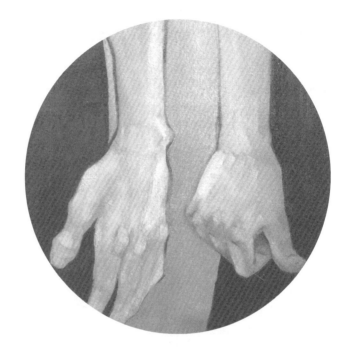

틈을 넓히다

사회와 국가는 온전하지 못한 기능이나 스스로 구할 수 없는 능력을 가진 사람을
차별하고 배제하지만, 바로 거기에서 불구의 정치가 피어난다.

– 장애여성공감,《어쩌면 이상한 몸》

페이지 중앙의, 테두리가 없는 둥근 프레임의 흑백 그림.
자신과 같은 색의 손바닥 너비의 기둥을 배경으로 하고, 약간의 거리를 둔 채 손등을 마주한 두 손.
왼쪽의 펼친 손과 오른쪽의 오므린 손 모두 엄지가 앞쪽에 있다.
펼친 손의 엄지는 다른 손가락들과 함께 아래를 향하는데,
오므린 손의 엄지는 혼자 꼿꼿이 펼쳐져 있다.

'병사病死'면
뭐가 달라지는데요?

2019년 8월 서울대학교에서 한 청소 노동자가 사망했다. 말도 못하게 열악한 휴게실이 (새삼스럽게) 조명되었다. 청소 노동자들의 노동조건이 아주 열악하다는 것은 이미 수없이 문제가 되었고, 여기에 연대한 학생들과 단체들도 적지 않았지만, 제대로 개선된 사례는 많지 않다. 내가 다니는 학교에도 여전히 청소 노동자의 휴게실이 없는 건물이 더러 있으며, 장애인 화장실 안에 청소 도구함이 설치된 곳도 있어서 노동자와 장애인 모두에게 불편하기도 하다(설치까지 안 되더라도 장애인 화장실은 종종 청소 도구함으로 쓰인다). 대학의 청소 노동자들이 학교 안에서 같은 조끼를 입고 집회를 여는 장면을 한 번도 못 보고 졸업한 학생은 많지 않을 것이다. 요구 사항은 때에 따라 크게 달라지지도 않는다. 최저시급이 오르는 것에 맞추어 임금을 높여달라는 당연한 요구, 적정 인력을 하루 4~5시간이 아닌 충분한 시간만큼 고용해 달라는 요구, 법에 따라 노동조합을 결성하고 활동하는데 이를 방해하는 업체를 선정하지 말아달라는 요구, 부당하게 해고된 사람들을 복직시켜 달라는 요구. 이런 기본적이고 비슷한 요구를 계속하도록 만드는 이는 상황을 제대로 개선하지 않는 학교들이다.*

경찰은 사인을 '병사病死'라고 밝혔다. 그가 심장 질환자였다는 것이다. 마치 그가 죽은 데 노동환경은 아무런 문제가 없다는 듯이, 방이라고 할 수도 없는 '휴게실'은 아무런 문제가 없다는 듯이 말이다. 환기도 제대로 안 되는 한 평 남짓의 방을 세 명의 노동자가 함께 써야 했다. 에어컨은 고사하고 환풍기와 선풍기조차 노동자들이 직접 마련해야 했다. 심지어 휴게실의 위치가 강의실 바로 앞이라는 이유로 학생들에게 보인다며 문도 맘대로 열지 못하게

---

* 대학들은 많은 경우 간접 고용의 형태로 청소·경비 노동자를 고용하고 있다. 간단히 설명하면, '갑'인 대학이 있고, 대학이 입찰하여 선택한 '을'인 용역 업체가 있고, 용역 업체에 고용된 '병'인 노동자들이 있다. 이 노동자들은 대학에서 일하지만, 서류상 소속은 용역 업체다. 그래서 문제가 생기면 대학이 책임을 회피할 수 있다. 동시에 용역 업체는 '노동자들은 대학에서 일하는 사람'이라며 책임을 회피한다. 대학이 용역 업체를 통해 노동자를 간접 고용함으로써 '갑'과 '을'은 책임을 회피하고, '병'은 열악한 노동조건에 놓이는 문제가 대학가에서 빈번히 발생하고 있다.

했다.[41] 이미 2011년에 도시와 대학의 청소 노동자들이 '유령'인 현실을 고발한 책도 있지만,[42] 여전히 대학들은 거의 10년째 똑같은 문제를 반복하고 있다. 그런데도 경찰과 대학은 이런 문제를 무시하고 그의 기저 질환을 핵심 원인으로 짚었다. 생활환경이, 특히 온도가 생명에 결정적으로 중요한 심장 질환자들이 존재한다는 사실은 모르는 모양이다. 과연 그 휴게실에 선풍기가 아니라 에어컨이 있었어도, 그는 그때, 거기서, 그렇게, 죽었을까.

질병은 그저 불행인가? 나에게 질병은 사고처럼 난데없는 일이었고, 아직 완치할 수 없다는 점에서 내 삶의 방식 자체를 바꿔놓은 하나의 사건이었다. 나는 이 질병을 부정하다가 결국 함께 살아갈 방법을 찾아갔다. 그런데 이는 단순히 나의 의지로 가능했을까? 아니, 결코 아니다. 내가 두 번째 수능을 준비하느라 스스로 돌볼 수 없던 와중에도 매일 자고 일어날 수 있는 집이 있고, 권장 식단에 맞추기 위해 밤새 도시락을 준비해주신 부모님이 있었기에 나는 그 시간을 견딜 수 있었다. 이러한 조건이 없었다면, 적절한 의료적 조치를 제때 받도록 하고 나를 돌본 사람들이 없었다면, 나의 삶은 지금과 크게 달랐을 것이다.

만약에 내가 저러한 환경에서 일하게 된다면, 나는 지금과 같은 모습이 아니었을 것이다. 실제로 증상이 거의 없던 크론병 환자가 직장 생활 중에 갑자기 급성기로 진입하여 장을 절제하는 수술을 받기도 한다. 한국처럼 노동 시간이 길고 야근이 잦으며 퇴근 후에도 업무를 주는 경우까지 있는 나라에서 몸에 문제가 생기면 그 책임은 명백히 주변 환경에 있다. 주변 환경이 휴화산이던 몸을 활화산으로 만든다. 계속해서 새로 발견되고 진단되는 만성질환 중 적지 않은 수는 원인과 치료 방법이 명확하지 않다. 그런 몸은 사화산이 될 수 없다. 휴화산이 되고, 휴화산인 채로 잘 관리할 수 있는 환경이 마련되어야 한다. 내가 무리하지 않고, 무리하더라도 적절히 휴식을 취할 수 있는 환경에서 면역억제제를 복용하며 살아가는 것처럼 말이다. 그런데 이 사회는 60대 청소 노동자가 자신의 몸을 잘 관리하며 살아갈 수 있는 환경을 마련하고 있는가? 아니, 이 사회는 60대가, 청소 노동자가, 자신의 몸을 잘 관리하며 살아갈 수 있는 환경을 마련하고 있는가?

김승섭이 《아픔이 길이 되려면》에서 사용한 표현처럼, 이 사회는 질병을 권한다. 해고를 쉽게 할 수 있도록 하고, 기업들의 뒤를 봐준다. 공장에서 유해 물질이 가득 배출되어도 이를 문제 삼지 않았다. 해고 노동자들은 죽어갔다. 노동자들은 원인도, 이름도 모르는 질병에 걸렸다. 이를 인정받기 위해서는 적어도 수년의 투쟁이 필요했고, 그렇게 해도 보장되는 건 없었다. 삼성의 반도체 공장에서 일하다가 질병을 얻거나 죽은 사람들이 생겼지만, 삼성은 직업병 판단과 관련한 보고서를 공개하지 않았으며, 서울행정법원은 이 비공개 조치를 적법하다고 판결했다.[43] 기업과 사법 권력이 결탁해서 노동자들에게 질병을 권하는 장면이었다. 질병은 그 자체로 해악이 아니다. 다만 약자들에게 질병을 권하는 세상, 질병을 가진 이들이 편하게 살아갈 수 없는 세상은 지독한 해악이다.

이 사회는 충분히 많은 돈이 없으면 질병을 관리할 수 없는 조건을 만들어 놓고서는, 노동자들에게 매 순간 질병, 손상, 그리고 죽음을 권한다. 노동자들은 지켜지지 않은 안전 지침으로 죽고, 원래 있었거나 노동 중에 얻은 질병을 홀로 떠안고 있다가 죽고, 노동 중에 얻은 질병을 '들키거나' 숨길 수 없는 손상이 생기면 해고당하여 느리게 죽어간다. 2019년 11월 21일 《경향신문》에서는 〈오늘도 3명이 퇴근하지 못했다〉라는 제목으로, 2018년 1월 1일부터 2019년 9월 말까지 사망한 노동자 1200명의 이름을 신문 지면 가득 실었다. 그 사진을 본 후 며칠 동안 나는 제대로 분간할 수도 없을 만큼 촘촘히 적혀있는 이름과 나이, 사인들을 떠올릴 수밖에 없었다. 웹으로 들어갔을 때 사람이 우수수 떨어지는 그래픽 앞에서 나는 아무 말도 할 수 없었다.

그러나 우리가 기억해야 하는 것은 죽은 이들의 이름만이 아니다. 수많은 여성 살해 사건에서 그랬듯 우리는 피해자의 이름만을 기억하면서 정작 가해자, 책임자의 이름은 잊곤 했다. 여기서도 마찬가지이다. 노동자 사망이 아닌 노동자 살해이다. 노동건강연대가 매달 '이달의 기업 살인'이라는 제목으로 노동자를 죽인 기업의 이름이나 노동자의 사망 장소를 밝히는 이유일 것이다. 사인은 개인의 몸에만 있는 질병이 아니라, 그 질병을 둘러싼 노동조건이다.

질병은 그저 불행이 아니다. 불쌍한 것도, 안타까운 것도 아니다. 질병은 다만 삶의 어떤 조건이다. 자는 시간이 바뀌고, 화장실에 가는 횟수가 바뀌고, 먹는 약의 종류와 개수가 바뀌고, 일하는 시간과 장소가 바뀌는, 그런 조건이다. 여기서 중요한 건 질병을 그저 어쩔 수 없는 불행으로 보거나 온전히 치료의 대상으로만 보지 않는 것이다. 누구든 적절한 진료를 받을 수 있고, 일터와 가정에서 자기 몸을 돌볼 환경이 제공된다면, 사회가 질병을 치료의 대상보다는 적절히 관리할 대상으로 이해한다면, 환자와 아픈 사람도 얼마든지 자기가 할 수 있는 만큼의 존재가 될 수 있을 것이다. 이때 비로소 질병은 죽음이 아닌 삶의 조건이 된다.

질병을 처음 만나게 될 때도, 질병과 살아가는 과정에도, 어쩔 수 없는 고통이나 불행보다는 노동조건, 사람들의 인식, 적절한 의료적 조치가 더 큰 영향을 준다. 몸을 존중하지 않는 방향으로 끊임없이 변화하는 세상에서는 계속해서 새로운 질병도 등장한다. 질병을 오로지 의학적·생물학적인 개념으로만 생각하는 이들도 많지만, 애초에 의학과 생물학에도 문화의 영향이 크다는 사실은 외면하는 듯하다. 자신의 생활에는 아무런 영향이 없는 몸도 사회적으로 '비정상'이라면 여유증이나 비만을 진단받곤 하며, 질병의 이름·종류·규정 등이 문화마다 다른 경우도 왕왕 있다. 질병은 문화적이다. 그래서 계속 그 규정과 대우를 두고 논쟁을 벌일 수 있으며, 따라서 질병은 그 자체로 정치적이고, 질병과 함께 살아가는 것도 정치적이다. 질병과 함께하는 삶은 계급, 장애뿐 아니라, 성별, 인종, 지역, 나이 등 수많은 변수로 구성되어 있다.

"산재 아니고 병사다. 원래 지병이 있었다." 그래, 그럴지도 모른다. 그런데 그렇다고 무엇이 달라지는가? 그가 심장 질환을 얻은 계기가 '그저 우연'일 것이라고 장담할 수 있는가? '미관상 좋지 않아서' 문도 열 수 없고, 수년째 에어컨을 요청해도 대답도 듣지 못하고, 환풍기조차 자비를 모아서 사야 했던 그 환경이 심장 질환을 악화시켜 결국 그를 죽음에 이르게 했을지 모른다는 가능성은 간편하게 접어둔 채로, 그저 병사니까 산재가 아니라고 말할 수 있는 그 위치는 얼마나 놀랍도록 특권적인가?

이런 식의 이야기는 2020년 3월에 쿠팡맨이 사망했을 때도 반복되었다. 회사에서는 그가 신입이었기에 남들보다 일을 적게 했으므로 노동조건이 사망 원인일 수 없다고 주장했으나, 사인이라고 밝혀진 심장 질환의 원인에는 과로로 인한 스트레스도 포함된다.[44] 실제로 코로나 사태 이후 배송 물량이 급증했다는 정황도 있었다.[45] 그러니 그런 말을 지껄이기 전에 질병이 산재일 수 있다는 생각을 한 번쯤은 해야 하지 않겠는가? 누가 질병을 삶이 아닌 죽음의 조건으로 만들고 있는지 한 번쯤은 생각해 봐야 하지 않겠느냐는 말이다.

질병으로 인한 사망을 정치적이지 않은 것처럼, 다른 원인이 없는 것처럼, 자연스럽고 당연한 것처럼 여기는 바로 그 사고방식은 국가 폭력의 은폐에도 이용되었다. 경찰은 1987년 박종철 열사의 사인을 병사로 위장하려 했고, 이한열 열사의 시신을 탈취하려 했으며, 1996년 노수석 열사의 사인을 병사로 처리했으며, 2016년 백남기 열사의 사인을 병사로 처리했다. 누구의 책임도 없다는 듯 마무리하고 싶었겠지.

그러나 질병은 표백제가 아니다. 질병이 표백제로 기능할 수 있는 사회여서는 안 된다. 그런 시도를 하는 이들을 비판하는 것을 넘어, 그런 시도에 넘어가서도 안 된다. 어떤 죽음이 '병사'라면, "아파서 죽었구나"라고 간단하게 넘겨짚어서는 안 된다. 그는 왜 그러한 질병을 갖게 되었고, 병증은 왜 악화했으며, 죽음에 이를 때까지 의료적 조치를 제대로 받을 수 없었던 이유는 무엇인지 따져야 한다. '병사'라는 단어 하나로 판단할 수 있는 것은 아무것도 없다. 그따위 얄팍한 속임수에 넘어가지 말라. 질병이 정치적이라는 사실을 기억하라.

죽음은
더 낮은 곳으로 간다

면역계 질환과 복용하는 약 때문에 두문불출하던 나는 집에서 매일 넷플릭스 아니면 코로나 바이러스 관련 브리핑을 틀어두었다. 당시 가장 문제가 됐던 것 중 하나는 확진자가 동선 진술 거부나 거짓말로 역학 조사를 방해하는 것이었다. 내가 기억하는 한에서 역학이라는 단어가 가장 많이 등장한 시기이다. 코로나19 당시 방역 덕분에 이제 역학이라는 말은 우리에게 꽤 익숙하다. 역학은 질병이 발생하는 원인을 사람의 몸에서만 찾지 않고, 그 몸이 살아가는 세상에서 함께 찾는 학문이다. 최근 한국에서 나온 책으로는 김승섭의 《아픔이 길이 되려면》과 《우리 몸이 세계라면》이 있다. 이

책들은 국내외의 사례들을 망라하며 (《아픔이 길이 되려면》의 표지에
도 적혀있듯) 질병의 사회적 책임을 묻는데, 여기서 반복해서 등장
하는 단어는 바로 건강과 불평등이다. 이 둘이 결합한 '건강 불평
등'이라는 말도 등장한다.

'건강 불평등'은 불평등이라는 사회적 요인으로 인해 건강도 불
평등할 수 있음을 알려준다. 한국 사회의 건강 불평등은 시간이 지
나면서 더욱 심해졌다. 2004년에 소득수준 하위 20퍼센트의 기대
수명은 74.64세, 상위 20퍼센트의 기대 수명은 80.69세로 6.05년
의 차이가 있었는데, 2015년에는 각각 78.55세와 85.14세로 차이
가 6.59년으로 커졌다. 해당 연구는 이 격차가 앞으로도 커질 것이
라고 예측했다.[46] 그런데 2015년 기준으로 건강 수명은 두 집단
사이에 11년의 차이가 있었다.[47] 수명보다도 건강의 불평등이 더
크다. 단지 소득만의 문제가 아니다. 학력과 지역의 차이도 결부되
어 있다. 2007년 기준으로 외상환자의 응급실 사망률은 지방이 서
울의 2배 이상이었으며, 1995년에서 2000년 사이에 부모의 학력에
따른 영유아 사망률은 약 3배에 이르렀다.[48] 최근의 숱한 연구들은
세계적으로 제3세계, 유색인종 거주지에 환경 파괴의 영향이 쏠리
고 있다고 밝힌다.

한 신문에서는 그림 만평으로 코로나19가 '자본주의로 변이'하
는 모습을 그리기도 했다. 양복을 입은 탐욕스러운 표정의 중년 남
성이 취약 계층 앞에 서서 "돈 없으면 그게 바로 병인 거야"라고 말
하는 그림이었다. 슬프게도 틀린 말이 아니었다. 질병과 장애가 그

자체로 불행은 아니지만, 산재 등 불평등의 결과인 경우는 많다. 노동할 수 있는 건강한 몸을 신봉하는 자본주의에서 건강은 돈의 조건이고, 돈이 없으면 질병과 장애를 얻도록 유도된다.

코로나19 유행 초기에 마스크는 동이 났고 사람들의 불안을 이용하여 폭리를 취하려는 이들까지 있었다. 우리 집에는 미세먼지에 대비하여 값싸게 대량 구매한 KF94 마스크가 쌓여있어서 초반에 안정적으로 버틸 수 있었지만, 사람들은 마스크를 사기 위해 위험한 와중에 줄까지 서야 했다. 그런데 나가서 줄 설 시간도 없는 사람들이 있었다. 문제가 알려진 뒤에는 사람들의 기부와 지자체의 움직임도 있었으나, 방역 초기에 쪽방촌은 철저히 위생에서 소외되었다. 마스크를 사러 갈 시간이 없거나, 멀리 움직이기 힘든 사람들이 많았기 때문이다. 소득과 나이, 건강이 동시에 작용하여 위생에서의 불평등을 만들어내고 있었다.

이뿐 아니라 장애인 거주 시설인 대구의 성보재활원, 칠곡의 밀알사랑의집에서 집단감염이 일어났고, 청도대남병원의 정신장애인 폐쇄 병동에서는 거의 전원이 확진되고 일곱 명의 사망자가 나오기까지 했다. 이후 가장 많은 확진자가 나온 대구에는 병상이 부족하고 장애인이 이용할 수 있는 격리 시설도 없어서 확진자들마저 자가 격리를 해야 하는 황당한 상황에 처했다. 장애인권 활동가들은 인력도 물자도 부족한 대구의 단체들에 연대해 달라는 요청을 사방으로 보냈다. 당장 누군가의 목숨이 걸린 긴급한 일이었다. 많은 사람이 한번에 모여 행사를 진행하는 교회들은 모임 형태의 특성상 전파가 빨랐지만, 집단감염이 일어난 곳 중에는 유독 노인 시설과 장애인 시설이 많았다. 사망자 중에도 장애인과 노인의 수는 눈에 띄었다. 게다가 기저 질환이 있으면 조심하라는 말은 있었지만, 코로나19 확진 판정을 받은 기저 질환자가 완치되었다는 소식은 한국에서 거의 들을 수 없었다. 기저 질환이 있는 사람은 사망자가 발생했을 때 건강한 사람들을 안심시키는 문장의 일부로 등장했을 뿐이다. 그런데 과연 이는 어쩔 수 없는 일이었을까?

코로나19 예방 수칙이나 진행 상황에 대한 정보도 비장애인 중심적으로 제공되었다. '장애의 벽을 허무는 사람들'이라는 단체와 농인들의 항의로 뒤늦게 수어 통역이 제공되었는데, 정작 수어 통역사를 화면에 안 잡는 카메라가 많았다. 수어 통역을 긴급 상황에서 항상 같이 마련하라는 요구는 2019년 초 발생한 강원도 산불 때부터 있었지만, 이번에도 해결되기까지 시간이 걸렸다. 장애인 감염병 안전 대책을 확보하라는 요구는 2015년 메르스 때부터 있었지만, 코로나19에 대처하는 과정에서도 이 문제는 전혀 해결되지 않았다. 코로나19 당시 보건당국의 방역과 검사 능력 등은 세계적으로도 주목을 받았지만, 장애인과 기저 질환자에 대한 의료·복지 시스템은 제대로 마련되지도, 작동하지도 않았다. 혹자는 코로나19에 맞선 '바이러스와의 전쟁'에 승리했다고 기뻐하고, 혹자는 문재인 정부의 방역이 실패했다며 욕할 때, 질병과 죽음이 더 낮은 곳으로 내려가는 현실은 감춰지고 만다.

우리가 같이
살아남을 수 있을까

2019년 11월 19일, 내가 속한 연세대학교 장애인권위원회에서는
노들장애인야학에서 "누구도 남겨두지 않는다"라는 워크숍을 진행
한 '리슨투더시티'의 주관하에 동명의 재난 대비 워크숍을 진행했
다. 규모 6.8의 지진이 발생했을 때 장애인과 비장애인이 함께 대
피하려면 무엇이 필요한지 상상하고 공부하는 자리였다. 한국에도
지진과 태풍이 있었지만, 사실 이를 나의 문제로 진지하게 여겨본
적은 없었다. '매미' 같은 태풍은 이름만 기억에 남아있다. 그래서
인지, 나는 규모 6.8의 지진을 상상하기 어려웠다.

　한편으로는 좀 더 가까운 기억들을 외면하고 싶었을지도 모르

겠다. 대학에 와서도 내가 직접 해를 입지는 않았지만, 지진과 폭우의 기억이 있었다. 친구가 살던 시흥에 지진 피해가 있었다는 이야기를 듣고 친구에게 연락한 적도 있고, 폭우 때문에 학교 도서관 지하와 학생회관 지하가 침수된 적도 있었다. 특히 도서관 지하는 많은 학생이 이용하고 있기도 했고, 학생회관 지하보다 배수에 불리하여 피해가 컸다. 지진이나 폭우가 아니더라도, 오래된 엘리베이터가 번개 때문에 멈춘 적도 있었다. 사실 재난은 항상 근처에 있었고, 난 그저 운이 좋아서 당장 그 순간에 그곳에서 위험해지지 않았을 뿐이었다.

워크숍이 진행되기 일주일 전 다녀온 민방위 훈련이 떠올랐다. 병무청에서는 크론병을 신체 등급 5급 사유로 지정했기에 나는 군대에 가지 않았다. 그래서 예비군 훈련을 건너뛰고 민방위 훈련 통지서가 먼저 날아왔다. 민방위 훈련 교육의 대상과 내용에서는 누가 보호의 대상이고 주체인지가 너무 분명히 보였다. 훈련장으로 들어가는 길은 계단이었고, '심신장애인'은 교육 대상자가 아니었다. '대학생'과 '만성 허약자'도 제외되었다. 나는 문득 억울해졌다. '만성 허약자'는 신체 등급 6급인 사람만 해당하는 것이긴 했지만, 아무튼 만성적으로 허약한 대학생인 나는 왜 여기 와있는가. 훈련장에서도 나를 빼고는 모두 직장인으로 보였고, 실제로 각 직장에 분담된 민방위 대상자들이 많이 나오는 날이라고 안내가 나왔다. 그러나 교육을 받으면서 억울함은 조금 다른 감정으로 바뀌었다.

교육 내용의 대부분은 재난에 대처하는 방법이었다. 불을 끄고,

화재 현장에서 탈출하는 방법을 자세히 배웠고, 위급 상황에 있는 사람을 돕는 방법을 배웠다. 시간이 부족해서 소화기 실습 등은 건너뛰었지만, 심폐소생술 방법과 같은 기본적인 내용을 다시 숙지하는 것만으로도 의미가 있다고 생각했다.

그 직후에 교육 대상자의 구성에 대한 큰 당혹감이 밀려왔다. 아니, 이런 중요한 교육을 특정 연령대의 건강한 비장애인 남성만 받고 있단 말이야? 실제로 교육의 내용을 생각해볼 때, 대부분의 조치는 오직 비장애인의 몸에 한정되어 있었다. 영미권 남성으로 추정되는 이름을 딴 복잡한 매듭법을 (이를테면 '에반스 매듭법') 서너 종류 빠르게 배웠는데, 손을 꽤 섬세하고 빠르게 움직여야만 수행할 수 있는 매듭이었다. 그런데 위급 상황에 매듭을 묶어서 그걸 또 내 몸에 연결하고 그걸 다시 창문에 연결해서 탈출하는 게 과연 모두에게 가능할지 의문이다. 물론 긴급 상황에 필요한 도구가 항상 마련되어 있지는 않기에 침대보나 옷을 찢고 묶어서 매듭을 만드는 방법도 미리 알아둘 필요가 있다는 데는 동의하지만, 그래도 대체재를 함께 알려줘야 더 많은 사람이 활용할 수 있을 것이다.

교육 내내 영상, 사진, 혹은 모형으로 등장한 몸도 모두 비장애인이었고, 대부분은 남성이었다. 강사가 비상벨이 소리만 나는 것이 아니라 빛이 반짝거리는 이유를 설명할 때 청각장애인이 딱 한 번 언급된 것을 빼면 모든 대피자와 대피유도자는 비장애인이었다. 기본적으로 일정 높이 이상의 창문을 올라가고, 통과하고, 완강기로 인한 물리적 영향을 견딜 수 있는 몸을 갖추어야 한다. 그러나 이는 교육 방식만의 문제가 아니었다. 이런 식의 교육 내용은 비장애인이 생활하는 것을 전제로 한 공간 설계의 문제가 컸다. 모든 건물에는 위급 시에 창문과 함께 열 수 있는 더 넓고 낮은 탈출구가 필요하다.

시설만 문제가 아니었다. 대피 교육 이후 진행된 것은 응급처치였다. 인공호흡 방법과 심장 제세동기 사용 방법을 배웠는데, 여기서 여러 걱정이 생겼다. 근육병 환자에게 몸의 무게를 실어 심폐소생술 등의 응급처치를 진행했을 때 뼈나 장기에 무리가 가지 않을까? 인공 와우나 보청기 등 전자기기가 몸 내외에 붙어있는 사람에게 전기 충격을 가했을 때 기계, 그리고 기계와 연결된 몸에는 아무런 영향이 없을까? 나는 이 중 어떤 것도 응급처치 교육에서 배울 수 없었고, 교육이 끝난 후 당사자 커뮤니티에서 정보를 찾아야 했다. 나에게 그 응급처치 교육은 너무나 협소했다. 민방위 교육은 철저히 건강한 비장애인 남성만의 영역이었다. 이런 교육만 받아서는 위급한 상황의 친구들이 죽어가는 모습을 손 놓고 바라봐야 한다. 내 주변에는 질병이나 장애가 있어서, 교육에 나오지 않는 몸을 가진 이들이 많기 때문이다.

그렇게 많은 의문을 안은 채로 일주일 후 "누구도 남겨두지 않는다" 워크숍에 참여했다. 워크숍에서는 민방위 교육보다 훨씬 많은 것이 고려되었다. 장애 포괄 재난 대비인 만큼, 오히려 장애인의 대피 조건이 교육의 핵심이었다. 그러나 여기서도 우리는 많은 난관에 부딪혔다. 참여자들은 자신이 생존할 수 있는 상황을 상상

해 보려고 했는데, 생존보다는 죽음의 장면을 계속 마주했다. 인공
와우나 보청기의 전력이 떨어진 상황, 안경을 잃어버린 상황, 휠체
어 배터리가 없거나 계단을 마주한 상황, 주변의 비장애인이 모두
먼저 대피한 상황, 너무 시끄럽거나 어두워서 상황을 파악할 수 없
는 상황, 아예 모르는 사람에게 몸을 맡겨야 하는 상황······. 나는,
우리는 계속해서 되묻게 되었다. "과연 우리는 누구도 남겨두지 않
고 탈출할 수 있을까? 나는 살아남을 수 있을까?"

그토록 긴급한 상황에서 누구도 남겨두지 않으려면, 우리에게
필요한 것은 무엇일까. 몸 상태가 안 좋아져서 혼자 움직이기 어려
운 상황이 되었을 때 나는 어떤 도움을 청해야 할까. 건물의 구조
자체가 틀려먹었으니 다 부수고 다시 지어야 한다고 말하고 싶지
만, 대비가 안 되어 있더라도 어쨌든 지금 이 안에서 어떻게든 살
아남을 방법을 찾아야 한다. 워크숍에서는 누구나 편하게 사용할
수 있는 도구들이 잔뜩 소개되었다. 차에서 탈출하기 위해 안전벨
트를 자를 수 있는 칼과 유리를 깨는 기능이 모두 있는 주먹만 한
작은 도구를 포함하여 정말 많은 도구와 설비가 소개되었다. 계단
근처에는 대피용 휠체어를 설치할 수도 있고, 휠체어가 단번에 몇
층을 안전하게 내려갈 수 있는 대피 시설이 설치된 건물도 볼 수
있었다. 물론 장애인이 대피할 수 있는 다양한 설비들을 설치하는
것이 중요하겠지만, 계단을 굴러 내려갈 수 있는 휠체어는 아주 비
싸다. 덜 비싼 것도 있지만, 가격에 따라 사용할 수 있는 사람의 범
위가 달라진다. 그 가격을 사람 목숨과 비교할 수는 없겠지만, 우

리의 통장이나 신용 등급과는 비교할 수 있지 않은가. 아주 현실적인 대안이 필요하다.

몇 주 동안 고민해 보았지만 나는 여전히 어떻게 해야 할지 모르겠다. 나는 당시에 친구와 함께 수업을 듣다가 지진이 나는 상황을 상상했다. 복도 구석에 있던 그 강의실에서 조금 가까운 계단으로 친구를 업고 뛰어나갈지, 조금 먼 경사로로 나가서 친구가 휠체어를 탄 채로 함께 나갈지 나는 결정할 수 없었다. 휠체어를 버리고 계단으로 나갔을 때, 우리는 얼마나 더 멀리 도망갈 수 있을까. 만일 휠체어를 타고 복도를 지나다가 경사로 바로 앞에서 건물이 무너지기라도 하면 우리는 거기서 즉사하는 것은 아닐까. 그 순간에 나는 친구 곁에 있을까, 아니면 공포에 질려 생각할 틈도 없이 먼저 도망칠까. 확신할 수 없었다. 나는 극심한 스트레스 상황에서 몸이 정지하곤 하는데, 이 상황에는 더욱 위험할 것이다.

아무것도 확신할 수 없었지만, 하나는 분명하다. 재난은 언제, 어디서, 누구에게 일어날지 모른다. 그러므로 우리는 항상 준비되어 있어야 한다. 지진이나 화재가 일어났을 때 바로 옆에 있는 랜덤한 사람과 협력하여 생존하려면, 우리는 누구든 구할 수 있는 교육을 받아야 한다. 이를테면 제세동기사용이 인공 와우에 부정적 영향을 줄 수 있고[49] 목과 머리 근처에서 사용하면 후유증이 생길 수 있음을 모두가 알아야 한다. 계단을 내려갈 수 있는 대피용 휠체어를 설치할 수 있음을 모두가 알아야 하고, 엘리베이터가 고장났을 때 바닥의 일부분이 통째로 리프트와 같은 역할을 하여 건물

1층으로 나갈 수 있게 하는 시설도 존재한다는 것을 모두가 알아
야 한다.

　재난 대비 교육은 모든 몸을 대상으로, 주기적으로, 구체적으로
이루어져야 한다. 건강한 비장애인 남성이 건강한 비장애인들만을
구할 수 있는 교육으로는 결코 문제를 해결할 수 없다. 코로나19
참사에서 정신장애인들의 집단감염 및 사망, 기저 질환자들의 사
망, 그리고 수많은 자영업자와 노동자들의 생계 위기를 경험한 후
에야 우리는 '감염병 시대의 뉴 노말'을 상상하자고 한다. 지진과
화재로 장애인들이 죽었지만, 과연 우리가 재난 이후의 '뉴 노말'
을 충분히 고민하고 있는지는 의문이다. 한국 사회는 여전히 안전
을 영수증처럼 버리고 있다. 그러나 문제가 생겼을 때 영수증이 없
으면 아주 곤란해진다는 점을 잊어선 안 될 것이다.

바이러스는 어떻게
질병이 되는가

코로나19 참사 속에서도 중국인이나 신천지 등 특정 집단을 지목하며 그들만 사라지면 문제가 해결될 듯이 공포 혹은 혐오를 부추기는 이들이 있었다. 바이러스가 전파된 지역에서 온 사람이 아니라면, 한국에서 살던 외국인은 전혀 코로나19와 관련이 없었음에도, 외국인 혐오가 극심했다. 국경 봉쇄라는 황당한 주장까지도 봤다. 중국인 입국 금지를 요청하는 청와대 청원은 자그마치 76만 명을 모았고, 신천지 해체 청원은 무려 123만 명을 모았다. 사실 좀 충격적인 숫자였다. 그런데 그것은 (옳든 그르든) 바이러스에 대응하는 길일지 몰라도, 질병에는 적극적으로 협력하는 방법이다.

'사이보그 선언'으로 유명한 과학철학자 도나 해러웨이Donna Jeanne Haraway는 "질병을 물리친다", "질병과 싸운다"와 같은 전쟁의 비유가 실제 생물학적인 과정을 왜곡한다고 말했다. 그에 따르면 그런 표현은 냉전의 잔재이며, 생물학적으로 질병은 병원체와 몸이 '협력'한 결과이다. 바이러스를 질병으로 만드는 과정이 존재한다는 것이다. 즉 질병은 바이러스와 바이러스를 둘러싼 환경의 관계를 보여준다. 그래서 도나 해러웨이가 '질병은 관계'라고 말한 것일까.[50] 여러 학문의 경계를 넘나들기도 하고, 워낙 어렵기로 유명한 학자라서 저런 의미를 의도했다고 확언할 수는 없지만, 나에게는 '관계'라는 단어가 염증을 메스로 도려내듯 질병에 접근하면 안 된다는 의미로 다가왔다.

의심 환자를 찾고, 확진자를 걸러내는 것은 당연히 필요한 일이지만, 이는 질병관리본부 등을 포함한 보건당국과 의료계의 일일 것이다. 그러나 의료계 바깥에서 언론과 시민들조차 모두 확진자 색출에만 골몰하고 있었다. 확진자를 찾아내고, 격리하고, 치료하면 이 모든 문제는 해결되리라는 착각이다. 이는 확진자와 관련된 모든 요소의 제거와 회피로 이어진다. 확진자와 같은 시간에 동선이 겹치지 않았다면 동선은 큰 의미가 없음에도, 감염 위험이 사라진 장소조차 며칠씩 폐쇄됐다. 확진자 동선이 공개될 때마다 (문제해결에는 아무 도움도 되지 않는) 개인에 대한 필요 이상의 비난이 쏟아지기도 했고, 이러한 상황은 동선을 밝히기 어려운 이들을 확진 여부와 무관하게 극도로 위축시켰다. 이런 상황에 확진자 동선에 성소수자가 많이 이용하는 클럽이 포함되어 있기라도 했다면, 비난의 화살이 어디로 향할지는 불 보듯 뻔한 일이었다.* 이는 문제를 해결하기보다 공포를 키웠고, 모든 것을 "바이러스는 어디에 있는가"라는 질문으로 환원시켰다.

정작 전파와 감염 이후 발생하는 질병의 과정과 결과는 확진자, 사망자, 의심 환자의 숫자로만 드러났다. 슬프게도 사람들은 그 숫자들을 그 자체로 진지하게 고려하기보다, 보건당국의 업무나 사태의 심각성을 강조하는 스펙타클로 활용하곤 했다. 이 과정에서 질병은 사라졌고, 바이러스의 전파 과정만이 남았다. 여기서 우리는 바이러스가 곧 질병은 아님을 분명히 짚고 넘어가야 한다. 바이러스가 유기체에 들어간 후, 그 안에서 일어나는 반응에 따라 질병이 생길지 아닐지가 결정된다. 진짜 문제는 사실 바이러스가 아니다. 치사율이 보여주듯 많은 경우에 코로나19는 사망으로 곧 이어지지 않는다. 바이러스의 전파와 감염보다 심각한 문제가 따로 있다는 말이다. 그것은 바로 질병과 죽음에 협력하는 사회이다.

앞서 말했듯 질병은 관계이며, 협력 속에서 발생한다. 어떤 몸에 질병이 발생했다면, 그가 왜 그런 질병에 걸렸는지 환경을 살펴

---

* 글을 쓸 당시에는 아직 사회가 이태원 클럽에 코로나19 확산의 책임을 묻지 않던 때지만, 이러한 우려는 수많은 인권운동가들이 공유하고 있었다. 단순 동선 공개가 아니라 확진자 개인의 정보가 불필요하게 노출되고, 언론이 이를 무비판적으로 옮겨 적었기에, 이태원 클럽을 다녀간 성소수자들을 향한 혐오가 터져나올 수 있었다.

보아야 한다. 즉 역학 조사가 필요하다. 기저 질환 여부를 넘어 식사 구성, 신체적·정신적·사회적 활동의 여부, 그가 받을 수 있는 의료적 조치, 그의 삶을 지탱하는 사회 기반 시설과 복지 제도 등을 모두 알아야 한다. 질병은 몸에 생기지만, 몸이 질병에 취약해지게 하는 원인은 몸 바깥에도 있다. 누군가가 질병으로 사망했을 때도 마찬가지이다. 확진자에서 사망자로 명칭이 바뀌는 사람은 많지 않다. 확진이 곧 사망이 아니라면, 무엇이 확진자를 죽게 했는지 따져 물어야 한다.

청도대남병원 폐쇄 병동의 정신장애인 중에서 그렇게 많은 확진자와 사망자가 나온 이유는 무엇이었을까? 칠곡 밀알사랑의집과 대구 성보재활원이 새로운 집단 감염원으로 지목될 만큼 그곳의 사람들이 코로나19에 취약했던 이유는 무엇일까? 장애와 관련되는 특정 질병이 면역력과도 관계가 있을 경우라면 모르겠으나, 대체로 장애인이라는 사실이 그 자체로 면역력을 떨어뜨리지 않는다. 그러나 장애인이 지낼 수 있는 안전한 환경이 없다면 누구나 그렇듯 장애인은 질병에 취약해질 수밖에 없다. 필요한 만큼의 치료와 몸에 맞는 식사 등이 제공되어 면역력을 충분히 기르고 유지할 수 있는 환경에 있었다면, 몸 안에 들어온 바이러스는 질병으로 변하지 않았을지도 모른다. 필요한 정보와 의료적 조치가 빠르게 제공될 수 있는 환경이었다면, 질병은 빠르게 진정되어 사망에 이르지 않았을지도 모른다. 그러나 청도대남병원 폐쇄 병동의 환자는 대부분 휴대폰을 압수당하여 병원 바깥과 완전히 단절된 상태였다.

한국에서 코로나19로 사망한 사람의 대부분은 암이나 당뇨 등 기저 질환을 갖고 있다. 그러나 나처럼 면역계에 이상이 있거나 면역억제제를 복용하는 사람, 혹은 기저 질환자에게도 확진이 언제나 사망을 의미하지는 않는다. 중국에서는 당뇨가 있는 98세의 기저 질환자가 완치 판정을 받고 퇴원한 사례가 있다. 그는 후베이성 우한 거주자로, 1월 초에 코로나19 확진 판정을 받고 병원에서 집중적인 치료와 간호를 받았다. 입원 당시부터 증상이 심했지만, 약물 치료와 영양 지원 등을 통해 완치되고 생존할 수 있었다.[51] 누군가는 그 사례가 특수하다고 말할 수도 있겠지만, 시스템은 운에 기대면 안 된다. 운은 어디까지나 환경이 모두 갖춰진 상황에서만 말할 수 있다. 정비가 잘된 좋은 항공사의 비싸고 튼튼한 비행기에 운석 조각이 떨어진다면, 그것을 불평등의 문제라고 할 수는 없을 것이다. 그러나 똑같은 비행기 사고여도, 비행기 정비사의 열악한 노동조건으로 인해 정비 과정에 문제가 있어서 비행기가 추락했다면, 이는 운이 아닌 불평등의 문제이다. 기저 질환자가 사망한 것은 '안타까운' 혹은 '아쉬운' 일에 그쳐서는 안 된다. 그것은 건강한 몸의 안전만을 보장하는 불평등의 문제이다. 수많은 기저 질환자가 사망한 와중에 98세의 기저 질환자가 생존한 사례가 그 증거다. 특정한 환경이 질병에 가장 취약한 몸도 살릴 수도 있다는 것이다.

당연한 사실이지만 바이러스의 전파를 완전히 차단하는 것은 불가능하다. 특히 코로나19처럼 그 자체로 치명적이지 않아도, 전파가 빠르게 진행되는 바이러스라면 더욱 그렇다. 코로나 바이러스의 변종이 생기는 주기가 점점 짧아지고 있으며 앞으로 더 많은 변종이 생길 수 있다는 예측도 있다.[52] 그렇다면 우리는 당장 바이러스의 전파를 어떻게 차단할지만 고민해서는 안 된다. 모두가 모든 순간에 마스크를 끼고, 손이 멸균 상태로 유지되지 않는 이상, 우리는 바이러스가 몸에 들어온 이후를 고민하고, 바이러스를 둘러싼 사회를 살펴야 할 것이다. 그렇다고 해서 면역력을 강조하는 것도 답이 아니다. 면역력으로 바이러스를 '이겨내야' 한다면, 면역력을 약화하는 질병을 가졌거나, 면역억제제를 복용하는 자가 면역질환자는 죽으라는 말밖에 안 된다. 누구에게도 확진 혹은 격리가 사망과 동의어가 아닌 사회를 만들어야 한다. '누구도 남겨두지 않으려면' 말이다.

 2020년 1월 말 중국에서는 의심 환자가 된 가족과 격리된 장애인이 활동지원을 받지 못하여 사망했다. 그가 살던 마을은 그를 충분히 돕기에 역부족이었다. 이 사망자가 코로나 바이러스로 인해 죽었는지는 알지 못하지만, 생존을 위해 활동지원이 필요한 사람이 6일 동안 홀로 방치되어 사망했다는 사실은 알고 있다.[53] 한국의 사망자 중에는 자가 격리 중이던 환자와 검사 결과를 기다리던 의심 환자도 포함된다. 적절한 의료적 조치를 제공할 수 있는 공간이 부족했기 때문이다. 대구에는 장애인이 들어갈 수 있는 격리 시설이 없어서, 확진자라도 자가 격리를 해야 하는 상황까지 생겼다.

청도대남병원은 인력이 부족해서 코로나19 이전에 입원해있던 중증 환자들까지도 소외되었다. 복지 시설의 미비와 지방의 의료 기반 부족이 문제였다.

초점을 바꿔야 한다. 바이러스가 아니라 질병이다. 적절한 시스템을 갖춘다면, 확인된 질병을 치료하고 관리할 수 있다. 바이러스가 질병으로, 질병이 사망으로 이어진 배경에는 특정한 사람들을 더 취약하게 만드는 사회가 있다. 그러나 언론은 청도대남병원과 밀알사랑의집을 논할 때 '흡연실'이나 '폐쇄 병동 건물 구조'로 사실을 축소·왜곡했다. 청도대남병원에 '희망'이 보인다는 기사조차 오직 새로 배치된 공무원과 구비된 약에 초점을 맞출 뿐, 정작 집단감염과 최고 치사율을 불러온 구조는 외면한다.[54] 정신병원 폐쇄 병동에서 '희망'을 논하려면, 그 희망이 단지 이번의 '불행'을 모면하는 것이 아니라 앞으로도 이런 일이 생기지 않도록 하는 유의미한 희망이려면, 그 안에는 폐쇄 병동 안의 인권침해가 방치되고 유지될 수 있는 사회 구조에 대한 인식이 들어있어야 한다. 몇 번이고 장애인의 죽음을 뭉개면서 보건당국과 몇 정치인들을 영웅으로 치켜세우는 것이 목표가 아니라면 말이다.

문제는 장애인의 인권을 침해하여 바이러스를 질병으로 만드는 사회이며, 의료 기반 시설의 부족이고, 격리 이후의 대책이 없어서 격리와 사망을 동의어로 만드는 사회이며, 아프면 모든 걸 잃기에 아프다는 사실을 숨기게 하는 사회이다. 그 모든 걸 외면한 채 신천지 해체나 중국인 입국 금지만을 부르짖는 것은 바이러스가 질병이 되고, 질병 혹은 격리가 곧 죽음이 되는, 질병과 죽음을 더욱 더 낮은 곳으로 보내는 구조에 협력하는 것이다. 이제는 바이러스가 아닌 질병이라는 관계를 봐야 한다. 바이러스를 둘러싼 세상을 바꾸지 않으면, 새로운 바이러스가 찾아올 때마다 우리는 공포에 휩싸여 누군가를 비난할 것이다. 장애인과 기저 질환자, 노인과 저소득층은 죽음으로 내몰릴 것이다.

역병이라는
스펙타클

코로나19 당시 바이러스가 질병으로 변하는 과정보다 중국인, 신천지 등에 유독 집중포화가 쏟아진 것은 역병이 하나의 스펙타클로 활용되는 상황 때문이었다. 사실 역병은 언제나 훌륭한 스펙타클이었다. 대중문화평론가 김선영과 위근우는 한 라디오에서 재난 영화가 보여주는 사회의 무의식을 이야기했다.[55] 재난 영화 중 점점 좀비 영화가 늘어나고, 〈부산행〉처럼 시장에서 성과도 크게 거두는 이유는 '감염'에 대한 공포라는 것이다. 하지만 이 설명은 과연 충분할까?

'역병 정국'을 맞아 감염병의 창궐과 사회 혼란을 소재로 한 영화 〈감기〉와 〈컨테이전〉은 소위 '차트 역주행'을 시작했다. 감염병이 퍼진 사회의 모습을 정확히 예언했다는 이유였는데,[56] 그렇다면 이는 일종의 '성지순례'와 같은 개념으로 볼 수 있을 것이다. 나는 이런 상황이 황당하다. 사람들이 외출을 자제하고, 개학·개강 등도 미뤄지면서 넷플릭스의 사용자가 증가했다는 것은 이해할 수 있지만,[57] 감염병 관련 콘텐츠 열풍은 다소 이해하기 어려웠다. 우한에서 폐렴이 발생했다는 소식이 2019년 12월 31일 즈음부터 퍼지기 시작했다는 것을 고려하면, 넷플릭스가 〈판데믹: 인플루엔자와의 전쟁〉을 2020년 1월 22일에 공개한 것은 놀라울 만큼 시의적절했다. 왓챠플레이는 영화 〈컨테이전〉으로 과학자들과 함께 유튜브 영상을 제작하여 올렸다.[58]

　이뿐 아니다. 영화를 방영하는 채널들에서는 〈감기〉와 〈컨테이전〉의 편성을 빠르게 늘렸으며, '스크린'이라는 채널에서는 시청자들의 요청이 쏟아져서 〈컨테이전〉을 편성했다고 SNS에 발표하기도 했다. 영화만이 아니다. 가짜 뉴스 생산을 넘어서 질병관리본부에 장난 전화를 걸거나 확진자 추격전 등을 꾸며낸 유튜버들까지 발생하자 국내 유명 유튜버들이 소속된 한국MCN협회에서 자정 결의를 발표하기까지 했다.[59] 이처럼 코로나19로 인한 불안과 공포, 사회 혼란을 해결하기보다 그것에 편승하려는 이들이 생겼는데 편승하는 방법의 핵심은 이미지의 활용이었다. 현장에서 분투하는 의료인들의 모습, 극한 상황에서의 생존을 그리는 영화, 사람들의 공포를 그대로 반영하는 영상들. 이 이미지 중 어디에도 질병은 없다. 의료인들은 바이러스를 막거나 제거하는 영웅이었고, 극한 상황에서 감염은 곧 사망이었으며, 확진자를 쫓고 방역하는 모습은 바이러스의 차단과 사람에 대한 불신을 반영했다.

바이러스에만 집중하는 스펙타클은 확진자 동선 공개와 조롱·비난을 넘어 '확진자'라는 단어를 활용하여 집에만 있느라 살이 '확찐 자'라고 말하는 유머로도 이어졌다. 123만 명이 청와대 국민 청원으로 쏘아 올린 사이비와의 전쟁도 황당하고 압도적인 스펙타클이었으며, 심지어 코로나19 상황을 소재로 만들어진 포르노[60]까지 등장했다. 기 드보르Guy Debord는 《스펙타클의 사회》에서 스펙타클을 '이미지들의 집합이 아니라, 이미지들에 의해 매개된 사람들 간의 사회적 관계'라고 정의했다.[61] 즉 앞서 언급한 이미지들만이 스펙타클이 아니라, 그 이미지들을 통해 사람들 사이에 싹 튼 불신과 공포, 혐오까지도 스펙타클에 포함된다. 이런 스펙타클은 사람들을 현혹하여 더 넓은 구조의 문제를 외면하게 한다. 공포-불안-혐오라는 관계 안의 스펙타클은 바이러스-차단-추적이라는 스펙타클과 맞물리고, 이는 모두 역병이라는 하나의 거대한 스펙타클에 포섭된다.

그런데 모든 재난이나 참사가 이런 방식의 스펙타클을 불러오지는 않는다. 오히려 세월호 참사 당시에는 영화를 방영하는 채널들에서 재난 영화 편성이 모두 취소되었다.[62] 둘의 차이는 무엇이었을까. 세월호 참사에서는 학생들과 교사들을 포함한 많은 이들이 죽었고, 코로나19 참사에서는 기저 질환이 있는 이들을 포함하

여, 요양원의 노인들과 시설의 장애인들이 죽었다. 둘 다 사람이
죽었지만 세월호 참사를 소재로 한 영화들은 애도에서 그치지 않
고 진상 규명으로 나아가려 했고, 코로나19 당시의 콘텐츠들은 공
포와 불안만이 아니라 바이러스와 위험을 유머로 소비하는 것까지
도 포함했다. 코로나19 참사에서 죽은 이들을 진정 생각하고, 애
도한다면, 새로운 미래를 열고자 하는 집요한 의지가 역병이라는
스펙타클의 마력보다 강해야 한다.

　나는 정돈되지 않은 질문들을 던지며 글을 맺고자 한다. 우리는
누구의, 어떤 죽음을 진지하게 여기는가? 우리는 어떤 죽음에 동
일시하는가? 우리는 노인, 환자, 장애인의 죽음을, 삶을 진지하게
고려하고 있는가? 과연 우리는 우리가 진지하게 여기는 대상을 스
펙타클로 소비할 수 있는가? 역병이라는 스펙타클은 어떤 이들의
삶과 죽음을 무가치하게 여기도록 만드는 권력의 소산이 아닌가?
우리가 스펙타클에 현혹되어 놓쳐버린 세상의 이면은 어떤 모습
인가?

우리는
치료되지 않는다

수많은 언론이 코로나19 참사를 통해 사회의 주변부에 어떤 일이 일어났는지를 다루었다. 특히 진보적 장애인 언론《비마이너》의 기사들은 사회의 주변부를 형성하는 권력 관계를 집중적으로 조망했다. 요양원과 정신장애인 폐쇄 병동, 장애인 거주 시설은 집단감염의 원인으로 세상에 드러났다. 우리가 목격한 것은 누군가가 단지 치료의 대상이거나, 어차피 치료되지 않을 사람으로 여겨지고, 그것이 '어차피 죽을 목숨'이라는 인식으로 이어지는 장면이었다.

이 모든 과정의 중심에는 충분히 주목되지 않은 한 단어가 있다. '건강'이다. 노인과 장애인은 그들의 실제 모습과는 무관하게 건강하지 않은 존재로 축소되며, 사회는 그들을 '다시 건강하게' 만들겠다는 명분으로 격리한다. 수많은 활동가가 장애인들은 이미 코호트 격리 중이었다고 말한 이유이다.[63] 그런데 그들이 '어차피 죽을 목숨'이라는 인식은 바로 '건강하지 않음'에서 왔다. 이 사회는 건강한 사람을 기준으로 만들어져 있다. 모두는 건강해야 하고, 건강에서 벗어나는 사람은 어떻게든 건강한 상태로 '되돌려'져야 한다. 그렇게 이 사회는 모두를 건강한 상태로 만들려고 한다. 얼핏 보면 좋은 이야기로 보일 수도 있겠으나, 이는 건강해질 수 없는 사람들을 벼랑으로 내모는 결과를 낳기도 한다.

나는 건강하지 않고, 아마 앞으로도 건강하지 않을 것이다. 난치병 환자에게는 군이 말할 필요도 없이 당연한 일이다. 조한진희는 《아파도 미안하지 않습니다》에서 건강을 잃어도 모든 것을 잃지 않는 사회를 만들자고 말한다. 건강만을 지고의 가치로 여기는 세상에서 배제되는 수많은 삶의 모습을 지키기 위해서이다. 나는 단언할 수 있다. 지금 우리가 건강중심주의에 대한 고민을 시작하지 않는다면, 우리는 수많은 죽음을 끊임없이 마주하게 될 것이다. 더 많은 몸, 더 많은 삶을 이야기하기 위해 우리는 건강을 다른 개념으로 대체해야 한다. 건강해야만 하는 세상이기에, 건강한 몸이 기준인 세상이기에 놓치고 있는 삶들이 있다. 사라져가는 삶들이 있다.

내가 '코로나19 참사'라는 표현을 사용한 것은 이 상황이 명백한 사회적 참사이기 때문이다. 나는 2020년 3월 둘째 주부터 코로나19 확진자 중 사망자가 발생했는지 매일 확인하며 그들이 기저 질환을 갖고 있었는지 기록했다. 완치자 중에서도 기저 질환자의 수를 셌다. 제대로 집계·정리된 기사가 사실상 없고 질병관리본부의 '발생 동향' 중 사망자 통계의 업데이트는 느렸다. 그래서 나는 '코로나 000번째 사망자'에서 숫자만 바꾸어 검색하며, 기저 질환 관련 내용을 다룬 기사를 하나하나 찾아야 했다. 그렇게 찾은 결과 코로나19 사망자 중 약 99퍼센트는 기저 질환자였다. 수천 명의 완치자 중 기저 질환자의 수는 따로 통계도 찾을 수 없었으며, 그 특수한 사례를 열심히 찾아 헤맨 결과 극소수의 사례를 발견했을 뿐이다. 노인들과 장애인들이 시설에 격리되어 바이러스가 질병이 되도록 방치되었다면, 기저 질환자들은 바이러스가 질병이 되고, 질병이 죽음이 될 때까지 방치되었다.

　여기서 끝이 아니다. 질병관리본부에도 기저 질환에 관하여 따로 적어둔 문서는 존재하지 않았다. 단지 기저 질환자는 치명률이 높으니 조심하라는 말과 사망자 통계 중 하나의 변수로 기저 질환이 포함되어 있을 뿐이었다. 기저 질환의 목록*이 나와있지만, 각 기저 질환이 코로나19와 어떤 관련이 있는지, 각 질병이 어떤 원

* 한국 질병관리본부의 사망자 통계에 따르면, 기저 질환에는 순환기계 질환, 내분비계 및 대사성 질환, 정신 질환, 호흡기계 질환, 비뇨·생식기계 질환, 악성신생물(암), 신경계 질환 등, 소화기계 질환, 혈액 및 조혈계 질환이 있으며, 순환기계 질환에는 심근경색, 뇌경색, 부정맥, 고혈압 등, 내분비계 및 대사성 질환에는 당뇨병, 갑산성기능저하증 등, 정신 질환에는 치매, 조현병 등, 호흡기계 질환에는 천식, 만성폐쇄성폐질환, 폐렴 등이 해당한다.

리로 환자를 취약하게 만드는지는 알 수 없었다. 이를테면 정신 질환이 그 자체로 개인을 바이러스에 취약해지도록 만드는가? 소화기계 질환이 그 자체로 개인을 바이러스에 취약해지도록 만드는가? 상식적으로 납득이 어려운 지점이다. 정신 질환과 소화기 질환이 면역력에 직접 영향을 준다는 이야기도 들어본 적이 없다. 실제로 중앙임상위원회의 이소희 정신건강의학과장은 폐쇄 병동에서 오래 생활하는 정신 질환자의 경우 생활환경으로 인해 면역력이 떨어질 수 있다고 말했다.[64] 즉 정신 질환이 아니라 폐쇄 병동이 문제라는 의미이다.

그렇다면 이번에는 소화기 질환을 생각해보자. 내가 가진 크론병은 ①염증성 장 질환, ②자가면역질환이며, 따라서 나는 ③면역억제제를 복용한다. 여기서 내가 바이러스에 취약해지게 하는 요인은 무엇인가? 당연히 ①도 ②도 아니다. 크론병은 과도한 면역반응으로 소화기계에 염증이 생기는 질병이다. 즉 면역력이 낮은 것과는 관계가 없다. 그러나 바로 그러한 과도한 면역반응을 억제하기 위해 면역억제제를 복용하므로, 나는 면역력이 약해져서 바이러스에 취약해진다. 그런데 만약 약을 먹지 않는 상태라면 바이러스가 들어왔을 때 과도한 면역반응을 일으킬 가능성이 당연히 더 클 것이다. 즉 감염 자체에는 취약하지 않아도 감염될 경우 합병증이 생길 수는 있다. 생긴다면 아마 장 쪽에 생길 가능성이 크다. 그렇다면 크론병은 기저 질환에 포함되어야 하는가, 아닌가?[65] '자가면역질환'이라 면역억제제를 먹는다는 점에서는 포함될 수도 있겠지만, '소화기계 질환'이라는 점에서 포함되기는 어렵지 않을까?

우선 단어부터 돌아보자. 도대체 '기저 질환'은 무슨 의미인가? 기저 질환은 지병持病과 같은 의미라고 한다. 지병은 낫지 않는 병, 난치병, 만성질환이다. 그런데 모든 만성질환이 몸을 바이러스에 취약해지게 하거나 면역반응에 영향을 주지는 않는다. 즉 어떤 질병이 코로나19의 기저 질환이라고 말하려면 적어도 둘 사이에 유의미한 관계는 있어야 한다. 면역력이 떨어져서 바이러스에 취약해지는 질병이라거나, 과도한 면역반응을 일으키므로 코로나19의 합병증이 발생하기 쉬운 질병이라거나. 그러나 지금 기저 질환은 이러한 문제의식 없이 코로나19 감염 이전에 갖고 있던 모든 질병을 가리키는 데 사용되었다.

한편으로 이는 기저 질환이라는 표현 자체에 내재한 문제기도 하다. 문제를 개인화하기 때문이다. 우리는 자기 관리·자기 경영 시대에 살고 있는데 여기서 핵심은 건강이다. 건강관리는 어디까지나 개인의 몫이며, 따라서 질병에 걸리는 일, 아픈 일은 개인의 잘못이 된다. 우리는 자기 관리에 실패한 게으르고 나약한 인간이 되지 않기 위해 '건강'에 집착한다. 잠시라도 건강하지 않으면, 다시 건강해지기 위해 안간힘을 쓴다. 지금의 국가는 국민이 건강을 유지하도록 돕는다. 건강해야 노동할 수 있다고 생각하기 때문이다. 그래서 낫지 않는 병을 가진 사람은 영영 아픈 사람, 나을 수 없으니 죽을 사람으로 여긴다. 이처럼 건강만이 지고의 가치인 건강중심주의 사회에서 환자는 낫거나, 죽어야 한다. 기저 질환자를 방치한 것은 기저 질환으로 분류된 질병들이 난치 질환이기 때문이다.

이처럼 기저 질환이라는 표현은 이러한 상황을 충분히 설명하지 못하며 오히려 혼란을 가져온다. 문제를 질병 혹은 몸에 귀속시키며, 핵심 원인이나 원리보다 병명과 구분에 집중하기 때문이다. 기저 질환은 영어로 'underlying condition'이다. 여기서 'condition'이 난치 만성질환을 의미하기도 하지만, 난치라는 경험은 의료적 관점의 '질환'이라는 단어만으로는 포착할 수 없는 수많은 상황을 포함하기에 '질환disease'이 아닌 '상태condition'라는 단어가 사용된 것 아닐까. 그런 의미에서 '기저 질환'보다는 '기저 상태'가 더 적절할 수도 있다. 실제로 미국 질병통제예방센터CDC의 코로나19 관련 안내에는 '면역력이 약화된immunocompromised' 사람들과 임신부에 대한 안내도 포함되어 있다. 나는 면역억제제를 복용하기에 여기에 포함된다. 이를 조금 더 넓게 사용한다면 소득 혹은 재산과 같은 생활환경까지도 다룰 수 있을 것이다.

감염의 원인을 질병으로 축소하는 것은 명백히 건강중심주의를 바탕으로 한다. "집단면역을 높여야 한다", "개인이 조심해야 한다"라는 전문가들의 말에 전혀 일리가 없는 것은 물론 아니지만, 당장 기저 상황으로 인해 사망하는 이들이 존재한다. 정부와 보건당국에서는 그리고 수많은 영상에서는 '기저 질환이 있는 사람은 각별히 조심'하라고 하지만, 어떻게 각별히 조심해야 하는지는 알려주지 않았다. 언론에서는 '기저 질환이 없다면' 너무 걱정할 필요가 없다고 말했을 뿐이다. 심지어 어느 고령의 완치자를 두고서는 '고령이지만 기저 질환이 없었던 것이 중요'라고 말했다.[66]

코로나19로 인한 전 세계 사망자의 3분의 1이 발생한, 사망자의 99퍼센트가 기저 질환자인 이탈리아에서는 기저 질환을 가진 고령의 환자를 치료에서 후순위로 두었고, 미국 앨라배마주의 비상운영계획에는 장애인과 심부전, 호흡부전, 전이성 암 환자에게 산소호흡기를 제공해서는 안 되며, 중증의 지적장애인, 중증 치매 환자, 중증의 외상성 뇌 손상 환자는 산소호흡기 지원이 적합하지 않은 대상이라고 적혀 있기까지 했다.[67] '어차피 죽을 것'이라는 생각이 이토록 적나라하게 드러나는 현실을 보며 나는 할 말을 잃었다.

어느 환우는 정신 질환이 기저 질환으로 포함됨으로써, 기저 질환자는 어차피 죽는다는 잘못된 전제를 활용하여 정신장애인 폐쇄병동의 구조적 문제도 은폐하는 이중의 효과를 낳는다고 지적했다. 나도 이에 동의한다. 기저 질환을 기저 상태로 바꾸어 부름으로써 우리는 감염과 몸 사이의 관계, 나아가 필요한 지원을 더 정확히 파악하고, 아픈 사람들이 어차피 죽을 사람이 아닌, 적절한 지원이 있다면 삶을 이어나갈 수 있는 사람들임을 인식할 수 있게 될 것이다. 비과학적이고, 참사를 개인화하며, 구조를 감추는 '기저 질환'이라는 단어는 반드시 재고되어야 한다.

2020년 4월에는 총선이 있었다. 이 때문인지는 몰라도 코로나19 참사와 방역의 논의는 너무도 자주 공과功過 판단으로 수렴되었다. 한국의 방역이 세계적인 수준이라는 기사를 한두 번 본 것이 아니다. 굳이 방역 능력을 의심할 생각은 없다. 그러나 그 방역은 어떤 토대 위에 있는가? 의료 인프라의 부족과 감염병 대책의 부재, 위험군에 어떠한 공식적 안내도 없는 세상은 무엇을 지켰는가? 코로나19 참사는 오직 건강만을 수호하는 세상이 누구를 죽이고 있는지 보여주었다. 매일 '기저 질환자'가 죽었다. 의료진과 공무원들은 지쳐갔다. 나는 기저 질환에 관하여 한국어로 된 자세한 안내문을 제때 받지도 못했고, 공식적인 경로로 전달받지도 못했다. 나는 영어 자료를 찾아야 했다. 건물을 지을 때 방진 설계를 해야 하는 것처럼, 의료 인프라의 구성도 가장 힘든 상황을 염두에 두고 설계되어야 한다. 그러나 정권을 비난한 사람들도 이러한 문제는 진지하게 논의하지 않았다. 본인들이 지지하는 정당도 이 문제에 책임이 있기 때문일 테다. K-방역에 대한 감탄과 비난 사이에서, 모두가 책임을 회피하는 정파 싸움 속에서, '어차피 죽을 사람'들은 그렇게 방치되었다.

오직 건강만을 수호하는 세상은 역설적으로 사람들을 죽이고 있다. 아픈 사람이 늘어나고, 바이러스가 더 자주 발생할 세상은 건강이 아닌 난치를 새로운 기준으로 삼아야 한다. 낫지 않는 아픈 사람들이 시민으로서 살아갈 수 있는 세상에서만 모두가 생존할 수 있다. 우리는 건강한 사람들을 안심시키기 위한 제물이 아니다. 우리는 치료되지 않는다. 건강의 대안은 난치이다.

5

경계 위를 살다

그러니 나와 함께 아파해요.

So hurt with me.

저도 당신과 함께 아플게요.

I'll hurt with you.

당신도 알잖아요, 우리가 함께 아플 수 있다는 걸.

Baby you know we can hurt together.

– 시아Sia, 〈We Can Hurt Together(Hurt With Me)〉

페이지 중앙의, 테두리가 없는 둥근 프레임의 흑백 그림.
배낭을 멘 사람이 양손을 바지 앞주머니에 넣고, 두 다리로 미술관 안에 서서 그림을 감상한다.
그의 앞에는 둥근 프레임이 다 담기지 않을 만큼 큰 네모난 그림이 있다. 여러 겹의 물결이 반짝이며
다가오는 듯한 그림은 액자를 벗어나서 바깥까지 나와 빛을 발한다.

"안 아파 보이는 나를 용서해줘"

연민하다

솔직히 말하자면 나는 아직 내 과거의 몸이 자주 그립다. 유독 땀이
많이 나고 체력이 좋았던 나의 몸. 그때는 땀이 그렇게도 싫었는데
이제는 그립기까지 하다. 하루에도 세 시간씩 학교 체육관에서 친
구들과 배드민턴을 치던 고등학교 시절은 기능적인 면에서 내 몸의
전성기였다. 배드민턴은 나의 몸에 너무나 깊이 각인되어 있어서
여전히 무언가를 손에 쥘 때 내 엄지는 중지와 검지 사이에 있다.
버스에 서서 탈 때 기다란 봉을 잡으면서도 배드민턴 그립 쥐는 법

을 연습하던 게 지금까지 남아있는 것이다.

지금은 잘 상상도 되지 않는다. 아무리 먹어도 탈도 안 나고, 입맛도 넘치고, 매일 운동을 하던 그때의 내 몸이 너무나도 이질적이다. 아니 한편으로는 너무나 자연스러워서 더욱 이질적이다. 거울을 봐도, 몸을 만져봐도 크게 달라진 건 없다. 그래서 언제든 그렇게 뛸 수 있을 것만 같다. 그러나 체력은 명백히 망가졌고 손목을 예전처럼 꺾으려 하면 통증이 있다. 내 눈에 보이는 나의 모습과 내 피부 아래로 느껴지는 나의 몸의 차이가 너무나도 크다. 이 차이, 특히 거울 속 변함없는 내 모습이 내가 내 몸에 대한 이미지를 제대로 갱신하지 못하도록 만든다. 나는 뱃속에만이 아니라 피부에도 원인을 알 수 없는 염증들이 생기곤 한다. 지금도 있는 이 염증들은 그냥 갑자기 생겼다가 또 갑자기 사라져 버린다. 한때 너무나 운동이 그리워서, 그리고 건강해지고 싶어서 운동을 시작한 적도 있지만, 1장에서 썼듯 매번 염증이 나를 가로막았다. 2020년 2월에는 필라테스와 요가를 해보겠다고 요가원에 등록했는데, 바로 다음 날 요가원 근처에서 코로나19 확진자가 발생했고 신천지 신도들이 대거 확진되었다. 더 설명할 필요가 있을까.

그러나 여전히 내 방에는 커다란 배드민턴 가방이 놓여있다. 'Peggy&Co'라고 적힌 회색의 가방, 그 안에는 전국대회 때 들고 뛴 배드민턴 라켓과 평상시에 항상 쓰던 묵직한 검은 라켓이 여전히 들어있다. 그립들과 스펀지, 셔틀콕도. 난 저걸 영원히 버리지 못할 거다. 거리에서 배드민턴 라켓을 보거나 배드민턴 가방을 멘

사람을 보면 가슴이 아려온다. 나는 지금도 배드민턴 의류 브랜드
에서 산 바지를 입고 있다. 과거의 몸에 대한 향수는 지금까지도
이렇게 나를 괴롭힌다.

혐오하다

나는 병의 특성상 항문 외과와 소화기 내과에 가장 많이 방문한다.
이곳들의 진료실 앞에서 대기하다 보면, 채혈 후에 피곤해서 그냥
자거나 휴대폰을 만지는 경우가 많기는 하지만, 가끔 주변에 어떤
사람들이 앉아있나 관찰하게 될 때가 있다. 물론 이건 통계적으로
조사한 결과가 아니라서 정확도는 확신할 수 없으나, 내가 관찰할
때마다 내 주변에는 내 나이 또래로 보이는 사람은 별로 없었다.
당장 저번에 내시경 때만 해도 내 또래로 보이는 사람은 한 명뿐이
었다. 특히 항문 외과에서는 내 또래, 아니면 적어도 30대로 보이
는 사람이라도 본 적이 정말 드물다. 세브란스로 병원을 옮기기 전
에 다닌 송도병원과 그 전에 다닌 동네 항문 외과의 광경이 떠오른
다. 나를 제외한 모든 사람이 적어도 50대로 보였다. 여기서 내가
느낀 감정은 한편으로 내 안에 너무나도 자연스럽게 자리 잡은 노
화·노령에 대한 공포나 혐오 때문일 것이다. 이 사회에서는 나이
가 든다는 것조차 극복의 대상이 아니던가.
　이를 처음으로 선명하게 느낀 건 내시경을 찍던 날이었다. 옆에

서는 수면을 안 하고 위내시경을 하느라 억, 억, 하는 소리가 들려
왔고, 대충 보이는 사람들은 모두 나보다 한참은 나이가 많아 보였
다. 당시 스무 살이었던 나는 뭔가 기분이 이상했고 어딘가 잘못됐
다고 느꼈다. 그리고 점차 내 신체 나이를 '노인'으로 생각하게 되
었다. 그러나 이것이 곧 내 만성질환을 받아들이는 쪽으로 이어지
기보다는, 내 몸을 혐오하는 하나의 방식이 되어버렸다. '신체 나
이'는 꼭 '정신연령'처럼 특정 나이에 가져야 하는 능력을 미리 정
해두고, 거기에 맞거나 그보다 조금 나은 사람만을 정상으로 규정
한다. 당시의 나는 '늙어버린' 나의 몸, '노쇠한' 나의 체력에 한탄
했고, 자기 연민과 자기혐오에 빠졌다.

　아픈 청년이 드러나지 않는 이유는 애초에 청년은 건강으로 정
의되어 있기 때문이고, 바로 이 점 때문에 내가 힘든데도 나는 그
러한 사고방식을 완전히 벗어나지 못했다. 노인이 체력이 좋아지
고 건강해지면 '회춘'했다고 한다. 청춘을 되찾아서 청년이 됐다는
뜻이다. 어느 홍삼 광고에서는 "당신의 스무 살을 돌려드립니다"
라고 말한다. 그 스무 살은 앞서 이야기한 청춘의 일을 모두 수행
할 수 있는 안전하고 건강한 나이를 의미할 테다. 그래서인지 내
몸에 대한 나의 인식은 갈수록 나빠지기만 했다. 나의 자기 연민과
자기혐오는 '10대 아마추어 배드민턴 선수의 몸'과 '노인의 몸' 사
이의 거리만큼 커졌다.

　나를 힘들게 한 건 내 생각만이 아니었다. 나는 학교 밖에서는
어딜 가도 '젊은이' 혹은 '청춘'으로 인식되었다. 특정 나잇대, 시

기 자체가 낭만화되면 그 낭만에 부합하지 않는 사람들은 거기에
자신을 맞추어야 한다는 압박을 받게 되고, 거기에 부합하는 사람
들은 그 상태를 유지해야 한다는 압박을 받게 된다. 특정한 이미지
가 현실의 몸을 압도하고 나아가 대체하게 된다. 앞서 말했듯 '청
년', '젊음', '청춘'도 유사한 문제를 안고 있다. 병원에 가든, 운동
을 하러 가든. 헬스처럼 요즘 보편적으로 유행하는 종류의 운동은
나에게 종종 버겁다. 그래서 내 몸 상태에 따라 아주 편하게 해도
되는 운동을 찾다 보니, 역시나 그곳의 평균 연령은 상당히 높았
다. 병원에서, 그리고 운동하는 곳에서 특히 노인 남성들은 나를
많이 쳐다봤다. 마치 자신들이 잃어버린 무언가가 나에게 있다는
것처럼. 그건 아마 '건강한 젊은 남성'이겠지. 적어도 겉으로는 아
주 건강해 보이니까 말이다.

> 그는 앉아 있다
> 최소한의 움직임만을 허용하는 자세로
> 나의 얼굴, 벌어진 어깨, 탄탄한 근육을 조용히 핥는
> 그의 탐욕스런 눈빛

기형도의 〈늙은 사람〉이라는 시의 일부이다. 내 느낌보다 조금
더 강하게 서술되어 있기는 하지만, '늙은 사람'들은 동경과 질투,
욕망이 뒤섞인, 그러면서도 무기력한 눈빛으로 나를 쳐다보곤 했
다. 갈수록 이게 싫었다. 나는 아픈 사람이고, 스스로 그놈의 '청

춘'도 아니라고 생각하기 때문에. 그리고 그 '젊은이' 취급은 어딘가 나에게 가르치고자 하는 뉘앙스를 깔고 있기도 했다. 운동하는 곳의 탈의실에서 어떤 할아버지와 처음으로 말을 텄다. 그는 자신이 수차례의 심장 수술 이후 며칠 만에 깨어났다는 이야기를 무용담처럼 했다. 그것 자체가 문제는 아니었다. 그는 그곳에서 선생님을 빼고 나와 처음으로 대화를 나눈 사람이고, 친절하고 차분했기에 믿음이 갔다. 그래서 그가 나에게 "군대는 다녀왔느냐"고 물었을 때 나는 아파서 그렇다고, 난치병을 갖고 있다고 말했다. 그러나 그 뒤에 따라온 말에 나는 희망을 다시 버렸다. "별로 아파 보이지도 않는구만. 열심히 운동하면 나을 거다. 나는 심장 수술을 그렇게 하고서도 살아 돌아왔다." 어쩌겠는가. 저런 이야기를 들을 때면 내가 엄살쟁이가 된 것만 같다. 나의 아픔이 부정당하는 것 같기도 하고.

존재하다

'아픈 청춘'으로 살고자 결심하면서 나이가 든다는 일에 대해서도 계속 생각하게 된다. 사람들에게 나는 '앞은 청춘'이다. 대충 봤을 때 아파 보이지 않기 때문이다. 그래서 사람들은 여전히 나에게 '청춘'을 기대한다. 한국에서는 만성질환자들이 모이는 커뮤니티를 찾기가 어려워서 나는 자주 외국 커뮤니티의 글들을 읽곤 한다.

주로 〈themighty.com〉이라는 사이트인데, 유독 기억에 남는 제목
들이 있다. "아픈 것도 너무 지겨워So Sick of Being Sick", "만성질환
이전의 당신을 애도하길 멈출 수 없을 때When You Can't Stop
Mourning the Person You Were Before Chronic Illness" 등 제목만으로도
공감되고 울컥하는 글들이 많았다. 내가 건강해 보일 수 있는 것은
어디까지나 내가 나의 고통을 감추는 데 익숙해졌기 때문인데,
"안 아파 보이는 나를 용서해줘Forgive me for not looking sick"[68]라는
문장을 발견했을 때는 가슴을 쿵쿵 쳤다. 안 아파 보여서 힘들기도
하지만, 안 아파 보이기 위해 노력하기도 하기에.

맞다. 나는 나의 '뒤'가 흔히들 기대하는 '청춘'이 아님을 안다.
한편으로 나는 여전히 '청춘'을 갈망한다. 무엇보다도 '청춘의 몸'
을 갈망한다. 안 아파 보이려고 노력하는 것은 젊어 보이고 싶은
욕망일지도 모른다. 문득 생각이 든다. 앞서 말한 그런 눈빛은 거
리에서 배드민턴 라켓을 든 이를 볼 때 나의 눈빛과 얼마나 다를
까? 그가 나의 눈빛을 본다면 그는 나를 어떻게 생각할까? 여기서
상실과 나이 듦 사이의 자연스러운 연결은 깨진다. 그동안 나는 앞
서 인용한 시의 이어지는 부분처럼, "내가 아직 한 번도 가본 적 없
다는 이유 하나로 / 나는 그의 세계에 침을 뱉고 / 그가 이미 추방
되어버린 곳이라는 이유 하나로 / 나는 나의 세계를 보호하며 / 단
한걸음도 / 그의 틈입을 용서할 수 없다"고 생각해온 것 같다. 그
러나 그러한 상실은 반드시 나이와 함께 가는 것이 아니었다.

수전 웬델은 만성질환자들의 경험이 모든 이에게 도움이 될 거

라고 말했다. 이는 아픈 상황에 대한 지식이다. 나이 든 사람들에게 아픈 사람들의 지식은 중요하다. 노화는 만성질환을 수반하기도 하며, 약해진 몸은 쉽게 아플 수 있기 때문이다. 만성질환자가 살기 좋은 세상과 노인이 살기 좋은 세상은 의료나 환경 면에서 많이 닿아있다. 나의 할아버지는 자신의 청력이 많이 떨어진 상황에 익숙하지 않다. 만약 우리에게 다양한 신체 기능의 다양한 상태를 미리 배우고 우리 자신의 몸을 더 찬찬히 들여다볼 기회가 주어졌다면, 할아버지는 처음 보청기를 사고 사용할 때 지금보다 덜 힘들었을 것이다.

이처럼 아픔을 노화와 함께 고민하는 동시에, 나는 아픔과 노화를 분리하고 싶다. 21대 총선에 출마했던 한 후보는 "나이가 들면 다 장애인이 된다"라고 말했다가 '노인 비하'라는 비판에 제명 논란까지 있었는데, 이는 고민해볼 문제이다. 나이가 들면 장애인이 된다고 말할 때, 여기서 '장애인'은 어떤 의미로 사용된 것일까? 그는 체력이 떨어지고, 만성질환이 생기는 상황을 '장애인'이라고 표현한 것이다. 이는 장애인이 무력하고 아픈 사람이라는 잘못된 편견을 활용한 것이기에, 장애인 비하 발언에 가깝다. 그리고 동시에, 무력함과 질병, 그리고 노화를 당연히 함께 가는 것으로 여기는 사고방식이므로, 아픈 청년의 존재를 삭제하기도 한다.

청년은 체력이 좋고 건강해야 하는데, 그 이유는 체력이 좋고 건강한 존재가 바로 청년이기 때문이다. 그러니 노화와 질병만을 연결하는 이 사회에서 '아픈 청년'은 곧 '늙은 청년'이라는 형용모

순이 된다. '소리 없는 아우성', '따뜻한 아이스 아메리카노', '알기
쉬운 선형대수'처럼 말이다. 나는 젊고 아프다. 아프니까 청춘은
아니고, 그냥 아픈 청춘이다. 약하고 몸 사리는 청년이다. 이런 말
은 별로 들어본 적이 없을 것이다. 안 어울리는 어색한 조합처럼
느껴질 것이다. 솔직히 내가 읽어도 어색하다. 그러나 저런 말들이
어색해서는 안 된다. 그 어색함은 아픈 청년이 존재하지 않는 것처
럼 여겨지는 사회에서만 가능하기 때문이다.

나를 위해 울지 마

이 책의 적지 않은 부분은 내가 나의 아픔을 토로하는 내용으로 채워져 있다. 이런 '징징댐'은 한편으로 '힘 기르기', 혹은 '역량 강화'로 번역되곤 하는 '임파워링Empowering'과는 거리가 멀어 보인다. 힘을 빼앗겼거나 힘을 가질 기회를 빼앗긴 소수자들에게는 힘을 만들어내서 싸우는 것이 중요한데, 왜 나는 이렇게 '힘 빠지는' 소리만 줄기차게 하는 것일까. 기본적으로는 나에게 그런 '힘'이 살로 와닿지 않기 때문이다. 자신을 긍정하는 열정적인 소수자들 사이에서 나는 금방 지친다. 그 사람들이 싫어서도 아니고 뜻에 동의하지 않아서도 아니다. 그저 금방 지치는 몸 때문이다.

만성질환자, 특히 자가면역질환자는 자신의 몸을 혐오하기가 아주 쉽다. 자기 몸이 자기를 공격하기 때문이다. 나와 나의 몸은 계속 서로 반목할 수밖에 없고, 나는 나의 몸을 혐오하게 된다. 핵심 키워드는 배신감이다. 하지만 너무나 당연하게도 나는 나의 몸을 떠날 수 없다. 몸을 떠날 수 없다는 가장 근본적인 존재 조건이 내 삶을 끔찍하게 만드는 원인이라면, 내 삶의 본질은 오직 고통이 된다. 나는 나를 혐오하기에 나를 믿지 못하지만, 나라서 나 없이는 살 수 없다. 나와 내 몸의 관계를 적다 보면 이미 헤어져야 할 날을 300일은 족히 넘어서 서로를 갉아먹고 있는 연인 사이를 묘사하는 기분이다.

그렇다고 헤어지라고 할 수는 없다. 연애와는 달리 자신의 몸과 이별하라는 것은 필연적으로 죽으라는 뜻이기 때문이다. 그러면 끝낼 수 없는 이 지독한 관계에서 나는 어떻게 해야 하는가? 예전에 어느 심리학 도서를 읽은 적이 있다. 미국의 임상심리학자이자 심리치료사인 해리엇 러너Harriet Lerner가 쓴 《무엇이 여자를 분노하게 만드는가》였는데, 내가 읽기에 그 책의 핵심은 사람을 바꾸기보다 관계를 바꿔야 한다는 것이었다. 이를 내 상황에 적용하면, 나의 몸을 치료할 방법은 없으니 나와 나의 몸이 맺는 관계를 바꿔야 한다는 뜻일 테다. 치료할 수 없는데 치료하려고 애쓰는 것은 둘 사이에서 내가 과도한 역할을 수행하는 것이기에, 그렇게 해서는 문제를 해결할 수 없다. 그렇다고 어차피 가망이 없다며 몸을 불신하기만 하는 것도 당연히 문제 해결과는 상관이 없다. 그렇다면 내 몸에 대한 질긴 애증을 나는 어떻게 해야 할까?

이 시점에서 나에게는 체념인 듯 체념 아닌 체념 같은 '받아들임'이 필요하다. 난치는 내 삶의 어쩔 수 없는 조건이다. 그 점을 받아들여야 한다. 낫지 않으니 될 대로 되라지, 혹은 낫지 않으니 아프다 죽어야지, 같은 체념이어서는 안 된다. 핵심은 내 몸이 낫지 않더라도 살아갈 방법이 있다는 사실을 아는 것이고, 난치를 더 많은 이들의 삶의 조건으로 바꿀 수 있다는 사실을 아는 것이다. 내가 나의 몸으로 살아갈 수 있어야 한다는 당연한 사실이 와닿지 않는 순간에는 나의 죽음이 타인의 죽음으로 이어질 수도 있다는 감각, 혹은 나의 생존이 타인의 생존으로 이어질 수도 있다는 감각이 필요하다. 어떻게든 내가 살아가야 한다면, 그러나 몸은 어쩔 수 없다면, 세상을 어쩔 수 있을지도 모른다. 세상을 어쩔 수 '있는' 대상으로 바라보면서, 비로소 나는 나의 몸을 조금은 다르게 바라볼 수 있게 된다. 어쩔 수 없이 성가신 몸이지만, 적어도 이 모든 고통과 어려움이 내 몸의 본질은 아니라는 사실을 깨닫게 된다.

이렇게 생각하게 된 이후로 나는 싸움보다 협상을 먼저 시도해 본다. 무엇을 먹고, 몇 시에 자고, 얼마나 움직이고 쉬면 괜찮은지 반응을 살피며 눈치를 본다. 이 방법이 통할 때도 있긴 하지만 결코 내 뜻대로 되지는 않는다. 그러면 나는 내 몸과 싸우게 된다. 통증과 무력감, 피로를 견뎌내는 것 자체가 나에게는 하나의 큰 싸움이다. '싸움'이라는 말에서 으레 떠오르는 외적 역동성은 없지만, 보이지 않는 온 신경과 근육이 몸과의 관계를 조정하는 데 전부 쓰인다. 얼굴 근육만큼은 상당히 역동적이다. 그렇게 나는 내 몸과 싸우고, 내가 몸과 덜 싸워도 되는, 혹은 몸과 싸우더라도 살아갈 수 있는 사회를 만들기 위해서도 싸운다. 그러면서 나는 아픔을 달리 바라보게 되었다. 온전히는 아니지만, 어느 정도 내 몸을, 질병의 증상을 받아들이기 시작했다. 어차피 이 몸이라는 조건을 벗어날 방법은 없다.

그리고 조금 특이한 태도도 하나 생겼다. 불안정한 것, 불확실한 것을 덜 두려워하게 되었다. 보통 사람은 확실한 것을 붙들고 기대려 하지만, 나에게 확실한 것은 어떤 것도 확신할 수 없다는 사실뿐이기 때문이다. 통증, 피로, 변동성이 두드러지는 몸을 가지고 살아가다 보니, 당장 주어진 조건에서 조금의 가능성이나마 발굴하려 하게 되었다. 강하고 멋지게, 자신감 있게 살아가는 것보다도, 어쨌든 구질구질하게라도 살아낼 것이라는 삶의 태도는 한편으로 나를 강하게 만들었다. 내 몸을 체념하지 않고 받아들이게 되었다. 그런 의미에서 "나는 생각한다. 고로 나는 존재한다" 대신 "나는 아프고 피곤하며 변덕스럽다. 고로 나는 존재한다"를 만성질환자의 존재론적 명제로 제안한다.

어떤 만성질환자들은 자신의 몸과 싸워 일상을 쟁취한다는 점에서 자신을 '전사Warrior'라고 칭하기도 한다. 의도했는지 아닌지는 알 수 없지만, 록 밴드 이매진 드래곤스Imagine Dragons는 〈Warriors〉라는 곡을 발표한 적이 있다. 공교롭게도 그 밴드의 보컬인 댄 레이놀즈Dan Reynolds는 만성질환자이다. 그는 강직성 척추염과 궤양성 대장염*을 갖고 살아가는 삶을 공개하고 만성질환에 대한 인식이 더욱 높아졌으면 좋겠다고 했다. 그는 수많은 오진을 경험하고 진단명이 없는 상태로 지내다가, 자신의 질병을 다루며 살아가는 방법을 터득했다. 특히 강직성 척추염을 갖고 살아가는 것을 '지속적이고 평생에 걸친 싸움constant and life-long battle'[69]이라고 표현하며, 자신의 노하우를 다른 사람들에게 알려주려고 노력하고 있다. 자신이 세우고 살아온 땅에서 왕위를 되찾고자 싸운다는 내용의 〈Warriors〉라는 곡은, 질병에 빼앗겼던 자신의 몸을 되찾고 내가 나의 몸의 주체가 되겠다는 의미로도 이해할 수 있지 않을까?

여기서 싸움은 '극복'이 아니다. 다만 어쩔 수 없는 몸과 함께 살아가기 위한 유일한 선택지이다. 나는 나의 몸으로 살아가면서, 동시에 나의 몸과 살아간다. 나는 나의 몸과 동거한다. 수없이 내 몸에 굴복하고, 애원하다가 반격하고, 또 쓰러지면서 살아간다. 나는 내 질병을 극복하지 않았다. 아니, 극복할 수 없었고 앞으로도 그럴 것이다. 다만 내가 극복한 것은 내 몸에 부과되는 온갖 의무였다. 사회의 가치를 충분히 체현할 수 없는 몸을 가지게 되면서 나

---

* 강직성 척추염Ankylosing Spondylitis, AS과 궤양성 대장염Ulcerative Colitis, UC은 모두 만성 염증성 질환이자 자가면역질환이다. 강직성 척추염은 척추에 염증이 생기고 움직임이 둔해지는 병이고, 궤양성 대장염은 대장의 점막 또는 점막하층에 국한된 염증을 특징으로 하는 병이다. 둘 다 정확한 원인은 밝혀지지 않았으며, 평생 관리하며 살아야 하는 병이다. 설명은 서울대학교병원 의학 정보를 참고하였다.

는 분명 일정 부분 자유로워졌다. 나의 몸을 어쩔 수 없는 조건으로 받아들임으로써, 그것이 나를 제약하기만 하지 않고 때로는 자유롭게 해주기도 한다는 점을 깨달으면서, 사회가 아닌 내 몸에 충실하게 살아가게 되면서, 나는 내 몸과 공생할 수 있게 되었다. 그렇게 나는 내 몸을 어쩔 수 없이, 그러나 분명히, 사랑하게 되었다.

2019년 2월, 《비마이너》의 칼럼니스트로서 처음 발행한 칼럼 〈아픈 청춘입니다만, 살아 있습니다〉에는 댓글이 하나 달려있다. 댓글을 단 분은 친구가 크론병이 있다는 사실을 알게 된 후 정보를 찾다가 나의 글을 읽게 되었다고 했다. 그저 눈물이 앞을 가린다고, 아픈 청춘도 청춘이라고, 언젠가 꼭 완치하시길 빈다고 말했다. 그 마음을 이해 못 하는 것은 아니다. 아니, 너무도 잘 이해한다. 내 주변에서 마음이 아프다고, 꼭 나으라고 말한 사람들이 나에게 상처를 주려고 그렇게 말한 것은 아님을 나도 잘 알고 있으니까. 정말 내가 걱정되어서, 나를 위해서 한 말이었으니까. 그분이 이 책도 읽을지는 모르겠지만, 이제 눈물은 닦아도 괜찮다고 말해주고 싶다. 그리고 오지 않을 완치를 빌어 주기보다는, 지금 당장 살아가는 아픈 삶이 조금 더 나아질 방법을 친구 분과 함께 고민해 준다면 더 좋겠다고 말해주고 싶다. 나는 나의 몸을 받아들였는데, 주변에서 나의 몸을 불행하고 아프게만 본다면, 나는 다시 흔들릴 수도 있기 때문이다.

나는 2015년에 이매진 드래곤스의 콘서트에 다녀왔는데, 결코 잊을 수 없을 만큼 행복했다. 비록 그날 〈Warriors〉는 여러 곡으로 만든 메들리의 한 부분으로만 나왔지만, 내가 그때 이유를 알 수 없이 눈물 흘리며 기뻐했던 것은 어쩌면 고작 다섯 걸음 정도 앞에 서 누구보다도 행복하고 멋지게 노래를 부르던 사람과 알 수 없는 유대를 느꼈기 때문이었을지도 모르겠다. 그래서 내 몸을 어쩔 수 없이 사랑하게 된 나는 이 글을 동정과 시혜를 단호히 거부하는 듯 한 〈Warriors〉의 가사로 맺고자 한다.

나를 위해 울지 마.

Don't weep for me.

왜냐하면 이건 내 사랑에서 나온 일일 테니까.

'cause this will be the labor of my love.

내 몸이 의학의 한계이다

바느질하다가 잠깐 딴생각에 빠지면 자기 손가락을 찌른다. 딱 그런 느낌의 통증이 문자 그대로 머리부터 발끝까지 이어지곤 한다. 머리둘레를 반시계 방향으로 돌아가며 콕콕 찔러대는 듯한 통증. 손가락과 발가락 마디마디, 무릎에도 그렇게 투명한 바늘들이 꽂혔다가 빠졌다가를 반복한다. 뱃속에도 그런 느낌이 든다. 밥을 먹은 직후 윗배가 조금씩 아파지고, 아랫배도 아파지면 나는 내 몸 안의 염증들이 나를 만지는 것 같다는 느낌을 받는다. 한강의 소설을 읽다가 살로 느껴지는 표현을 찾은 적이 있다. 염증은 마치 '면도날을 뭉쳐 만든 구슬'[70]과 같아서 그저 그곳에 존재하는 것만으로도 살점을 찢는 것만 같다. 아, 생각해보니 염증은 애초에 살점을 어느 정도 찢고 솟아나는구나. 그래서 나는 내 몸에 갇힌 것만 같다. 내 온몸에는 그런 구슬들이 박혀 있다. 잠깐 작아졌을지라도 언제 다시 커질지 모르는 망할 구슬들 말이다.

원래 나는 언제나 입맛이 넘쳤다. 한 끼에 고봉밥을 두 공기씩 먹었다. 조금 짭짤한 메뉴나 '밥도둑' 하나면 식사가 행복했다. 제일 좋아하는 건 '무한 리필' 식당들이었다. 그것이 면이든, 밥이든. 쌀국수는 면을 두 번씩 추가해서 세 접시를 먹기도 했고, 일본 라멘도 사리 한 번 추가가 기본이었다. 그런데 어느 날부터 먹고 싶은 음식이 사라졌다. 입맛이 사라진 데는 여러 다른 요인도 있겠지만, 일단 먹으면 속이 불편하다는 게 한몫한다. 원래 정말 좋아하던 음식들도 먹고 배가 몇 번 아프면 사진만 봐도 속이 안 좋아진다. 한동안 버스에서 창밖을 못 보기도 했는데, 버스정류장에 붙어있는 배달의 민족 애플리케이션 광고에 내가 먹었을 때 속이 많이 안 좋았던 음식이 자주 걸려있기 때문이다. 학교 식당의 음식들도 맛은 있지만, 자극적이라서 먹고 배가 아픈 날이 많았다. 그렇게 되면 냄새를 맡는 것만으로도 구역질이 나거나 속이 메스꺼워진다. 신촌처럼 음식점이 많아서 거리에 음식 냄새가 가득한 동네는 걷기가 쉽지 않다.

피가 나기도 한다. 화장실에서 밑을 닦으면 휴지에 피가 특정한 패턴으로 살짝 묻기도 하고, 흥건하게 젖기도 한다. 전자는 항문과 그 근처가 손상되어서 그럴 것이고, 후자는 아예 변에 좀 섞여 나온 경우일 것이다. 사실 항문 근처는 언제나 상처가 나있어서 거의 매번 피가 묻어 나온다. 그런데 휴지가 젖을 때는 많이 불안하다. 장 안의 어딘가에 상처가 났다는 의미인데 그러면 염증이 도졌거나 다른 문제가 생겼다는 뜻일 테니까. 하지만 이것이 대단히 이례적인 일도 아니다. 진료를 받으러 가면 진료 직전에 혈액검사 등과 별개로 평소 몸 상태와 증상 등을 기록하여 제출하는데, 거기에도 증상 중 '항문'이 포함되어 있다. 대장과 항문을 전문으로 하는 병원에 크론병 전문의가 있다는 것만 보아도 크론병과 항문은 뗄 수 없는 관계이다. 최근에는 아침에 맨 처음 화장실에 갔을 때 거의 항상 휴지에 적셔진 피를 봤다. 손을 씻으면서 생각한다. 대체 이 몸을 어떻게 해야 하는지. 왜 어디서도 이런 상황에 대처하는 방법은 찾을 수 없는 것인지.

잠도 편히 못 잔다. 정말로 개운하다고 마지막으로 느낀 게 언제인지 기억도 안 난다. 속이 안 좋으면 잠도 잘 안 온다. 항문에다가 자전거 바퀴에 바람 넣는 도구를 꽂아 놓고 계속 펌프질을 하는 것처럼 속에 가스가 차서 방귀가 나오고 트림이 끊이질 않는데 어떻게 잠이 오겠는가. 뱃속이 계속 따가워서 잠이 안 오기도 한다. 이런 경험에서 통증을 증상으로 하는 만성질환을 가진 영어권의 사람들은 'Painsomnia'*라는 단어를 만들기도 했다. 그렇다고 이게 걱정되어 밥을 너무 적게 먹으면 배가 너무 고파서 잠이 안 온

---

* 고통을 의미하는 'pain'과 불면증을 의미하는 'insomnia'를 결합한 말. '통증 불면증' 정도로 옮길 수 있다.

다. 덧붙이자면 염증성 장질환 환자는 공복을 너무 오래 유지해도 안 된다. 염증에 안 좋단다. 위산이 염증에 닿아서 증상이 심해진 다는 이야기를 들은 것 같은데, 워낙 별 이야기가 다 있어서 하나 하나를 신뢰하기는 어렵지만, 굶었을 때 아팠던 것만큼은 확실하 다. 아, 드럽게 성가신 몸이네. 적당히 꾸준히 먹어주어야 한다는 데 그놈의 '적당히'가 얼마만큼인지 아직도 모르겠다.

그런데 황당한 게 무엇인지 아는가? 이게 약으로 해결이 별로 안 된다는 거다. 수험 생활 동안 나를 제일 괴롭힌 건 두통이었다. 다음으로는 관절통. 오히려 그때는 복통이 적었다. 가장 흔히들 먹 는 아스피린, 타이레놀을 포함해 여러 약을 거쳤지만 모두 효과가 없었다. 그러나 약효에 상관없이 그냥 내 소원은 약이 얼마나 잘 듣는지, 안 듣는지 아예 모르고 살고 싶다는 것이다.

이 진통제 방황의 발단은 부작용이었다. 가장 많이들 사용하는 약을 먹고 아주 희박한 확률의 부작용이 생겼고, 두통이 너무 심해 서 처방받은 신경정신과 약을 먹은 뒤에는 속이 메슥거리고 구역 질이 올라오고 뇌가 정지하는 듯이 어지러워지는 부작용에 시달렸 다. 그때 두통이 너무 심한 걸 보고는 의사가 뇌에 크론병이 침투 했을지도 모른다고 얘기했던 게 떠오른다. 나는 심지어 두 번째 수 능을 앞두고 있었다. 아, 나는 시험 날 아침에 자리에서 못 일어나 는 상상에 이어 뇌가 파괴되는 상상까지 하게 되어버린 것이었다. 다행히 검사 결과에서 뇌에는 이상이 없다고 나오기는 했지만 말 이다(나는 아픈데 검사는 대체로 별 이상이 없다).

그렇게 검사 결과에 이상이 없다고 나오거나, 약간의 이상이 있을 때 어떤 의사들은 자신의 지침에 나와있지 않은 증상은 부정부터 하면서 자기계발서에나 나올 법한 말들을 뱉어댄다. "수치에는 이상이 없습니다. 스트레스를 줄여보세요.", "검사 결과는 정상이네요. 긍정적인 마음가짐을 가져보세요." 우리는 진료를 받으러 왔지, 격려를 받으러 온 게 아니다. 스트레스를 줄여야 한다면 현금을 처방하는 게 최고일 텐데. 아니면 필요한 편의 지원들을 처방해 주거나. 그래도 환자가 계속 고통을 호소하면 정신과로 보내 버리기도 한다. 아, 얼마나 간편하고 게으른가! 진료가 아니라 격려를 하더니, 제대로 알아볼 생각도 하지 않고 '몸'에는 문제가 없다고 단정 짓는 그 태도란. 그런데 내가 먹는 약에는 부작용으로 '무기력'이 적혀있다. 신체 증상 때문에 먹는 약이 신체적·정신적인 효과를 낳는 것이다.

(세 영역이 상당히 겹치기는 하지만) 만성질환자들, 특히 희귀 질환자, 자가면역질환자들은 의사에 대한 불신을 이해할 것이다. 의학·과학에 대한 불신도 말이다. 분명 의학은 과학적이다. 그런데 어떤 의사들은 몸에 관해서 의학이 유일한 진리라 생각한다. 그래서 자신이 파악하지 못하는 몸에는 문제가 없다고 단정지어 버린다. 환자의 고통은 제대로 듣지도 않고 넘기면서 말이다. 환자의 몸과 이야기보다 의학적 권위의 무결함이라는 환상을 유지하고픈 욕망이 더 큰 사람들. 그런 환자를 정신과로 보내버리는 것도 아주 효율적이다. 의학은 자신의 완벽함을 지킬 수 있고 정신과는 환자

를 확보하니까 말이다. 그런데 영국의 과학철학자 칼 포퍼Karl Raimund Popper는 반증 불가능한 지식은 과학적인 지식이 아니라고 말했다. 의학이 과학적이려면 의학의 지식은 반증될 수 있어야 한다. 의학을 완전무결한 진리인 양 착각하고 그것으로 사람의 몸을 압도하려는 이들은 의학을 비과학으로 만드는 장본인이다.

그렇다고 해서 면역억제제를 포기하지는 않을 것이다. 이것은 내 일상의 조건이고, 의학의 권위에 도전한다고 해서 그 성과를 모두 거부할 이유도 없으니까. 그러나 의학이 진리라고 믿는 의사들에게 묻고 싶다. 의학이 그렇게 대단하다면 왜 나의 작은 통증 하나도 해결하지 못하고 원인도 알려주지 못하는지. 지금도 수많은 난치병 환자들과 만성질환자들이 무시당하고 있다. 동시에 고통받고 있다. 누군가는 신경계가 말을 안 듣고, 누군가는 살이 타오르는 듯한 고통에 시달리며, 누군가는 피부가 부어오르고, 누군가는 인지 기능이 떨어지며, 누군가는 자신의 심장이 언제 멈출지 모른다. 우리가 마음을 긍정적으로 먹어서 해결될 문제라면 왜 우리는 그토록 부정적으로 마음을 먹고 구태여 스트레스를 받아 이 지경이 되었는가?

의사들은 의학이 완벽한 지침이라는 착각을 버리고 우리 몸에 실재하는 통증을 직접 들여다보고 인정해야 한다. 의학이 갈 길이 얼마나 멀었는지. 난치병 환자의 몸이 그 증거다. 하여 나는 선언하고자 한다. 나는 낫지 않고, 나의 고통은 피부에, 피부 아래에, 근육과 힘줄 사이에 살아 숨 쉰다. 당신의 책과 머릿속에는 없는 몸, 당신이 치료할 수 없는 몸이 바로 여기 있다. 당신의 책이 '확진'을 내려주지 않고 설명하지 못하는 몸이 바로 여기 있다. 검사 결과에도 이상이 없고, 겉보기에도 문제가 없지만 아픈 몸이 바로 여기 있다. 아픈데 파악할 수 없는 몸, 항생제와 진통제, 스테로이드와 면역억제제로 버텨내고 매일 자기 자신과 싸워야 하는 몸말이다. 나는 난치 질환자이다. 나는 만성질환자이다. 나의 몸이 의학의 한계이다.

나는 의학의 한계에서 가끔 치료를 바라기도 하지만, 치료될 수 없다는 조건으로 말미암아 질병을 삶의 조건으로 받아들일 수 있게 되었다. 지금까지의 결과로 볼 때, 치료제가 발명되어도 내가 구매할 수 있는 가격이 될 때까지는 또 오랜 시간이 걸릴 것이다. 윤리나 사회적 가치를 배제하고, 오직 회계적인 이윤만 생각한다면 한 번 사서 먹으면 치료되는 약보다 평생 먹으며 몸을 관리하는 약을 만드는 것이 제약회사에 더 이익일 것이다. 그런 제약회사를 제도적으로 압박할 수도 있겠지만, 소비자 운동을 위해 약을 사지 않는 것은 현실적으로 가능하지 않다. 의사의 허가 없이 약을 끊는 것은 목숨을 거는 일이니까. 제도적 압박에 대해서도 회의적이다. 그러나 만약에 제약회사가 정말 윤리적으로, 사회적 가치를 위해 약을 만든다고 하더라도 약에는 항상 한계가 있고 새로운 질병은 계속 생겨난다. 어느 경우에든 우리는 치료되지 않는 몸을 기준으로 생각해야 한다.

나는 아마 낫지 않을 것이다. 수많은 이들이 아마 낫지 않은 채

로 살다가 죽을 것이다. 그래서 우리는 아프고 약한 사람들이 강해
지는 것이 아니라, 아프고 약한 채로 살다가 편하게 죽어갈 수 있
는 세상을 만들어야 한다. 그 세상에 도달하는 방법은 난치의 상상
력일 것이다.

식물 같은 일상

여느 아픈 사람의 가족처럼 우리 가족도 건강에 관심이 많다. 텔레비전에 건강, 식사, 영양에 관한 다큐멘터리가 나오면 채널을 불문하고 일단 틀어둔다. 유튜브와 넷플릭스에서도 관련 정보란 정보는 모두 본다. 그중에 신뢰하기 어려운 정보도 많다는 것을 알지만 어쩌겠는가. 일단 작은 정보 하나라도 더 알아두는 게 덜 불안한데. 만성질환자와 그 가족이라면 공감할 것이다. 특히 아버지가 자주 그런 프로그램을 틀어두는데 종류를 가리지 않고 모두 본다. '저탄고지', 지중해식 식단, 채식, 영양제 등 건강이나 장수에 도움이 된다는 건 모두 챙겨 본다. 아버지는 식습관 관련 책들을 몇 주

동안 정독하고 공부하기까지 했다. 오래 살 생각은 없지만 속이 덜 불편하고 염증이 줄어들 수만 있다면 무엇이든 좋다. 대단히 건강해지기보다는 조금이라도 덜 아픈 식습관을 만들어보고 싶기 때문이다.

나는 아주 오랫동안 아침마다 배가 아팠다. 단지 똥이 마려운 느낌이 아니고 체한 것처럼 매일 아침 배가 아팠다. 새벽에 통증에 한 번 깨서 화장실에 달려가고, 항문에 난 상처 때문에 휴지에 묻어나오는 피의 양을 확인하고, 간신히 잠깐 더 자다가 다시 아침에 아파서 화장실로 향했다. 크론병은 자가면역질환이면서 소화기 질환이니 소화불량과 복통, 설사는 당연히 감수해야 한다고 생각했다. 그게 내 운명이라고 생각했다. 집에서 식사한 날에는 덜 아프고 바깥에서 식사하면 아프니 아픈 사람들이 먹기 좋은 식당이 생기면 좋겠다고 생각하기는 했지만, 그 이상으로 바꿀 수 있는 것이 있다고 생각하지는 못했다. 병 증상도 증상이지만 매일 먹는 면역 억제제 때문에 몸이 많이 약해져서 환절기마다 몸을 사린다. 이 글을 쓰고 있는 지금은 감기에 걸려서 칩거한 지 6일째 되는 날이다. 몇 겹씩 옷을 껴입고 조심하다가 결국 감기에 걸리기를 반복한다. 면역력이 낮으니 별다른 방법이 없다.

나는 식사 외에는 건강과 관련해서 하는 일이 거의 없다. 주기적인 운동을 병행해주는 것이 좋지만, 학교 안팎에서 온갖 활동에 참여하고 학과 공부도 놓치지 않으려고 하다 보니 안 그래도 부족한 체력과 시간이 바닥난다. 사실 일을 줄이고 운동을 늘려야 하지만 일 욕심이 워낙 많아서 그러질 못했다. 그래서 식사라도 신경 쓰려고 노력했다. 크론병 환자에게는 권장 식단도 참고용에 불과해서 가끔 위험을 감수하고 식단 조정 실험을 감행하는데, 얼마 전의 실험은 꽤 성공적이라서 복통이 거의 사라졌다. 거기에 딱 하나 더 먹는 것은 비타민제이다. 어릴 때 구내염이 많이 생겼는데, (우연의 일치일지도 모르지만) 비타민 C가 주로 들어있는 약을 먹기 시작한 이후로 구내염이 줄어서 그 이후 쭉 비타민제를 먹고 있다. 같은 약도 약국마다 가격이 천차만별임을 알게 된 후로 부모님은 집에서 먼 약국까지 찾아가서 약을 사 왔다. 그래서 나는 가족이 함께 먹는 종합비타민, 고마운 친구가 챙겨 준 비타민 D와 아연이 들어있는 비타민, 그리고 염증을 제어하는 면역억제제를 매일 먹는다(사실 영양제의 효과가 입증되지는 않았지만 그래도 일단 남은 것까진 다 먹으려 한다). 나는 내 몸을 자유롭게 누리려고 이 약들을 먹는다. 하지만 자기 몸을 자유롭게 누리는 건강한 사람들도 영양제를 많이들 챙겨먹는다. 그들은 대체 영양제를 왜 먹을까?

적지 않은 수의 국가에서는 이제 영양실조가 아닌 영양 과다가 문제라고 한다. 한국도 마찬가지이다. 영양제도 아주 많이 챙겨 먹는다. 학교 수업에서 발표하던 중 영양제를 먹는 사람이 몇이나 있는지 손을 들어달라고 했는데, 스무 명 정도가 있는 강의실에서 정확히 절반이 손을 들었다. 신기하게도 SBS 〈끼니외란〉이라는 다큐멘터리에 따르면 한국인 2명 중 1명이 영양제를 먹는다고 한다. 심지어 미국인은 10명 중 8명이 영양제를 먹는다. 경기가 그리 문제라고 하는데 영양제 산업의 규모는 조 단위이고 계속 커지고 있다. 그런데 이상하다. 영양 과다가 문제인 사회에서 왜 영양제를 원하는 사람이 이렇게 많을까? 영양제 하나도 성분에 따라 급을 나누어 다양화했고 약국에 가면 피로 회복을 위한 영양제가 가득하다. 비타민, 마그네슘, 오메가3, 마카, 로열젤리까지. 앞서 언급한 다큐멘터리에는 적게는 한 끼에 10알 내외, 많게는 30알 내외까지 먹으며 하루에 100알이 넘는 알약을 먹는 이들도 등장했다. 통증에 시달려서 고강도의 진통제를 수시로 입에 털어넣게 되는 만성 질환자의 약 복용량이 아니라, 질병도 통증도 없는 소위 '건강한' 사람들이 그렇게까지 많은 약을 먹는다는 사실이 놀라웠다. 대체 이들은 왜 그렇게 많은 약을 먹는 것일까?

건강은 단지 한 사람이 자신의 몸에서 이질감을 느끼지 않으며 살아가는 상태만을 뜻하지 않는다. 건강健康은 '굳셀 건健'과 '편안할 강康'이 합쳐진 말이며, 국어사전에는 '정신적으로나 육체적으로 아무 탈이 없고 튼튼함. 또는 그런 상태'라고 적혀있다. 즉 단지 탈이 없는 정도로는 부족하다. 튼튼해야 한다. 굳세야 한다. 이때 튼튼함과 굳셈의 기준은 개인이 자기 몸과 맺는 관계가 아닌 개인에게 주어지는 업무에 있다. 새벽같이 일어나서 출근하고, 밤늦게까지 야근하고, 때로는 회식까지 한 후 다시 출근하는 일상을 반복할 때 피로가 쌓이고 몸이 뜻대로 안 되는 것은 너무나 당연하다. 몸을 초과하는 업무이기 때문이다. 실제로 세계보건기구WHO는 1948년에 '건강'을 '단지 질병이나 장애가 없는 상태가 아니라, 신

체적, 정신적, 사회적으로 완전히 온존well-being한 상태'라고 규정
했다. 이는 명백히 그저 탈이 없는 정도를 넘어선다.

자기 몸과의 관계에서는 건강한 사람들이 회사 업무와의 관계
에서는 건강을 잃는다. 그런 일상에서는 누구도 굳세고 편안할 수
없다. 그러니 약이 필요하다. 자신을 업무에 맞추기 위해서 약이
필요하다. 할 수 없는 만큼의 일을 시켜놓고 할 수 있다고 격려만
해주는 건 무책임 그 자체지만, 돈이 급하고 일자리는 희박하니 잠
자코 일할 수밖에 없다. 어떻게든 묵묵히 일하려면 약이 필요해진
다. 노동환경 자체를 바꿀 생각은 할 수 없게 된다. 앞서 언급한
WHO의 정의는 우리가 노동환경을 바꾸는 대신 약을 먹고 운동을
하는 데만 집중하도록 하는 데 큰 영향을 끼친다. 신영전은 자신의
칼럼에서 건강이 사회와 관계 맺는 신체의 완전함을 의미한다는
점을 지적하며, "'완벽한 몸 만들기 프로젝트'는 우생론의 현대적
발현일 뿐"이라고 강하게 비판한다.[71]

이런 배경이 없더라도 아픈 사람들, 만성질환자들은 사회에 적
응하기 전에 우선 자기 몸에 적응하려고 노력하게 된다. 가만히 있
어도 아프거나 거슬리는 몸이기 때문이다. 계속 노력해도 어렵고
영영 적응이 안 될 것 같기도 하다. 그런데 오히려 그러다 보니 자
기 몸을 더 들여다보게 되고 더 잘 알게 된다. 이해하려고 다가가
고, 잘 맞는 것 같기도 하면서, 또 왜 이렇게 다투는지 알 수 없는,
그렇지만 얘 없이는 살 수 없는 아주 지독한 연애를 하는 기분이
다. 연애하면서 도대체 인간이란 무엇인가 고민하게 되듯이 아프

면 몸이란 무엇일지 고민하게 된다. 최근에는 그런 생각을 많이 했다. 한국의 장애인 인권 운동의 역사에서 이동권은 아주 중요한 개념이다. 이동이라는 가장 기본적인 행위가 누군가에게는 새롭게 발명되어야 할 권리였다. 이런 맥락에서 "인간은 동물動物이다"라는 구호도 등장했다. 인간은 움직이는 존재기에 움직일 수 있는 환경을 만들어야 한다는 것이다.

이 말에 전적으로 동의하면서, 나는 식물과 같은 일상도 존중받을 수 있는 세상을 만들자고 덧붙이고 싶다. 통신 기술도 많이 발달해서 인터넷만 연결되면 어디서든 영상통화를 할 수 있으니 '얼굴 맞대고 만나기'가 훨씬 수월해졌다. 물론 아파서 요양 중인 사람이 허락만 한다면 병문안을 와도 된다. 중요한 것은 자신의 몸 때문에 집이나 병원에서 움직이기 어려운 사람들의 사회적 관계가 끊어지지 않도록 하는 것이다. 안에 있는 사람이 나갈 수도 있어야 하지만, 정말 아플 때는 움직이기도 어렵다. 어떤 이들은 휠체어도 오래 타면 힘들거나 위험하기도 하다. 물론 생명 유지를 포함하여 많은 기본적인 일이 수행되며 가장 사적인 집이라는 공간에 누군가를 초대하는 일은 많은 고민이 된다. 어느 쪽이 더 낫다고 말하려는 것은 아니다. 다만 나갈지 초대할지 선택할 수 있는 환경을 마련해야 한다. 사람들의 인식도 이 환경에 포함된다.

식물과 같은 삶을 존중하는 일은 기본적으로 각자가 자신의 몸을 거스르지 않고 살아갈 수 있도록 함을 의미한다. 약이나 보장구 없이는 움직일 수 없는 사람이 가만히 있어야 한다고 이야기하는 것도 아니고, 영양제 없이는 운동하기 어려운 사람은 집에서 누워만 있으라는 것도 아니다. 다만 우리가 학교나 일터가 요구하는 생활이 아닌 내 몸과 욕망에 맞는 생활을 할 수 있도록 선택지가 늘어나야 하고, 다양하고 변덕스러운 몸에 대한 이해가 깊어져야 한다. 이동권을 침해받은 장애인, 아파서 일이나 인간관계에 뒤처지는 만성질환자, 그리고 자신의 몸을 요구되는 노동에 맞추려는 '건강한 비장애인'들은 모두 자신의 몸과 욕망 대신 사회의 요구에 복무하길 강요받고 있다. 그런 세상에서 우리에게는 세상이 아니라 자신의 몸을 먼저 바라보는 자세가 필요하다. 자신의 몸을 거스르며 살길 요구하는 세상에서 자신의 몸을 위해 사는 것은 그 자체로 혁명일 테니까.

약해지기 위해 쓴다

아무튼, 그래서 나는 앞으로 내가 왜, 어떻게, 어디가, 얼마나 아픈
지 종종 포스팅할 생각이다. 단순히 고통의 전시가 되지 않도록 하
고 싶다. 내 징징거림이 주변의 아픈 누군가가 말하는 계기가 되었
으면 좋겠다. (2019. 1. 8. 아픈 이야기 '51')

나는 페이스북에 조금씩, 동아리 문집에 조금씩, 서평에 조금씩 아
픈 이야기를 썼다. 블로그에는 아예 '아픈 이야기'라는 카테고리를
만들어서 아주 사소한 불쾌감까지도 공개로 올렸다. 문집이나 서
평에는 나의 경험을 정리해서 적으려고 노력했지만, SNS에는 그

때그때 아픈 것을 있는 그대로 써 갈겼다. 정확히 언제부터 내가 인터넷에 아픈 이야기를 올리기 시작했는지 기억이 잘 나지는 않지만, 계기만큼은 또렷하다.

내가 SNS에서 알고 지내던 사람 중에는 나와 같은 병원의 같은 진료과에서 진료를 받는 이가 있다. 인사는 하지 못했지만 복도에서 대기하다가 혼자서만 알아본 적이 한 번 있다. 그는 자신의 SNS에 아픈 몸을 설명하고, 병원에서 겪은 차별과 무시, 그로 인해 생기는 감정들을 자주 올린다. 그가 죽을 고비를 넘기는 모습을 몇 안 되는 글자들로 접하면서, 나는 겁을 지레 먹었다. 나는 오랫동안 오직 건강한 모습만을 원하고 바라며 살아왔기 때문이다. 이는 크론병 진단 후에도 마찬가지였다. 아니, 오히려 그 욕망은 강해졌다. 환우회에서도 많은 이들이 일상으로의 '복귀'를 바라고, 나 또한 가끔 치료제 개발 현황을 찾아보곤 했다. 그런 상황에서 나와 비슷한 상황에 있다고 생각하는 사람이 죽을 고비를 마주하고, 넘기는 모습들을 보면서 나는 두려워했다. 급기야는 그의 글들을 한동안 애써 피하기까지 했다.

그러다가 깨달았다. 나의 회피는 누구에게도 도움이 되지 않으며, 오히려 나의 불안을 키우기만 한다는 사실을. 아픈 이야기가 담긴 글을 읽지 않는다고 내 상태가 나아지지도 않으며, 치료제가 나오는 것도 아니다. 다만 내가 나의 몸을 부정하고 있다는 사실을 재차 확인하게 될 뿐이었다. 어차피 피할 수 없는 고통인데 그걸 잠시 잊어 보겠다고 타인의 고통을 외면했다는 사실이, 내가

계속 비판하던 건강중심주의에서 나조차도 벗어나지 못하고 있었
다는 사실이 너무나 부끄러워졌다. 그래서 나는 글을 쓰기 시작했
다. 장애인과 비장애인 사이의 애매한 위치, 현재를 긍정하겠다고
말하면서 과거를 그리워하는 모순, 누구도 드러내지 않으려 하는
항문과 배설의 고통에 관한 이야기를 일부러 자주 꺼냈다. 사실
그게 내 일상의 가장 큰 불편함 중 하나니까. 그런 이야기를 올리
는 건 사실 특별한 일이 아니라 나에게는 일기를 쓰는 것과 마찬
가지였다.

그러나 나는 명백히 정치적인 이유를 가지고 글을 쓴다. 나는
내 질병과 통증이 반드시 고려해야 하는 유의미한 대상이 되었으
면 하는 마음에서 글을 쓴다. 아직 장애에 대한 인식도 제대로 안
되는 경우가 많다는 사실을 알고 있지만, 장애인에게 필요한 편의
를 충분히 이해하고 있는 사람들조차 질병은 고려하지 않았다. 때
로 나는 장애는 심각하고 중요하지만 질병은 별 것 아니라는 시선
을 마주했다. 질병을 가진 친구들 중 비슷한 경험이 없는 이는 한
명도 없었다. 사람들은 질병에 대해 아주 쉽게 말한다. 특히 증상
이 두통, 어지러움, 복통, 설사처럼 일상에서도 충분히 겪을 수 있
는 종류라면 더욱 그렇다.

나는 그런 이야기들을 잘 기억한다. 이런 말들 때문에 말한 사
람에게 악감정이 남아있지는 않다. 다만 약간의 속상함이나 상처
정도는 내 뜻대로 되지는 않는다. "그 정도는 나도 아프다"라든지,
"나도 매일 피곤해"라든지, 이런 말들이 공감이 아니라 경시로 느

껴질 때 나는 조용히 웃으며 상처받는다. 나는 모든 통증과 피로가 존중되어야 하며 모두에게 적절한 조치가 보장될 수 있어야 한다고 생각한다. 그러나 타인의 고통을 평가절하하기 위해 자신의 고통을 사용하는 것은 자신의 고통조차 진지하게 여기지 않기에 가능하다. 그런 발화는 모든 고통의 존중이 아닌 인내로 이어진다. 고통은 (내가 그렇게 했듯 당신도 마땅히) 묵묵히 참아서 견뎌내야 하는 사적인 노력의 문제가 될 뿐이다. 그냥 체했을 때, 소화가 안 됐을 때의 통증과 염증 때문에 생기는 통증을 나는 구분할 수 있다. 질적으로 다른 통증이다. 단지 좀 피곤한 것과 스트레스로 인한 통증을 몸으로 받아내느라 몸에 힘이 빠지고 무기력한 것도 질적으로 다른 피로이다. 하물며 두통마저도 다르다. 그러나 사람들은 질병과 통증을 아주 쉽게 재단하고 아픔을 무시한다.

내가 글로 해온 것은 일종의 인정 투쟁이다. 내 질병이 사회적으로 유의미하며, 따라서 그것의 고통을 인정해 달라는 인정 투쟁. 그러나 나의 방식은 과연 적절했을까? 나는 어떤 수술을 통해 보장구를 사용하게 되면 크론병도 장애로 등록된다고 말하거나, 크론병이 장애로 등록되는 다른 국가가 있음을 이야기했고, 만성질환과 장애가 뚜렷이 구분되지 않는다고 말하기도 했다. 만성질환은 실제로 장애학의 등장 이전에 의학적으로 장애를 다루던 장애이론에서 장애와 함께 다루어졌으며, 최근에도 장애학에서 만성질환을 포괄하는 논의들이 존재한다. 그러나 이는 한편으로 정상성에 대한 호소였고 장애에 부여된 고정관념의 되풀이였다. 장애인

복지법에 따라 장애인으로 등록하는 일은 제도적인 차별을 받는 시작점이기도 하다. 고용 과정에서의 불이익도 있고 낙인도 존재한다. 그런데 장애인 공동체 안에서는 등록이 일종의 자격으로 작동하기도 한다. 사람들이 내가 장애인인지 아닌지 따질 때 대체로 가장 명료한 기준은 장애인복지법, 즉 등록 여부였다.

그러나 만성질환자 중 장애인 등록이 되지 않은 사람도 꽤 많고 그래서 마땅히 필요한 편의도 제공받지 못 하는 일이 허다하다. 장애인 등록 등으로 의료 기록을 남기는 것은 지금 사회에서 위험을 부담해야 하는 일이기도 하다. 특히 정신 질환, 정신장애라면 낙인 때문에 사회적인 존재로서 생활하기가 힘들 정도이다. 나는 등록되지 않았지만 자신의 몸을 분명히 인지하는 이들을 알고 있다. 그런데 자신이 장애인이라고 말하는 만성질환자에게는 복지 카드로 인증하라는 요구가 돌아오기도 한다. 우선 진단명이 있는지 물어보고 진단명이 없으면 당사자는 거짓말쟁이가 된다. 그러나 진단명이 있어도 복지 카드가 없다면 '가짜 장애인'이 된다. 나도 '가짜 장애인' 취급을 받아본 이후로는 '진짜 장애인'으로 인정받고자 하는 욕구가 더 강해졌다. 결국 내가 만성질환도 장애라고 주장한 것은 이런 맥락 안에서 정상성에 포섭되고자 하는 욕구였다.

그리고 동시에 크론병이 장애인 이유를 설명할 때 나는 알게 모르게 질병의 고통과 그로 인한 일상의 불편함을 강조하곤 했다. 물론 사회적 낙인만이 장애인 차별을 구성한다고 말할 수는 없다. 내 경험상 크론병에는 특별한 낙인이 없다. 그러나 신체적인 불편함은 분명히 있다. 나는 장애인차별금지법 등에 있는 장애에 관한 꽤 포괄적인 정의들을 끌고 오며 "나도 장애인이다"라고 말했지만, 이때 나의 고통이 조금 더 사람들에게 분명히 전달되도록 하고자 장애라는 단어를 사용한 측면도 있었다. '장애'라는 단어에 사람들이 쉽게 겁을 먹는다는 사실을 이용한 것이다.

돌아보면 물론 이해할 구석은 있었지만 '만성질환도 장애'라는 나의 주장은 조금 비겁했다. 당시에는 많은 고민을 거쳐서 내린 결정이었고 정말 질병과 장애 사이의 경계를 많이 고민하기도 했다. 그러나 나는 소속 없는 상태를 벗어나고자 애썼을 뿐이다. 나쁜 일은 아니지만 근본적인 해결책도 아니다. 질병이 장애가 아니어도, 심지어 어떤 통증이 질병이 아니더라도 그것은 있는 그대로 존중받아야 한다. 진단받지 못하는 아픔도 삶을 해친다. 꾀병 취급을 받고 적절한 의료적 조치를 못 받는다는 점에서 오히려 이름 있는 질병보다 더 크게 삶을 해치기도 한다. 나는 내가 진단명이 있고, 낙인이 사실상 없고, 국가로부터 의료비를 90퍼센트 지원받는 사람의 위치에서 얄팍한 인정 투쟁을 벌였다는 사실을 인정하지 않을 수 없다.

최근에는 질병과 장애의 경계보다 질병과 장애를 나누고 반목하게 하는 권력의 작용에 관심을 갖고 있다. 2019년 노들장애학궁리소에서 진행된 "질병과 장애의 경계를 묻다"라는 강연을 듣고, 어쩌면 지금까지 내가 잘못된 질문을 던진 것은 아닐지 생각하게 됐다. 장애인의 규정을 넓히려는 시도에 "파이를 뺏어간다"며 반대하는 이들이 있다. 그러나 여기서 그들만을 비난할 수는 없다. 애초에 장애인에게 필요한 만큼의 예산이 배정되지 않기에 저런 반응도 나에게 상처가 될지언정 이해는 할 수 있다. 하지만 중요한 것은 다음 단계다. 파이를 두고 싸우게 만든 이가 누군지 찾고, 장애인을 둘러싼 복지 제도와 현실을 정확히 진단하고, 시민으로서 살아가기 위해 필요한 권리를 보장받지 못하는 이들과 연대해야 한다. 질병과 장애는 (논쟁의 여지는 있지만) 구분되는 개념이고, 질병 안에서도 장애 안에서도 너무나 다양한 사례가 있다. 그러니 질병과 장애의 틀을 고수할 이유는 없다. 너는 환자이고 나는 장애인이라고 선을 그을 이유도 없고, 나도 장애인이니 받아달라고 외칠 이유도 없다. 다만, 같은 이름으로 묶이지 않더라도 우리가 함께할 이유가 충분하다는 사실을 이해해야 한다.

그렇게 질병과 장애를 뚜렷이 나누고 다르게 대우하는 사회를 생각하게 되면서, 이제는 질병과 장애를 대하는 사회의 모습에 초점을 맞추어 글을 쓰려고 노력하고 있다. 아픈 사람과 장애인은 모두 (건강한 장애인도 마찬가지로) 건강하지 않은 사람으로 여겨진다. 신영전은 칼럼에서 '건강'이라는 개념이 200년도 안 된 것이고, 사람의 몸으로는 가능하지 않은 '완전함'을 그 내용으로 한다고 말한다.[72] 그에 따르면 건강한 신체의 추구는 국가의 필요와 긴밀히 맞물려 사회의 가장 중요한 가치로 여겨졌다. 즉 건강은 단지 개인의 '좋은 삶'을 위해 필요하다기보다, 개인이 사회의 필요에 맞게 기능할 수 있는 하나의 톱니바퀴가 되는 데 필요하다. 그런 상황에서 이가 한두 개씩 빠진 톱니바퀴는 전체 공정을 고장 내는 부품으로 여겨진다. 설령 우리가 이 빠진 톱니바퀴라고 해도, 우리의 형태에 맞도록 새로운 공정을 만들 수도 있고, 이가 빠진 자리를 다른 무언가로 채울 수도 있다.

그러나 애초에 사회는 공장이 아니고 우리는 톱니바퀴가 아니다. 사회에서 요구하는 '쓸모'를 갖추지 못하더라도 우리는 분명 살아있고 가치 있다. 그리고 내가 내 아픔을 조금씩 받아들이고 나자신의 가치를 덜 무시하게 된 데는 다른 아픈 사람들의 이야기가 있었다. 나는 나의 글도 그런 역할을 할 수 있길 바란다. 이전에는 내가 나의 아픔도 유의미하다는 인정 투쟁을 위해 글을 썼다면, 지금은 그것보다도 다른 아픈 사람들이 자신의 이야기를 꺼낼 수 있도록 글을 쓴다. 수전 웬델은 장애인의 경험이 모든 사람과 세상에 필요하다고 말했다. 나는 여기에 동의하면서도 우리의 경험은 모두 하나의 고유한 사람의 이야기로서 가치 있다고 믿는다. 우리의 경험과 고통에는 쓸모를 벗어난 가치가 존재한다. 자신의 이야기를 글로 쓰고, 이를 읽은 사람들이 자신의 말을 꺼낼 때, 그 가치가 반짝일 것이다.

꼭 당신이 질병이나 장애를 갖고 있어야만 아픔을 글로 옮길 수 있는 것은 아니다. 나는 모두가 자신의 아픔을 글로 옮겨야 한다고 생각한다. 아픔을 말하는 것을 우리는 종종 '징징거림' 혹은 '찡찡대기'로 여긴다. 그런데 나는 그 '찡찡대기'가 정말 중요하다고 생각한다. 나도 그렇고 주변에는 SNS에 자주 '찡찡대는' 이들이 있다. 사회는 그것이 성숙하지 못한 행동이라고 말한다. 그것은 의존적인 태도라고. 바로 그게 핵심이다. 의존해야 한다. 아픈 사람이라면 더 잘 알겠지만, 혼자서는 살기가 정말 힘들다. 갑자기 쓰러졌는데 119에 신고해줄 사람이 아무도 없다면 그대로 죽을 수도 있다. 그러나 아픈 사람들의 이야기가 세상에 나오고, 더 많은 사람과 연결될 수 있다면, 아픈 사람들이 서로를 돕고, 아프지 않은 사람들도 질병 세계의 언어를 이해할 수 있게 된다면 우리는 더욱 안전하게 함께일 수 있다.

누가 먼저였는지는 기억이 안 나지만, 친구와 나는 인스타그램 DM으로 서로 찡찡대다가 '찡찡의 공동체'라는 말을 떠올렸다. 나는 '찡찡의 공동체'가 많아지고, 넓어졌으면 좋겠다. 그러기 위해서 나는 지금 이 글을 읽는 당신에게도 글을 써보자고 제안한다. 아주 사소한 이야기일지라도 그것을 글로 씀으로써 함께 경험을 나눌 수 있는 중요한 출발점이 될 것이다. 함께 아픔을 글로 옮기자.

아픈 몸들이
함께 이야기한다면

당신의 몸은 전쟁터다 Your body is a battleground.

바바라 크루거Barbara Kruger라는 미국의 페미니스트 예술가가 워
싱턴에서 열린 여성들의 행진Women's March을 위해 1989년에 발표
한 작품에 적혀있는 문구이다. 이 문구에는 여러 의미가 있겠지만,
그 행진이 임신중절을 금지하는 법안들에 반대하며 이루어졌다는
사실을 고려할 때, 이 문구는 주로 개인의 몸을 사회가 침해하고
통제하려는 시도와 이에 맞선 여성들의 싸움을 의미한다고 볼 수
있을 것이다. 한국의 '검은 시위'에서도 '우리의 몸은 전쟁터'라는

문구가 등장하기도 했다. 그런데 나는 이 문구를 처음 읽었을 때, "그래, 맞지" 하고 생각했다. 임신중절이라는 키워드가 아니라 자가면역질환의 성질 때문에. 나의 몸과 나의 면역계가 항상 불화한다는 사실은 내가 나의 몸과 거리를 두도록 하는 동시에, 반복되는 통증으로 내가 나의 몸에 붙들려 있다는 사실을 계속 상기하게 하기도 했다. 그런 내 몸의 상태가 나에게는 전쟁터처럼 느껴졌다.

통제할 수 없고, 고통스럽고, 종잡을 수 없는 나의 몸은 나를 계속 불안하게 한다. 자기 뜻대로 몸을 온전히 통제할 수 있다는 통제의 환상은 몸을 완벽하게 통제할 능력을 갖추어야 한다는 당위로 나아가기도 한다. 그래서 몸을 통제하지 못하면 몸에 '휘둘리는' 사람이 되고, 게으르고 나약한 사람이 된다. 이는 장애인과 아픈 사람에 대한 비난으로 이어지곤 한다. 나도 그런 시선을 내면화해서 그런지, 내가 나의 몸을 통제할 수 없는 순간에 나는 좌절할 뿐 아니라 내 몸에 대한 믿음마저 상실한다. 내가 나의 몸을 예측할 수 없어서 약속에 늦을 때, 나에 대한 다른 사람들의 믿음을 저버렸다는 생각에 나는 나의 몸을 믿지 못하게 된다. 믿지 못하기에, 나의 몸을 혐오하게 되기도 한다. 통제와 불안과 믿음과 자기혐오는 그렇게 하나의 선으로 연결된다.

이러한 자기혐오는 정체성 집단 안에서 이물질과 같은 나의 위치와 결합하며 더욱 복잡한 양상으로 변했다. 장애인 정체성 집단 안에서 내가 배척된 데는 '병리화'라는 문제가 깔려있다. 예전에 비하면 줄어들었다고는 해도, 여전히 장애를 질병으로 취급하며 치료의 대상으로 여기고, 심지어는 '옮을 수 있는' 것으로 여기는 사람들이 있다.[*] 즉 질병에 부여된 낙인들이 장애에도 적용된 것이다.[**] 그래서 장애는 질병이 아니라고 강조하는 흐름도 장애인 정체성 정치의 흐름 중에 있었고, 병리화는 단지 싸워야 할 대상으로 여겨지기도 했다. 그 과정에서 질병에 찍힌 낙인은 당연시되곤 했다. 장애가 질병이 아니라는 주장은 의도와 무관하게 질병에 대한 부정적인 인식은 문제 삼지 않으면서 그 낙인이 장애인들에게 피해를 주지 않도록 만드는 과정이었다.

정체성 집단 안에서 소외되면서도, 나는 나의 질병을 하나의 정체성으로 수용할 수 있을지 고민했다. 《비마이너》에 연재하는 칼럼에는 자기소개가 짤막하게 실려있는데, 이는 그러한 고민들을 담은 문장들이었다.

> 관해기(증상이 일정 정도 가라앉아 통증이 거의 없는 시기)의 만성질환자. 장애인권동아리에서 활동하고 노들장애학궁리소에서 수업을 들으며 크론병과 통증을 정체성으로 수용할 수 있을지도 모른다는 생각

---

[*] 설령 어떤 사람의 장애나 질병이 정말 옮을 수 있다고 하더라도, 그것이 곧 그를 혐오하고 비난해도 된다는 뜻은 아니다. "장애는 질병이 아니다"라는 말에서 질병 자체를 고민하게 되었듯이, "장애는 옮지 않는다"라는 말에서는 감염을 고민해야 하지 않을까.

[**] 그래서 병이 있는 몸이라는 뜻의 '병신'이 환자보다도 장애인을 비하하는 표현으로 자리잡게 되었을 가능성도 배제할 수 없다.

을 하게 되었다. 몸의 경험과 장애학, 문화에 관심이 많고, 앞으로
도 그것들을 공부하려 한다.

질병과 통증을 정체성으로 수용한다는 것은 어떤 의미일까? 나
는 정체성이라는 말의 의미를 오랫동안 고민했다. 그러던 중 김원
영의 《실격당한 자들을 위한 변론》에서 '저자'와 '저자성'이라는
개념을 발견했다. 그는 누군가를 존엄한 존재로 대우한다는 것은
그를 자기 인생의 저자author로 존중한다는 것을 의미한다는 것이
며, '우리가 차별로부터 보호되어야 하는 이유 역시 우리가 가진
고유성, 자기 삶을 직접 작성하는 저자성authorship이 침해되기 때
문'이라고 말한다.[73] 여기서 그는 혼자서 자신의 이야기를 독립적
으로, 자율적으로, 모두가 이해할 수 있는 합리적인 언어로 쓸 수
있는 '저자'라는 통념이 발달장애인과 정신장애인을 배제한다는
점을 지적한다. 그는 이들 또한 저자가 될 수 있음을 논증한 뒤, 더
많은 사람이 저자가 될 수 있도록 장애인과 함께 살아가는 이들이
장애인과 공동의 서사를 써 나가는 '공동 저자'가 되는 가능성을
모색한다.

우리가 '공동 저자'가 될 가능성을 생각할 수는 없을까? 나는 간단
한 자극–반사 작용만 가능한 중증 장애아를 둔 부모가 그들과 함께
어떤 삶의 이야기를 써나가는지 알고 있다. 설령 손가락 하나만 까
닥하고 눈동자만 움직이는 장애인이라도 그들의 부모, 형제, 이웃,

사회복지사, 학교 친구들, 선생님들, 법의 집행자들이 그들과 함께 공동 저자가 된다면 고유한 삶의 서사를 작성하는 일이 불가능하지 않을 것이다.[74]

그렇다면 정체성 자체를 온전히 개인적인 영역이 아니라, 집단 적인 개념으로 생각할 수도 있지 않을까? 사실 원래도 정체성은 개인보다는 집단에 방점이 찍혀있었다. 자신을 무엇으로 정체화할 것인지는 개인의 선택일 수 있지만, 정체화에는 언제나 특정한 정 체성 집단이 필요하다. 어떤 집단에 들어갈 조건에 내가 포함될 때, 그리고 내가 적합한 구성원임을 그 집단의 기존 구성원들로부 터 인정받을 때, 나는 소속감을 느끼고 그 집단의 이름을 사용할 수 있게 된다. 그러므로 정체성 집단은 사람에게 힘을 주고 때로는 소외된 사람을 구원하기도 하지만, 기존의 구성원들과 어딘가 다 른 누군가와 함께하기는 어렵다. 집단 안은 비슷한 사람들로만 구 성되어야 하기 때문이다. 구성원들이 특정한 면에서 비슷하다는 사실은 구성원들끼리 바로 그 특정한 면에서 같아야 한다는 규범 으로 자리 잡게 된다.

그러나 사실 비슷하다는 말은 다른 것에 대해서만 가능하다. 이 를테면 편의점에 쌓여있는 한 종류의 음료수 캔들을 보면서 그것 들이 서로 비슷하다고 말하지 않는다. 그것들은 같은 것이지, 비슷 한 것이 아니기 때문이다. 우리는 놓여있는 서로 다른 음료수 캔들 을 보면서, 그것이 위와 아래가 약간 파여 들어가 있고, 통통하며,

꽤 묵직하지만, 이름은 다른 음료수의 캔을 보고 '비슷하다'고 말할 수 있다. 즉 비슷하다는 말은 서로 다른 대상에서 같은 면을 뽑아낼 때만 할 수 있는 말이다. 비슷함은 서로 다른 것에서 다름을 감춘다.

그렇다면 다름을 긍정하면서도 어떤 하나의 이름을 가질 방법이 있을까? 예전에 나는 도서관에서 일하다가 어느 학술지를 발견하고 일이 끝난 후에 펼쳐서 읽은 적이 있다. 거기서 나는 '서사적 정체성'이라는 개념을 발견했다. 그 학술지에 실린 글에 따르면 정체성은 끊임없이 변하는 것이다. 어떤 집단이 살아있는 한 그 집단은 이야기될 수 있는 하나의 역사를 갖고 있고, 바로 그 이야기가 집단의 정체성을 구성한다. 이때 정체성을 구성하는 이야기를 만들려면 이야기의 줄거리를 구성해야 한다. 이야기의 줄거리를 구성할 때는 주제나 목적, 상황에 따라 서로 다른 사례들이 선택될 수 있고, 사건들과 인물들이 통일성을 갖춘 하나의 이야기 안으로 들어온다. 이러한 줄거리 구성의 과정을 통해 '이질적인 것들의 종합'이 이루어진다. 그리고 이야기의 특징 중 하나는 그것이 말할 때마다 새로워진다는 점이다. 문자로 고정된 글이 아닌, 사람에서 사람으로 전해지는 구전설화에서 이야기의 그러한 특징이 두드러진다. 그런 의미에서 "서사적 정체성은 변화와 대립된 것이 아니라, 변화에 항상 개방된 것이다."[75)]

불변적인 정체성 대신 서사적 정체성으로 정체성을 사유한다면, 우리는 각 인물의 저자성이 존중되면서도 하나의 통일성 있는 이야기가 가능한 공동 저자들의 공동체를 상상해볼 수 있을 것이다. 공동체 안의 모든 이와 갈등도 포함되는 역동적인 이야기 안에서 하나가 되는 이들의 공동체. 여기에서는 이야기로 정의되는 인물과 그 이야기를 함께 써나가는 공동 저자 사이의 경계가 사라진다. 만약 함께 이야기를 써나갈 수 있다면, 우리는 그 이야기의 공동 저자라는 정체성을 공유하게 될 것이다. 그러므로 기존의 구성원과 '다른' 이가 등장하더라도, 혹은 기존 구성원 안에서 누군가의 '다른' 모습을 발견하더라도, 우리는 그 차이를 외면하는 대신, 차이라는 사건과 새로운 인물을 포함하는 새로운 이야기를 써나갈 수 있다. 서사적 정체성은 '끊임없이 만들어지고 해체되는 것'이기 때문이다.[76] 그렇게 우리는 우리 자신에 대해서, 타인과의 함께함에 대해서 새로운 줄거리를 구성해나갈 수 있다.

이 시점에서 정체성의 이름은 힘을 잃는다. 중요한 것은 우리가 함께 고민하고, 함께 이야기한다는 사실이며, 함께 고민하고 이야기하는 사람이라면 그가 누구든 함께할 수 있다는 사실이다. 그렇다고 해서 장애인이라는 범주에 들어가고 싶었던 만성질환자인 내가 겪었던 갈등과 소외감이 사라질 것이라고 생각하지는 않는다. 다만 그 갈등과 소외감의 흔적이 줄거리의 한 부분이 되고 나도 그 이야기의 인물이 될 수 있다면, 나는 그 공동체에서 도망치지 않아도 될 것이다. 물론 문제가 바로 해결되지는 않는다. 새로운 사람이 등장했을 때, 이를테면 기존의 생각으로는 '장애인'이 아닌 사람이 장애인 집단에 오거나, '여성'이 아닌 사람이 여성 집단에 올

때는 그것이 옳든 그르든 논쟁과 갈등이 생길 수 있다. 그리고 그 때마다 새로운 사건과 새로운 인물로 하나의 통합된 줄거리를 다시 구성하는 작업은 쉬운 일은 아닐 것이다. 그러나 정체성이나 집단이 아닌 당장 앞의 한 사람을 먼저 생각한다면, 우리가 모두 등장하는 하나의 이야기를 쓰는 일은 생각만큼 어렵지 않을지도 모른다.

서사적 정체성에 좋은 점만 있는 것은 아니다. 절대 변하지 않는 정체성 개념과는 달리 서사적 정체성은 다소 불안정하다. 언제든 변할 수 있고 "나는 ○○이다"라고 간명하게 선언하기 힘들다. 그 정체성에 기대어 나 자신을 설명하기가 어려울 수도 있다. 하지만 이러한 한계는 오히려 애초에 우리가 얼마나 제약된 존재인지 알려준다. 이 한계는 타인을 나의 시각으로 온전히 이해할 수 있다는 착각, 타인과 내가 같다는 착각을 깸으로써 우리에게 타인을 꿰뚫고 정복하는 방식이 아닌 "취약성과 고통에 대한 상호 이해에 근거한 윤리의 가능성이 주어질 수 있다."[77] 자기 자신과 상대방의 취약성과 고통을 인지하고 내가 거기에 충분히 닿지 못할 수 있다는 것을 인정할 때에야, 비로소 나는 나 홀로 설 수 있는 것도 아니며 온전히 의존해야 하는 것도 아닌 함께 설 수 있다는 사실을 깨닫게 된다.[78]

바로 이러한 맥락에서 나는 아픈 사람들이 자신의 이야기를 세상에 꺼냈으면 좋겠다. 아픈 사람들과 그 주변 사람들이 각자 공유하는 삶을 통해 줄거리를 구성하고, 그 이야기들이 세상에서 만나

서 지금 여기를 살아가는 아픈 사람들의 이야기로 통합될 수 있다
면, 아픈 사람들의 언어, 질병 세계의 언어는 풍부해질 것이다.

파이아케스의 궁정에서 낯선 방랑자 오뒷세우스Odysseus가 자기
이야기를 시작하게 되는 직접적인 계기는 눈먼 가인歌人 데모도코
스Demodocos의 노래를 듣고서다. 그 가인이 "남자들의 위대한 행
적들을, 당시 그 명성이 넓은 하늘에 닿았던 이야기 중의 한 대목
을, 오뒷세우스와 펠레우스Peleus의 아들 아킬레우스Achilleus 사이
의 말다툼을 노래"하자, 그 노래를 듣던 '오뒷세우스는 억센 두 손
으로 큼직한 자줏빛 겉옷을 움켜쥐더니 그것을 머리에 뒤집어쓰고'
비통하게 눈물을 흘린다. 아렌트Hannah Arendt는 오뒷세우스가 그
전에는 눈물을 흘리지 않았다는 사실, 특히 그 이야기가 담고 있는
사건들이 벌어지는 동안에는 결코 눈물을 흘린 적이 없다는 사실을
지적한다. 그것은 그가 이야기를 들었을 때 '비로소' 그 사건들의
의미를 자각하게 되었다는 것을 보여준다. 이야기가 삶의 의미를
보여주고, 경험을 인식할 수 있게 한 것이다.

카바레로Adriana Cavarero는 이 장면을 '오뒷세우스의 역설
paradox of Odysseus'이라고 부른다. 자기 인식은 그 자신의 삶의 이
야기를 타인으로부터 들을 때 발생한다. 경험하고 고통받으며 살아
가는 동안, 오뒷세우스는 그 삶의 의미를 이해하지 못했다. 가인이
부르는 노래, 타자가 하는 이야기, 그 이야기를 듣기 전까지, 오뒷세
우스는 자신이 누구인지 '아직' 알지 못했다. 이야기를 듣고 나서 오

뒷세우스는 스스로 자기 이야기를 하고자 하는 욕망을 깨닫는다.[79]

내가 나의 이야기를 해야겠다는 생각이 든 건, 다른 아픈 사람의 이야기를 읽은 후였다. 그 이야기를 통해 나는 이야기할 수 있는 언어와 이야기하고자 하는 욕망을 찾았다. 이야기하는 아픈 사람들이 많아질수록, 아픈 저자가 많아질수록, 아픈 이야기를 나누는 아픈 사람의 공동체도 넓어질 것이다. 아픈 이야기로 연결된 우리, 질병과 아픔이라는 이야기 안에서 함께 숨 쉬는 우리는 외롭지 않을 것이다. 질병과 아픔의 경험, 아픈 몸으로 세상을 이해하고 바꿔 나가자. 나의 이야기가 다른 아픈 사람의 이야기로 이어지고, 그렇게 아픈 사람들이 서로를 참고하면서, 이 사회에 '아픈 이야기'가 자리 잡았으면 좋겠다. 그 이야기에 함께할 많은 이들을 기다린다.

아픈 대학생이 알려주는

• 이메일 쓰는 법 • 조별 과제 대처법 • 잘 먹고 잘 쉬는 법

페이지 중앙의 흑백 그림. 왼쪽 위는 접히고, 오른쪽 아래에는 그림자가 내려앉은,
음영이 있어서 입체감이 느껴지는 원의 중앙에 세로로 '부록'이라고 적혀 있다.
원이 접힌 부분에는 목 부분이 검은 긴 팔 스웨터와 검은색 하의를 입은,
왼손은 허리춤에 대고 오른손은 앞쪽으로 접은,
머리가 짧은 사람의 뒷모습이 있다.

이메일 쓰는 법

아픈 대학생으로 지내면서 터득한 것이 하나 있다. 바로 이메일 쓰는 방법이다. 1학년 때 쓴 이메일과 최근에 쓴 이메일을 비교하면 대학에 다니면서 내가 얼마나 영리해졌는지 알 수 있다. 1학년 때 쓴 이메일을 지금 보면 이걸 받아주신 교수님들께 절이라도 몇 번이고 해야 했던 것 아닌지 생각이 들 정도이다. 아래에 있는 이메일은 실제로 내가 1학년 때 듣던 수업의 교수님께 보낸 내용을 거의 수정하지 않고 그대로 담은 것이다.

　물론 필요한 내용이 다 들어가 있기는 하다. 하지만 핵심만으로 이메일이 완성되지는 않는다. 나는 인사말을 앞뒤에 길게 덧붙

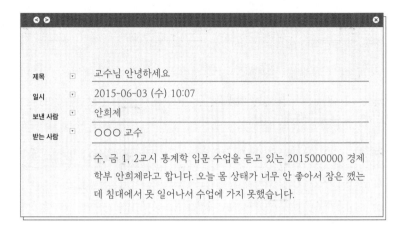

제목	▪	교수님 안녕하세요
일시	▪	2015-06-03 (수) 10:07
보낸 사람	▪	안희제
받는 사람	▪	○○○ 교수

수, 금 1, 2교시 통계학 입문 수업을 듣고 있는 2015000000 경제학부 안희제라고 합니다. 오늘 몸 상태가 너무 안 좋아서 잠은 깼는데 침대에서 못 일어나서 수업에 가지 못했습니다.

이는 데 별 소질이 없다. 하지만 인사말은 메시지를 전달할 때 꽤 중요한 장치 중 하나이다.

위 예시는 설명이 너무 부족하다. 몸이 안 좋다는 표현도 맥락을 알 수 없을 때는 누구나 대는 핑계로 보일 뿐이다. 질병에 대한 사회적 이해가 조금 더 깊어진 후라면 모르겠지만, 적어도 지금으로서는 모르는 사람에게 그 이상의 이해력이나 상상력을 요구할 수는 없다.

그래서 이메일에는 기술이 필요하다. 적어도 내가 이메일에 적은 내용이 진지하게 고려할 만한 사항이라는 사실 하나만큼은 기억이 나도록 만들 수 있어야 한다. 그러려면 이메일에는 고유한 무엇이 있어야 한다. 거기에는 이메일을 쓰는 '나', 그리고 나와 받는 사람 사이의 관계가 포함되어야 한다. 여기서 보내는 사람과 받는 사람이 원래 잘 알고 지냈는지 아닌지는 중요하지 않다. 모든 편지, 모든 글은 읽는 사람이 쓴 사람과 모종의 연결이 있다고 느끼도록 해야 한다.

그런 의미에서 1학년 때 내가 쓴 이메일은 망한 글이다. 그렇다면 이메일을 어떻게 써야 설령 당장 원하는 대답을 듣지 못하더라도 상대에게 나의 인상이라도 남길 수 있을까? 이 글은 생소한 사유로 자주 결석하는 아픈 대학생이 대학을 다니며 터득한 이메일 작성 지침이다. 모든 단계의 가장 중요한 전제가 있다. 메일에 쓰는 내용은 나에게 진심으로 중요하며, 거짓이 포함되어서는 안 된다는 점이다. 어떤 글이든 그 글이 진심을 담은 것인지 아닌지 알아보기는 어렵지 않다. 독자가 글을 많이 읽는 사람이라면 더욱 그렇다.

실제 예시가 있는 것이 이해가 편할 것이므로, 가장 최근에 쓴 이메일을 구성한 방식을 토대로 지침을 작성해본다. 주제는 코로나19 당시 온라인 강의 진행과 관련하여 아픈 학생의 접근성을 고려해 달라는 것이다.

1. 제목 쓰는 법

나는 오랫동안 제목을 "○○○ 교수님 안녕하세요"라고 지었는데, 나중에 지나고 보니 이는 매우 틀려먹은 일이었다. 받는 사람 입장에서 생각해보라. 이메일을 보내는 학생이 한둘일까? 쌓인 메일 목록 안에서 눈에 띄는 제목이어야 기억에 더 쉽게 남는다. '두괄식'은 말하고자 하는 바를 글의 시작 부분에, 문단의 시작 부분에 넣는 것이다.

내가 1학년 때 들은 수업에서, 교수님은 리포트나 보고서의 제목에 내용을 담으라고 하셨다. 《시지프의 신화》1장 논리적 요약', '〈서양철학사〉 보고서', 아니면 《버마시절》 서평'처럼 제목을 붙이면, 도대체 누가 흥미를 가지겠냐는 말씀이었다. 내용이 궁금해지게 하면서 너무 딱딱하지 않은 느낌으로. (예:《버마시절》 서평 → '덥고 끈끈한 식민지의 공기', 제1회 서울 매드 프라이드 후기 → '알려지지 않은 기획단의 눈물과 달려라 백마') 물론 메일이니 요점만 명료하게 드러나면 된다.

그리고 이름을 적자. 이메일이 쌓여 있으면 누가 무엇을 보냈는지 분간하고 기억하기가 쉽지 않다. 핵심 내용과 고유명사라면, 화려하지 않아도 기억에 남길 수 있다.

온라인 강의 관련 요청 – 안희제

2. 이메일은 목적에 맞게, 소속은 구체적으로!

얼핏 너무 당연한 이야기이지만, 학교 안에서 소속을 쓰는 일은 아주 중요하다. 내가 '경제학과 학생'으로서 보내는 것인지, '휴학생'으로서 보내는 것인지, '장애인권위원장'으로서 보내는 것인지, '〈경제수학〉 수강생'으로서 보내는 것인지를 분명히 밝히지 않으면, 받는 사람은 이메일을 어떤 관점에서 읽어야 할지 헷갈릴 수 있다. 뒤의 내용을 읽으면 아마 이해가 되겠지만, 이메일에서는 걸리는 부분이 없도록 해야 한다.

내가 〈경제수학〉 수업을 듣고 있다고 치자. 교수님께 수업 내용과 관련하여 드릴 질문이 있을 때, 나를 '1학년'이라고 소개하는 것은 적절하지 않다. 받는 사람이 진행하는 바로 그 수업을 듣고 있는 학생임을 밝혀야 한다.

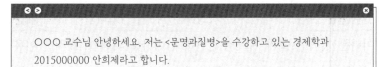

○○○ 교수님 안녕하세요, 저는 <문명과질병>을 수강하고 있는 경제학과 2015000000 안희제라고 합니다.

3. 나만의 인사말 남기기

내가 원래 가장 어려워하던 부분이 바로 인사말이다. 내가 이를 어려워한 이유는, 인사말이 아무런 의미가 없다고 여겼기 때문이다. "밥은 먹었고?" 정도의 허례허식이라고 여겼는데, 인사말들을 관찰해보면 주로 안부를 묻는 내용일 때가 많다. 인사치레든 진심이든, 날씨가 추워졌는데 감기는 안 걸렸는지, 얼마 전이 명절이었는데 즐거운 일은 있으셨는지 묻는다. 이는 상대에 대한 나의 관심을 표현하는 것이다.

나는 이 부분에 가장 신경을 많이 쓴다. 내가 잘하지 못한 영역이라 아직 자신이 없기도 하고, 무엇보다도 이 부분을 쓰면서 나는 나와 상대방의 관계를 다시 생각해보게 된다. 진정성이 없는 인사말, 혹은 너무 잘 보이려고 애쓴 인사말은 티가 난다. 전자는 흔해서 괜찮지만, 후자는 흔해도 썩 보기 좋지는 않다. 사실 너무 잘 보이려고 애쓴 인사말은 종종 진정성을 잃기도 한다.

진정성이 있으면서도 아부하지 않는 인사말을 쓰려면 나와 상대방 사이의 관계를 잘 살펴볼 필요가 있다. 수업에 관련하여 메일을 보내게 될 때, 나는 내가 그 교수님의 그 수업을 선택한 이유를 돌아보곤 한다. 선택한 이유가 단지 남은 수업이라거나 졸업 때문이라는 것이면 날씨 얘기로 간단히 넘어가도 되지만, 선택한 이유가 있다면 그걸 쓰면 좋다. 무언가를 가르치는 사람에게 가르치는 내용에 대한 호감은 큰 자부심이 되기 때문이다. 거짓말이나 과장이 아니라면, 망설일 이유는 없다(물론 너무 주접을 떨면 부담스러울 수 있다).

> 저는 질병과 장애에 관한 공부를 이어나가고 싶어서 문화인류학을 복수전공하고, 문화인류학 학부-대학원 연계과정 중에 있습니다. 전에는 이 수업을 꼭 듣고 싶어서 신청했었지만 수강 신청에 실패했는데, 이번에는 성공해서 수업을 듣게 되어 정말 기쁩니다.

4. 상황은 솔직하고 구체적으로! 신파는 금물!

당신이 나처럼 아픈 사람이라면, 아마 몸의 상태를 설명해야 할 일이 잦을 것이다. 특히 잘 알려지지 않은 희귀 질환일 경우 더욱 그렇다. 그럴 때는 이메일이 조금 길어지더라도 설명은 해야 하는데, 여기서 정말 핵심만 추려야 한다. 질병이 이메일을 쓰는 목적과 직접 관련되는 측면에 대해서만 서술해야 한다는 것이다. 간단히 말하면, 질병 TMI Too Much Information는 피해야 한다. 질병의 원인은 이메일과 큰 상관이 없을 때가 많아서 나는 원인은 생략할 때가 많다. 너무 자세히 설명하면 괜히 복잡해진다. 심각성을 부각하고 싶을 때만 '원인 불명'이라는 네 글자를 붙이는데, 별로 바람직하지는 않다. 굳이 필요하지 않은 설명이면서 동시에 연민을 자아내기 때문이다(물론 상대에 따라 이것이 꼭 필요한 전략일 수도 있다. 필요하면 인간의 측은지심을 적극적으로 활용하되, 의도가 너무 두드러져서는 안 된다).

말을 돌리지 않으면서 공손함을 잃지 않는 것도 중요하다. 물론 학생이 무조건 착해야 한다는 것은 결코 아니지만, 교수나 학교를 상대로 당장 투쟁을 벌일 것이 아니라면 일단은 협상의 기술을 최대한 활용하자. 싸울 때 상승할 나의 피로도와 목적을 이룰 가능성을 모두 고려해야 한다. 만일 싸우더라도 먼저 협상을 시도해야 싸움의 당위도 생긴다. 그러니 여기서는 조금 답답하더라도 장기적으로 보면서 나보다 상대 위주로 생각하자.

저는 크론병이라는 난치성 희귀 질환을 갖고 있습니다. 질병은 소화기계지만, 자가면역질환이라는 점이 문제입니다. 면역계 기저 질환이라는 점 때문에, 그리고 이 질병을 관리하기 위해 면역억제제를 복용하며 면역력을 낮춘 상태기 때문에 저는 코로나19 참사가 생긴 이후로 거의 외출조차 금지된 채로 집에만 있는 상황입니다.

5. 수업에 대한 이해와 의지를 드러내라

어느 수업을 잘 안다는 것은 그 수업에 대한 학문적 관심이 있다는 의미이다. 자신이 가르치는 내용에 대한 학문적 관심을 거절할 교수는 거의 없다. 그리고 2번에서 수업을 듣게 된 계기를 적은 것과 비슷하게, 수업에 대한 나의 의지를 표현해야 한다. 공부하고자 하는 학생을 거절할 교수도 거의 없다. 교수는 계속 공부하고, 또 공부하는 사람이고, 갈수록 공부에 관심 있는 학생은 줄어들고 있다. 대학을 학점으로만 바라보는 학생이 늘어나는 상황에 공부에 대한 의지를 보이는 학생이라면 기억에 남지 않을 수 없다.

수업에 대한 이해와 의지를 보여주기에는 역시 수업 내용을 직접 인용하는 것이 중요하다. 수업에서 나온 지식도 지식이지만, 교수님이 흘러가듯 말한 내용도 중요하다. 수업 자체를 듣기 어려운 상황이라면 수업 계획서를 참고하면 좋다. 어느 쪽이든, 수업 내용 하나하나에 집중했음을 보여줄 수 있다면 충분하다. 수업에서 나온 내용만이 아니고, 해당 수업에 대한 나의 기억이나 계기를 적는다면 여기서도 상대에게 나의 이야기를 각인시킬 수 있다.

그런 저에게 온라인 강의는 학교의 수업을 들을 수 있는 유일한 방법입니다. 수업 시간에 말씀해 주셨듯 어떤 학생은 이 수업에 문명은 없고 질병만 있다고 말했다고 하지만, 저는 지금과 같은 시대에 질병을 알아야 문명을 더 잘 알 수 있다고도 생각합니다. 지난 학기에 이 수업을 들은 친구들은 생물학적 지식도 많이 얻게 된다고 얘기해 주었고, 이번에 두 번의 수업을 들으며 생물학적 지식만이 아니라 역사적·문화적 맥락까지 짚어주시는 수업이라는 것을 알게 되었습니다.

그래서 저는 이 수업을 꼭 학기가 끝날 때까지 듣고 싶습니다. 그런데 질병관리본부에서는 코로나가 장기화될 것이라고, 전문가들은 11월까지도 마음을 놓아서는 안 된다고 말했습니다. 학교에서 온라인 강의를 끝내고 오프라인만으로 강의를 진행한다면 저에게 남는 선택지는 휴학뿐입니다. 학기 중에도 이 지병으로 인해 문제가 많았지만, 만약에 온라인으로라도 수업에 참여할 방법이 있었다면 저는 더 많은 수업을 들을 수 있었을 것이라고 생각합니다.

6. '교수님께' 이메일을 쓴 이유를 밝혀라

음? 이미 위에서 한 이야기 아닌가? 약간 포인트가 다르다. 그러니까 여기서는 '교수님께'가 핵심이다. 수업 내용과 관련한 내용이라면 당연히 교수님께 보내야겠지만, 내가 쓴 이메일처럼 수업과 관련은 되지만 수업 내용 질문은 아니라면 교수님께 메일을 쓴 이유가 필요하다. 교수님은 왜 굳이 학교의 관련 부서가 아니라 자신에게 메일을 보냈는지 궁금할 수도 있고, 학생이 제대로 알아보지 않고 일단 연락부터 하고 본 것 아닌가 하는 인상을 받을 수도 있다. 무엇보다도 이메일은 하나하나가 길고, 오가는 횟수가 적다. 메신저처럼 짧게 여러 번 연락이 오가며 서로 배경지식이나 사실관계를 확인하는 데 적절하지 않다는 의미이다. 따라서 내가 필요한 것이 있지만 학교에서는 지원받을 방법이 없어서 교수님께 연락드린 것인데, 교수님은 문제를 해결할 수 없는 관련 부서를 알려주고 이메일을 끝낼 수도 있다. 여기에 다시 메일을 못 쓸 이유야 없지만, 그래도 가능하면 한 번에 깔끔하게 보내는 것이 좋다.

제가 알기로 아직 학교에서는 기저 질환을 갖고 있는 학생들에 대한 대책을 발표하지 않았습니다. 장애학생지원센터에서는 '장애인'으로 등록된 학생들에 한해서 대책을 마련한 상태라서, 저는 해당 사항이 없습니다. 아픈 학생들을 위한 질병 휴학 제도도 있지만, 저처럼 만성질환을 갖고 살아가는 학생들은 지금의 학교 제도 안에서 수업을 듣기가 쉽지 않은 상황입니다. 그래서 이렇게 교수님들께 우선 연락을 드리면서, 학교의 관련 부서들에도 메일을 보내보려고 합니다.

이렇게 총 여섯 단계로 이메일 작성 지침을 정리해 보았다. 핵심만 다시 복습해보자. 가장 중요한 것은 진정성과 진실성, 그리고 나의 이야기이다. 대단히 특별하지는 않더라도, 나만이 할 수 있는 이야기가 있어야 한다. 수업에 대해 읽은 강의평이나 친구가 해준 이야기라도 괜찮다. 그런 걸 읽거나 들었다는 이야기 또한 나만의 경험이다. 무엇보다도, 문체는 담백한 것이 좋다. 직접 감정을 드러내기보다, 나의 상황을 담담하게 묘사하는 편이 더 자연스럽다. 이메일은 자연스러우면서도 우아해야 한다. 45도 인사 정도의 공손함이 필요하다. 르네상스 시대의 말로는 '스프레짜투라

sprezzatura', 요즘 현대 전자 한국어로는 '꾸안꾸'*가 중요하다는 뜻이다.

---

1. 제목에 핵심을 담고, 보내는 이를 밝혀라.
2. 소속을 가능한 한 구체적으로, 이메일의 목적에 맞게 밝혀라.
3. 간결하면서도, 나만이 할 수 있는 인사말을 적어라.
4. 상황 설명은 솔직하고 구체적으로, 다만 신파는 피하라.
5. 수업에 대한 이해와 의지를 드러내라.
6. '교수님께' 이메일을 쓴 이유를 밝혀라.

이렇게 해서 작성한 이메일을 첨부하며 글을 맺기로 한다. 이렇게 메일을 쓴다고 해서 반드시 원하는 대답을 들을 수 있는 것은 당연히 아니지만, 나는 관련 내용으로 보낸 메일에 대해 받은 답장 5개 중 4개에서 나의 상황이 진지하게 고려되고 있음을 느꼈다. 아픈 대학생들, 나아가 자신의 상황을 전달하는 데 어려움을 겪는 사람들에게 이 글이 약간은 도움이 되었으면 좋겠다.

---

* '꾸민 듯 안 꾸민 듯'의 줄임말로, 꾸미지 않은 것처럼 자연스러운 연출을 의미한다.

제목 ▸ 온라인 강의 관련 요청 - 안희제

일시 ▸ 2020-03-21 (토) 14:40

보낸사람 ▸ 안희제

받는사람 ▸ ○○○ 교수

○○○ 교수님 안녕하세요. 저는 문명과질병을 수강하고 있는 경제학과 2015000000 안희제라고 합니다.

저는 질병과 장애에 관한 공부를 이어나가고 싶어서 문화인류학을 복수전공하고, 문화인류학 학부-대학원 연계 과정 중에 있습니다. 전에는 이 수업을 꼭 듣고 싶어서 신청했었지만 수강 신청에 실패했는데, 이번에는 성공해서 수업을 듣게 되어 정말 기쁩니다.

제가 교수님께 메일을 드리게 된 것은 온라인 강의와 관련하여 요청드리고 싶은 것이 하나 있기 때문입니다. 현재 학교에서는 온라인 강의를 추가로 2주를 더 연장했습니다. 그런데 저는 오프라인으로 전환될 경우 수업을 듣는 것이 불가능합니다.

저는 크론병이라는 난치성 희귀 질환을 갖고 있습니다. 질병은 소화기계지만, 자가면역질환이라는 점이 문제입니다. 면역계 기저 질환이라는 점 때문에, 그리고 이 질병을 관리하기 위해 면역억제제를 복용하며 면역력을 낮춘 상태기 때문에 저는 코로나19 참사가 생긴 이후로 거의 외출조차 금지된 채로 집에만 있는 상황입니다.

그런 저에게 온라인 강의는 학교의 수업을 들을 수 있는 유일한 방법입니다. 수업 시간에 말씀해 주셨듯 어떤 학생은 이 수업에 문명은 없고 질병만 있다고 말했다고 하지만, 저는 지금과 같은 시대에 질병을 알아야 문명을 더 잘 알 수 있다고도 생각합니다. 지난 학기에 이 수업을 들은 친구들은 생물학적 지식도 많이 얻게 된다고 얘기해 주었고, 이번에 두 번의 수업을 들으며 생물학적 지식만이 아니라 역사적·문화적 맥락까지 짚어주시는 수업이라는 것을 알게 되었습니다.

그래서 저는 이 수업을 꼭 학기가 끝날 때까지 듣고 싶습니다. 그런데 질병관리본부에서는 코로나가 장기화될 것이라고, 전문가들은 11월까지도 마음을 놓아서는 안 된다고 말했습니다. 학교에서 온라인 강의를 끝내고 오프라인만으로 강의를 진행한다면 저에게 남는 선택지는 휴학뿐입니다. 학기 중에도 이 지병으로 인해 문제가 많았지만, 만약에 온라인으로라도 수업에 참여할 방법이 있었다면 저는 더 많은 수업을 들을 수 있었을 것이라고 생각합니다.

교수님께 실례가 될 수도 있다고 생각하여 많이 망설였지만, 그래도 요청을 드리고 싶었습니다. 만약에 오프라인으로 수업 방식이 전면 전환되더라도, 온라인으로도 수업 내용을 숙지할 수 있는 길을 마련해주실 수 있으신가요? Zoom으로 대화방을 개설해 주시고 칠판과 교수님이 보이도록 해주시기만 한다면, 건강한 학생들은 학교에서 수업을 듣고, 저처럼 아픈 학생들은 Zoom으로 집에서 수업을 들을 수 있을 것이라고 생각합니다. 어느 수업의 교수님이 저에게 함께 방법을 찾아보자고 해주신 덕분에, 용기를 내어 이렇게 다른 교수님들께도 메일을 쓸 수 있었습니다.

제가 알기로 아직 학교에서는 기저 질환을 갖고 있는 학생들에 대한 대책을 발표하지 않았습니다. 장애학생지원센터에서는 '장애인'으로 등록된 학생들에 한해서 대책을 마련한 상태라서, 저는 해당 사항이 없습니다. 아픈 학생들을 위한 질병휴학 제도도 있지만, 저처럼 만성질환을 갖고 살아가는 학생들은 지금의 학교 제도 안에서 수업을 듣기가 쉽지 않은 상황입니다. 그래서 이렇게 교수님들께 우선 연락을 드리면서, 학교의 관련 부서들에도 메일을 보내보려고 합니다.

이미 아파서 휴학을 많이 했었고, 만성질환이라서 휴학해도 낫고 돌아올 수 있는 상황이 아닌 저에게 처음으로 수업을 모두 들을 수 있을지도 모른다는 희망이 생겼습니다. 그래서 염치 불구하고 이렇게 메일을 드리게 되었습니다. 오프라인으로 수업 방식이 전환되더라도, 온라인으로 수업을 들을 방법을 조교님들이나 학생들이나 학교 부서와 함께 찾아봐주실 수 있을까요?

교수님의 <문명과질병> 수업을 꼭 성실히 듣고 열심히 공부하고 싶습니다.

주말에 이렇게 연락드려 죄송합니다.
긴 메일 읽어주셔서 정말 감사합니다.

-안희제 올림

조별 과제 대처법

먼저 나는 운이 굉장히 좋은 사람임을 밝힌다. 지금까지 대학에 다니면서 아홉 개의 조별 과제가 있었는데, 무임승차자는 거의 한 번도 없었다. 조별 과제로 친해진 사람들도 많다. 1학년 2학기에 만난 조장 형과는 지금까지도 연락을 주고받는다. 어쩌다 보니 그 형의 마지막 학기에도 함께 조별 과제를 했었다(책임지고 A+을 쟁취하겠다며 조장으로 나서던 모습이 떠오른다). 물론 힘든 과제도 있었지만, 결과는 대체로 좋았다. 나도 성실하게 참여하려고 노력했지만, 내 뜻대로 되지 않고 눈치가 보이는 날들이 있었다. 아니, 많았다.

단언컨대, 조별 과제를 좋아하는 사람은 없다. 주변에서도 본 적이 없고, 정말 어디서도 들은 적이 없다. 조별 과제가 모두에게 고통이라는 것은 조장을 정할 때의 긴장감에서 알 수 있다. 이와 관련된 정말 인상적인 기억이 하나 있다. 인터넷에서 기네스 세계기록에서 가장 뜻이 긴 단어로 꼽힌 마밀라피나타파이Mamilhlapinatapai라는 단어를 본 적 있다. 의미는 "서로에게 꼭 필요한 것이면서도 자신은 굳이 하고 싶지 않은 어떤 일에 대해서 상대방이 자원하여 해주기를 바라면서, 두 사람 사이에서 조용하면서도 긴급하게 오가는 미묘한 눈빛"이라고 한다. 이 내용이 담긴 사진 아래에 적힌 댓글은 완벽한 설명이었다. "조장 하실 분?"

이상적인 조별 과제, 혹은 교수님들이 상상하고 바라는 조별 과제는 조원들이 모두 모여 머리를 맞대고 토론하며 생각을 발전시키는 과정일 테지만, 현실은 시궁창이다. 그렇게 깊이 고민하려면 한 학기에 3학점만 들어야 한다. 아무리 열정이 넘치고 성실한 학생이어도 18학점을 들으면서 3개월 만에 여섯 개의 수업에서 혁신적인 결과물을 내놓기는 어렵다. 물론 아주 가끔 그런 사람도 있다. 〈성과 문화〉라는 수업에서 같은 조였던 한 친구는 운동도 열심히 하면서, 본 전공인 디자인도 성실하게, 예쁘게 하면서, 학교 안에서 동아리 활동과 자치단체 활동도 열심히 하면서, 21학점을 들으면서! 4점대의 학점을 유지했다. 정말 놀라운 친구이다. 하지만 그런 경우는 아주 드물다.

나처럼 면역력이 낮고, 체력이 안 좋고, 몸이 계속 신경 쓰이는 사람은 단기간에 가시적인 성과를 내기가 더욱 어렵다. 매주 리포트를 제출하고, 사흘 만에 자료 조사를 마치고, 이틀 만에 PPT를 완성하며, 하루 만에 발표 준비를 마치는 일은 누구에게나 어려운 데, 몸에 언제 어떤 이상이 생길지 모르는 나 같은 사람에게는 더욱 난감하다. 지난 학기에는 두 개의 수업에서 매주 과제가 있어서 정신이 혼미해졌었다. '현대'도 모르고, '중국'도 잘 모르고, 영어도 어색한데, 현대 중국에 대한 모든 수업과 읽을거리가 영어였다. 과제도 영어로 쓰는 것이 권장되었다. 다른 수업에서는 영어로 된 전공 교재에 잘 알지도 못하는 철학 개념까지 섞이고, 생소한 문화의 이야기들이 가득했다. 그 수업의 첫 시간에 나는 자기소개를 하면서 "미 앤 잉글리시 롱 타임 노 씨"라고 말했다(이렇게 적어야 내 발음을 반영할 수 있다). 그런데 매주 영어로 읽고, 쓰고, 수업 시간 내내 영어로 말해야 한다니! 휴학 각이 예리했으나 꿋꿋이 잘 견뎌내어 교수님들의 자비를 얻을 수 있었지만, 학기 중에는 정말 힘들었다.

그 학기에는 감기 때문에 일주일을 통째로 빠지게 되었다. 몸이 좋지 않다는 징조는 있었지만, 언제 어떻게 쉬어야 할지 알 수 없었다. 면역억제제를 먹으며 산 지 5년이 넘었지만, 여전히 내 몸은 나에게 너무 어렵다. 제때 쉬지 못하고 감기에 걸리면 하루 이틀 정도 쉬는 것으로는 내 일상을 살아나갈 수가 없다. 환절기는 특히 위험하다. 원래 나는 추위에 강해서 내복이 없어도 되고, 겨울이 가까워져도 짧은 옷을 자주 입고 다녔다. 그런데 정확히 어떤 이유에서인지는 몰라도 나는 추위에 급격히 취약해졌고, 이는 면역억제제와 결합해서 내가 아주 쉽게 감기에 걸리게 했다. 감기에 안 걸린다면 나는 환절기가 지나갈 때까지 총 3주 정도 매일 네 겹씩 옷을 껴입고 가방에 목도리를 챙겨야 하고, 감기에 걸린다면 가장 아픈 시기와 그 전후까지 총 3주 정도는 오직 몸을 안정시키는 데만 사용해야 한다. 아프든 안 아프든 내가 쉬어야 하는 일수는 별로 다르지 않다. 그래서 어차피 쉴 거면 안 아프게 쉬는 게 낫다는 마음으로 미리 엄살을 부리고 쉬기도 한다. 학기는 쉽지 않다.

무엇보다 문제는 이런 일이 언제 발생할지 알 수가 없다는 것이다. 어느 일요일의 조모임에서 나는 당장 내일의 발표자로 자원했다. 그랬다가 몇 시간 후에 목이 유독 아프다는 사실을 깨닫고 조원들에게 양해를 구할 때까지만 해도 그 내일이 일주일을 통째로 빠지는 시작점이 될 줄은 몰랐다. 다행히도 다른 조원이 대신 발표를 맡아주었고, 누구도 나에게 추가적인 일을 해야 한다는 압박을 주지 않았다. 대학에 들어오자마자 술을 마실 수 없다는 이유로 맥주잔에 꽉 찬 물 500CC를 원샷해야 했던 술자리를 겪어서일까, 조원들에게 양해를 구할 때도 발표에 불참하는 대신 최종 보고서를 내가 쓰겠다는 (마음에도 없으며 불가능한) 제안을 했었다. 다행히 최종 보고서도 모두 나누어 썼다. 내가 저런 제안을 하긴 했지만, 상황을 생각하면 조원들이 나에게 보고서를 일임할 것이라고 생각하지는 않았다. 그럼에도 보고서를 작성해야 할 때가 다가오자 나는 괜히 불안해져서 카카오톡을 연 후 당시에 어떤 대화가 오갔는지 일일이 살펴보기도 했다.

이처럼 불안정한 몸과 결석, 부족한 업무는 나에게 꼭 채워야 하는 무엇으로 여겨졌다. 조별 과제의 '트롤'*은 역시 무임승차자 아니겠는가. 심지어는 조별 과제라는 버스를 기꺼이 몰아주겠다는 메시아가 등장하더라도, 바퀴에 펑크를 낸다거나 천연가스로 가는 버스에 경유를 넣는 조원들까지도 있다 들었다. 나는 결코 그런 사람이 되고 싶지 않았지만, 조모임 날에 갑자기 몸이 안 좋아져서 불참하게 된 적이 적지 않았다. 물론 사정을 봐주기는 했지만, 한 번이라도 결석하면 전체 과정에 참여하지 않은 것으로 간주하는 프로그램도 있었기에 더욱 신경이 쓰였다. 아무리 조원들이 이해심이 깊어도 이런 상황에 눈치를 안 보기는 어렵다. 동아리 활동에서도, 자치단체의 장으로 활동할 때도 난감한 날들이 있었다.

특히 반드시 참석해서 회의나 프로그램을 주도해야 하는 '장長'의 역할은 나에게 너무 높은 턱이었다. 무슨 일이 있어도 위원회 회의가 있는 목요일에는 아프면 안 된다는 나의 규칙이 지켜지는 건 불가능했고, 그러다 보니 반쯤 넋이 나간 상태로 회의를 진행한 적도 많았다. 자치단체 인준을 받기 위해 단과대, 학과 대표자가 모두 모이는 자리에서 짧게 발제해야 하는 날도 있었는데, 하필 그 날따라 숨쉬기가 힘들고 몸이 너무 안 좋았다. 비틀비틀 단상으로

---

* 자신의 맡은 바를 해내지 않아서 팀의 협력이 제대로 이루어질 수 없게 하는 사람을 의미하는 말. 경쟁적인 게임에서 주로 많이 쓰인다.

올라가서, 가득 찬 좌석은 개의치 않은 채 "제가 희귀 난치 질환이 있는데, 오늘따라 상태가 안 좋아서 말을 하기가 조금 어렵습니다. 간략히 설명한 후 나머지는 준비된 문서로 대체하고, 이후 질의응답으로 넘어가면 좋겠습니다"라고 말하던 게 떠오른다. 첫 문장이 끝날 때쯤 정수리 대신 얼굴이 드러나면서 시선이 휴대폰에서 나로 바뀐 이들이 꽤 많았다.

이런 문제는 다른 곳에서도 여실히 드러났다. 내 전공은 원래 경제학이지만, 문화인류학 복수 전공을 결정한 이후 꼭 거쳐야 하는 관문이 있었다. 바로 '필드워크'이다. 현지 조사라고 부르기도 하고, 다른 학과에서 가는 답사와도 비슷하다. 목적지는 전라북도 부안이었는데, 다른 지역으로 가는 여행에서 나는 항상 체력과 음식을 걱정한다. 수업 과제로 동남아시아 여행 계획서를 만들 때도 나는 긴 휴식과 복용해야 하는 약을 가장 먼저 떠올렸고, 음식을 조심해야 한다고 적었다. 그러나 내가 어떤 음식을 어떻게 조심해야 하는지는 몰랐다. 크론병의 증상과 상태는 사람마다 워낙 다양해서 조언을 구하기도 쉽지 않다. 게다가 나는 음식에서 쓸데없이 도전정신이 강하고, 일단 내가 겪어보고 다른 사람의 조언을 떠올리는 스타일이다. 과외 학생을 앞에 두고 아이스크림에 탄산수를 부어서 먹어 본다거나, 영국에서 기어코 '피쉬앤칩스'를 먹어 볼 만큼 말이다(진심으로 후회한다).

어쨌든 필드워크는 시작되었고, 나는 고속버스를 타고 한참을 달려서 부안에 있는 숙소에 도착했다. 가는 내내 고속버스 창문 밖

으로 산, 들, 논, 밭, 아파트, 건축양식의 국적이 불분명한 모텔들
이 교차했다. 숙소 근처에는 편의점이 없었고, 읍내로 나가려면 띄
엄띄엄 오는 버스를 타고 30분은 나가야 했다. 숙소는 주변의 건물
들과 비교했을 때 상당히 최근에 지어진 것으로 보였다. 에어컨도
시원했는데, 이게 문제가 될 줄은 몰랐다. 도착한 날 밤에 에어컨
이 켜진 것을 제대로 인지하지 못한 채 잠들었는데, 아침에 눈을
뜨자마자 느낌이 왔다. '아, 오늘 움직이면 일주일은 아무것도 못
하겠구나.' 심지어 내 자리는 창가에, 천장에 설치된 에어컨 바로
아래였다. 나는 무슨 생각으로 거기에 누운 걸까. 엘리베이터에서
도 구석에 서는 버릇이 또 발동한 것인지.

　음식 문제도 있었다. 뒤풀이라는 이름의 행사에서는 으레 먹어
야 하는 음식이 있다. 치킨과 삼겹살로 대표되는 기름진 고기. 그
리고 술. 식단과 몸 상태에 따라 다르지만, 필드워크 당시에 나는
몸이 매우 안 좋았고, 기름진 음식을 피하고 있었다. 나는 오직 막
걸리만 마실 수 있는데, 아무래도 뒤풀이의 '주류'는 소주와 맥주
다. 거기에 시끄러운 장소를 싫어하는 성격까지 더해서, 단체 뒤풀
이의 완벽한 부적격자가 된 지 오래였다. 기름지고 자극적인 음식
과 술은 보통 뒤풀이의 기본 조건이다. 소화기 질환자가 참여하기
어려운 구조이다.

　아팠던 둘째 날에는 양해를 구하고 종일 방에 누워서 잤고, 셋
째 날의 뒤풀이에서는 몇 친구들과 따로 놀았다. 사실 나에게는 그
게 더 재밌었지만, 나와 달리 외향적이고 활달한 크론병 환자가 이

곳에 있었다면 그가 어떤 기분이었을지 알 수 없는 노릇이다. 필드 워크 이후 조모임에서도 나는 아파서 빠진 적이 있다. 속으로는 아파도 미안하지 않고, 내가 참여하기 어려운 환경과 출석이 곧 성과라는 인식이 문제라고 생각하지만, 여전히 나는 수업에서든 조별 과제에서든 빠질 때마다 죄송하다고 사과하며 눈치를 본다. 눈치를 안 보는 당당한 환자인 척하지만 사실 되게 많이 본다.

성적은 정말 예민한 문제이다. 무임승차를 방지하려고 기여도를 칼같이 따지는 조별 과제에서 발표를 못 맡는다거나 조모임에 불참하는 일은 '트롤'이 되는 지름길이다. 그러나 조별 과제라는 버스가 저상 버스가 아닐 수도 있다. 애초에 누군가가 탑승할 수 없는 구조일지도 모른다는 것이다. 다양한 몸들이 각자의 속도로 참여할 수 있는 새로운 형태의 과제나 참여 방법을 상상해 보아야 한다. 나는 조모임 자체를 영상통화로 진행해도 좋겠다고 생각하곤 한다. 계단과 턱이 가득한 거리 때문이든, 학교가 집에서 너무 멀리 있는 사람이든, 이동에 제약을 겪는 사람이라면 공감할 것이다. 오프라인을 더 선호하는 이유는 보통 온라인보다 집중도가 높아서 생산성이 좋다는 것인데, 솔직히 대부분의 오프라인 모임도 생산성이 부족하기는 마찬가지라서 마음먹기가 중요한 것 같다.

영상통화든, 채팅이든, 실시간 문서 작업이든, 화면 공유든, 발달한 통신 기술을 최대한 활용해보자. 2020년 상반기, 코로나19 비상사태 때 많은 대학에서는 다양한 방식으로 온라인 강의를 진행했다. 이때 사용한 화상 회의 프로그램들도 충분히 활용할 수 있을 것이다. 일의 분배도 조금 다르게 해보자. 그리고 선생님들께는 조금 더 다양한 형태나 일정으로 과제의 선택권을 부여해 주셨으면 좋겠다고 말씀드리고 싶다. 그렇게 할 수 있다면 더 많은 학생이 공부의 즐거움과 고통을 모두 평등하게 겪을 수 있을 것이다.

하지만 학교의 행정이나 수업 방식이 바로 쉽게 바뀌지는 않기에, 개인적으로 먼저 대처할 수 있는 팁을 알려주고자 한다. 우선 아픈 것은 꼭 정확히 알려야 한다. 이때 지금의 상태, 증상이 나에게 어떤 제약을 가져다주는지 잘 설명해야 한다. 사실 증상에 대한 설명은 자주 불쌍해 보이기 마련인데, 약간의 동정과 연민은 당장 나에게 도움이 될 수 있다(그렇다고 굳이 불쌍해 보이려고 애를 쓰지는 말자. 별로 좋은 방법은 아니다). 그리고 조별 과제에서 여러 역할이 있을 때, 그중에서 할 수 있는 것을 빠르게 선택해야 한다. 적극적인 모습은 나의 죄책감을 덜어주기에 다른 사람들의 눈치를 덜 볼 수 있게 된다. 물론 조별 과제의 진행에도 도움이 된다. 이를 반복하다 보면, 내가 할 수 있는 일이 주어지지 않을 때도 내가 할 수 있는 형태로 선택지를 변형할 수 있는 능력을 갖게 된다. 나에게 맞는 일을 찾으려면 다양한 시도가 필요하다.

조금 더 당당해지자. 나대는 것이 조금 익숙해지면, 내가 할 수 있는 일을 찾고 사람들에게 새로운 선택지를 제안하는 일이 재밌어질지도 모른다.

잘 먹고
잘 쉬는 법

양의학으로 몸을 관리하는 자가면역질환자들은 보통 면역억제제를 복용한다. 즉 면역력을 낮추어서 염증을 억제한다. 이때 어딘가 찜찜한 바로 그 지점은 역시나 부작용이 된다. 면역력을 낮추니 면역력이 약해지고, 다른 감염에 취약해진다. 얼마나 감염이 잘 되는지 정확히 수치로 알고 있지는 않지만, 내 몸이 분명히 예전보다 약해졌다고 느낀다. 감기도 쉽게 걸리고, 낫는 데도 오래 걸린다. 전에는 3일 내외면 감기가 뚝 떨어지던 건강한 사람이었으나, 지금은 일주일이 기본이다.

그러다 보니 나는 엄청나게 조심하고 겁을 낸다. 환절기에는 집에만 있거나, 꼭 나가야 하면 기온에 무관하게 목도리부터 챙기고 본다. 온도가 내려가는 11월쯤부터는 최소 다섯 겹으로 옷을 입고, 대체로 여섯 겹을 입고 다녔다. 그러다가도 결국 감기에 걸려서 취소한 약속이 한두 개가 아니다. 집에 숨어서 바이러스를 피하는 겁쟁이의 삶을 나는 '칩거'라고 표현하곤 한다. 그래서 나의 2020년은 다른 사람들보다 좀 더 지루했을 것이다. 코로나19 때문에 내 의지와 무관하게 한참을 집에만 있으면서, 기껏해야 산책 정도로 콧구멍에 바람을 넣을 수 있었다. 몸 관리를 위해 요가와 필라테스를 배우는 곳에 3개월 이용권을 등록했지만, 바로 다음 날에 그 근처에서 확진자가 발생했다. 줌바 댄스를 배우는 학원에서도 감염된 사례가 있으므로 헬스장 등의 시설도 조심하라는 소식까지 뉴스에서 본 후, 나는 오랜만의 운동 계획을 접어야 했다.

휴학도 고민했다. 처음으로 대학원 수업을 듣는 학기라서 나름대로 예습도 하며 준비했고, 운이 좋아서 시간표도 계획한 대로 수강 신청에 성공했다. 그러나 언제부터 외출이 안전해질지 알 수 없었다. 학교는 개강을 2주 미뤘고, 그러고도 그 이후 2주 동안 온라인으로 수업을 진행하겠다는 계획을 세웠다. 그렇다면 4월부터는 학교에 직접 가서 수업을 들어야 한다는 의미일 텐데, 문제는 나의 외출이 언제부터 안전할지 아무도 모른다는 것이다. 최대한 양질의 정보만을 선별하기 위해 전문가들의 의견이 나올 때마다 집중해서 듣지만, 어떤 이는 적어도 5월까지는 어려울 것이라 말하고, 어떤 이는 3월 말에는 잡힐 것이라고 말했다. 나는 우선 등록금을 내고, 반환 기간을 노리며 '휴학 각'을 재려고 했다.

그러나 온라인 개강이 이루어진 후 2주 단위로 오프라인 개강이 미뤄지면서, 휴학 여부는 꽤 불투명해졌다. 한 학기 통째로 온라인으로 진행될 수도 있겠다는 생각이 들었기 때문이다. 결과적으로는 2020년 1학기가 온라인 강의로 진행되었고, 그럴 수밖에 없는 상황이었지만, 당시로서는 정보가 충분하지 않았다. 이 때문에 나뿐 아니라 많은 학생이 피해를 보기도 했다. 기숙사에 살거나 자취를 하는 학생들은 공연히 돈을 낭비하게 되었다. 온라인으로 진행되기에 굳이 학교 근처에 있을 이유가 없었으며, 사람들이 많이 사는 곳이기에 감염 위험이 있기도 했기 때문이다. 그러나 이미 낸 돈을 돌려받을 수는 없었다.

아무튼 그렇게 나는 한 학기 수업을 모두 온라인으로 들으면서, 거의 집에서만 생활했다. 적어도 계절마다, 환절기마다 한 번은 겪은 경험을 이번에는 한참 동안 그 이상으로 경험했다. 그래서 이번에는 어떻게 하면 집에만 있으면서 지루하지 않게 지낼 수 있는지 유독 더 많이 고민했다. 칩거의 기술이 필요했다.

1단계: 죄책감 다루기

아프거나 아플지도 모르는 상황은 예상치 못하게 찾아오곤 한다. '대략 10월 셋째 주' 같은 식으로 예측할 수는 있지만, 약속은 구체적인 날짜와 시간까지 정해져있고, 하루 이틀 정도는 오차 범위에 들어간다. 그러니 약속이나 회의를 취소할 일이 꼭 생기게 되어있다. 이때 "정말 죄송합니다" 혹은 "정말 미안해"라는 말이 먼저 튀어나오곤 하지만, 우리는 어느 책의 제목을 마음 깊이 새겨야 한다. "아파도 미안하지 않습니다." 그렇다. 나는 내가 책임져야 하는 일에 한해서만 미안해야 한다고 생각한다. 계절을 내가 조절할 수는 없다. 환절기에 미안해야 할 사람은 (사람은 아니지만) 천지신명일 것이다. 면역도 내 뜻대로 통제할 수 있는 영역이 아니다. 그러니 불필요한 죄책감을 덜자. 내가 나갔다가 바이러스에 감염되더라도 책임져줄 수 있는 사람은 아무도 없다. 안전을 중시한다면 칩거가 최선이다.

2단계: '불쌍함'이라는 틀에서 벗어나기

아프거나 아플지도 몰라서 집에만 있는 사람은 꼭 끙끙 앓고 있어야만 할 것 같다. 이는 아파 보여야 한다는 은근한 압박과 밀접하게 닿아있다. 이는 1단계와도 관련되는데, 죄책감 때문에 나는 다른 사람들이 보고 납득할 만한 모습이어야 한다는 압박이 생긴다. 그러니 죄책감을 버린 후에 이어서 버려야 할 것은 일종의 '피해자다움'이다. 칩거도 즐거울 수 있다. 맛있는 음식도 먹고, 심지어는 직접 요리를 할 수도 있다. '불맛'도 낼 수 있다. 바이러스를 피해서 숨어있는 것과 가스 불 위의 현란한 프라이팬은 관련이 없지 않은가. 사실 칩거할 때 제일 도움이 되는 것은 진통제와 이불과 베개와 넷플릭스와 왓챠, 그리고 유튜브. 이번에는 칩거하며 넷플릭스로 〈비밀의 숲〉을 몰아서 봤다. 〈이태원 클라쓰〉도 '본방사수'

했고, LTE급 조선 좀비들이 왕창 나오는 〈킹덤〉도 봤다. 고등학생 때 푹 빠졌던 〈닥터 후〉도 다시 보기 시작했다. 거기에 미뤄두었던 영화와 다큐멘터리, 스탠드업 코미디, 유튜브로는 요리 동영상까지. 나는 거의 스트리밍 마스터였다. 끙끙 앓고만 있는 것처럼 보일 필요가 없다. 칩거 안에서 즐거움을 찾을 수 있어야 한다. 어차피 못 나갈 거라면.

3단계: 관계 유지

사실 칩거의 가장 큰 단점은 만나고 싶은 사람을 만날 수 없고, 사람들과 해야 할 일을 할 수 없다는 것이다. 관계가 단절된다. 내향성 인간인 나조차 계속 사람들과 못 만나면 일상이 공허하고 속상한데, 외향성인 사람이 강제로 칩거해야 하는 상황이라면? 정말 힘들 것이다. SNS가 이럴 때 좋다. 따로 연락하지 않아도 연결되어 있다는 느낌을 받을 수 있고, 서로 부담 없이 안부를 물을 수 있다. 심심하거나 아프다고 징징댈 수도 있다. 통신 기술의 발달은 분명 이동성의 제약에 어느 정도 도움이 된다. 이것이 충분하지는 않을 수 있지만, 나에게는 없는 것보다 나았다. 그러나 이것도 한계가 있다. 나는 원래 소통 방식 중 메시지를 제일 안 좋아하고, 만나는 것을 제일 좋아한다. 통화도 좋아한다. 그런데 요즘은 통화를 좋아하는 사람이 많지 않기도 하고, 상대가 부담스러워할까 봐 통화하자고 얘기를 못 한다. 코로나19가 퍼지고 있을 때는 사람을 만나지도 못했다.

이상하게도 나는 소위 '사람 냄새'라고 하는 종류의 분위기는 별로 안 좋아하면서도 사람의 목소리와 얼굴을 좋아한다. 그래서 고립감을 정말 많이 느꼈다. 나가지 못하는 답답함도 컸다. 그래서 나는 온갖 상상을 다 했는데, 이를테면 멸균실 대여 서비스나, 기저 질환 있는 사람들을 위한 이동 서비스가 있으면 좋겠다고 생각했다. 코로나19는 건강한 사람들에게 그렇게 치명적인 질병이 아니고, 감기처럼 왔다가 가곤 한다고 한다. 그러나 나처럼 기저 질환이 있거나 면역력이 약한 사람들에게는 치명적일 수 있다. 나와 같은 사람들은 바이러스 전파가 이루어지는 시기에 집에 고립되고, 노동이나 친교 같은 사회적 활동을 할 수 없다. 면역계의 문제가 있는 나를 둘러싼 환경으로 인해 이동성이 극도로 제약되는 상황에서 내가 이동하고 활동할 수 있게 해줄 무언가가 있지 않을까?

문득 김초엽 작가의 《원통 안의 소녀》가 떠오른다. 날씨를 통제하는 물질이 만들어진 미래에, 그 물질에 알레르기 반응을 보이는 희귀 질환을 가진 소녀는 집 밖에서 그 물질을 차단해주는 투명한 원통에 들어가서 지낸다. 바깥에서는 사람들과 손을 잡을 수도 없고, 가까이 갈 수도 없다. 나에게 코로나 바이러스를 차단해주는 원통이 생긴다면 어떨까? 내가 읽기에, 소설 안에서 원통은 소녀가 소외와 동정에 노출되도록 하는 요소로 작용했다. 그러나 그 원통이 없었다면 소녀는 외출도 할 수 없었을 것이다. 이동을 가능하게 해주지만 소외와 동정에 노출되도록 하는 원통은 지금 사회의 휠체어와 비슷하다고 생각했다. 소설과 달리 현실에는 생각보다 많은 사람에게 원통이 필요하다. 폐 질환이 있는 사람, 나처럼 자가면역 혹은 만성질환이 있는 사람, 혹은 면역력 자체가 안 좋은 사람 등. 그렇다면 우리는 분명 그러한 시선의 피해자가 될 수도 있지만, 원통을 사용하는 이들의 연대로 편견에 맞설 수도 있을 것이다.

아쉽게도 아직은 그런 보장구가 상용화되지 않았고, 나도 나갈 방법은 찾지 못했다. 그래서 반복적으로 칩거를 하다 보니 칩거에 대응하는 개인적인 전략들이 생겼지만, 사실 가장 어려운 것은 1단계이다. 아프면 안 된다는, 아파도 할 일은 해야 한다는 노동 윤리는 마치 정언명령처럼 새겨져있다. 나는 아프지 않도록 꼭 몸을 잘 관리해야 하고, 당장 아픈 게 아니면 일하러 움직여야 한다. 주변에서 괜찮다고 말해줘도 계속 눈치를 보게 되는 현실에 죄책감을 단번에 버리기는 쉽지 않다. 나부터도 번번이 1단계에 실패해서 집에서 즐겁게 쉴 때도 "아픈데 이렇게 '동물의 숲'을 하고 있어도 되나?"처럼 의미 없는 걱정을 하게 된다. 그럴수록 나는 당당해져야 한다. 내 몸과 생활은 해명의 대상이 아니니까.

다만 바깥에 꼭 나가야 하거나, 나가고 싶을 때 어떻게 해야 하는지도 걱정이다. 2015년에 메르스 사태가 있을 때도 나는 가기로 했던 어느 캠프에 불참했다. 그러나 그때는 내내 오직 집에만 있지는 않았다. 아직 체력이 괜찮았을 때라 겁이 없었을지도 모르겠다. 그러나 2020년 상반기의 몸은 신종 코로나 바이러스가 어디에 있을지 모르는 상황에 움직이기 어려운 형편이었다. 이동성이 극도

로 제약되었고, 만나기로 한 사람들과의 약속이 기약 없이 미뤄졌
다. 이번 방학에는 만나고 싶은 사람이 정말 많았는데. 이럴 때는
어떻게 해야 할까? 무균실 대여 서비스나 멸균 택시 같은 서비스
가 있다면 문제가 좀 해결될까? 내 최대 걱정은 대중교통과 카페,
식당이니까 조금은 도움이 될 수도 있겠다.

꽃놀이와 관련해서도 고민이 많았다. 코로나19가 한창일 때,
서울 한강 공원에는 143만 명의 인파가 벚꽃을 보겠다며 몰렸다.
심지어 그 전년도의 봄보다 많았다고 한다. 아마 나가서 놀고 싶
다는 사람들의 마음이 꾹꾹 눌렸다가 터진 결과였으리라. 그렇지
만 이는 용납할 수 없었다. 거기서 1퍼센트만 감염되었더라도 1만
4300여 명이다. 필사적인 방역이 무용지물이 될 뻔한 상황이었다.
이처럼 한번에 많은 인파가 나오기도 했지만, 자가 격리를 요구받
은 유학생들이나 확진 의심자가 보건당국을 속이고 외출하는 '자
가 격리 일탈'도 있었다. 정말 당혹스러웠다. 바이러스가 기승을
부리는 시기에 거리는 건강한 사람, 건강해서 걱정하지 않는 사람
만의 전유물이었다. 아픈 사람들은 대부분 병원에 있거나 자발적
으로 자가 격리를 했기 때문이다. 적어도 사람이 그렇게 많은 곳에
가지는 않았다. 두려웠으니까.

나갈 수 없을 때 나갈 수 있도록, 모두가 항상 이동권을 누릴 수
있도록 하는 것은 중요하다. 나처럼 면역력 때문에 바이러스를 피
하느라 칩거하는 사람이나, 호흡기나 근육 등의 상황 때문에 몸 자
체를 조심하고 아껴야 하는 이들이 있지만, 우리도 나가고 싶은 날

이 분명 있다. 꽃을 보고 싶은 날도 있을 것이다. 이런 상황에 대비하여, 바이러스가 기승을 부리는 시기에 국한해서라도 특정 장소들은 출입 인원을 제한할 수 있으면 좋겠다. 상상을 하나 해보자면, 돈을 받지는 않더라도 시간대별로 입장권을 배부할 수도 있을 것 같다. 그렇게 한다면 안전거리를 유지하면서, 아픈 사람들도 덜 위험하게 움직일 수 있지 않을까 생각한다. 특별히 조심해야 하는 사람이 있다면, 그 사람에 한해서 별도의 이동 수단이나 안전 조치를 마련할 수도 있을 것이다.

이처럼 집에서 안전하게 나갈 방법을 고민하면서도, 이것이 실현되기까지는 시간이 많이 필요할 것이기에 집 안에서 즐거울 방법을 찾고 함께 공유하면 좋겠다.

주

1) 조기현,《아빠의 아빠가 됐다》, 이매진, 2019, 9쪽.

2) 박이대승은 한국에서 '청년'이 의미가 고정된 개념이 아니라, 사실상 아무것
도 의미하지 않음으로써 어느 문제에나 갖다 붙일 수 있는 '정치언어'라고 설
명한다. 자세한 내용은《'개념' 없는 사회를 위한 강의》의 1강을 참고하라.

3) 김도현,《장애학의 도전》, 오월의봄, 2019, 10~11쪽.

4) 전혜은, 〈'아픈 사람' 정체성〉, 전혜은 외,《퀴어 페미니스트, 교차성을 사유하
다》, 도서출판 여이연, 2018, 118쪽.

5) 같은 글, 118쪽.

6) 수전 웬델,《거부당한 몸》, 강진영·김은정·황지성 옮김, 그린비, 2013, 209쪽.

7) 같은 책, 210쪽.

8) 조현수, 〈장애등급제 폐지와 서비스 지원 종합조사(활동지원제도를 중
심으로)〉, 장애등급제 "진짜" 폐지를 위한 종합조사표 바로알기 토론회,
2019.06.12. 6쪽.

9) 〈장애등급제 개선방안은?〉,《에이블 뉴스》, 2012.10.03. 실제로 장애등급제를
시행하는 국가는 2019년 한국에서 장애등급제 단계적 폐지를 시작하기 전까
지 한국과 일본뿐이었다.

10) 〈활동지원 최대 월 60시간까지 삭감될 수 있어…장애계 '비상'〉,《비마이너》, 2019.06.13; 〈"장애등급제 폐지 후 활동지원시간 늘었다"는 복지부에 장애계 전면 반박〉,《비마이너》, 2019.08.21; 〈'장애등급제 희생자' 송국현 사망 6주기에 폭로된 종합조사표의 기만성〉,《비마이너》, 2020.04.18.

11) 〈[태평로] "너는 늙어봤냐, 나는 젊어봤단다"〉,《조선일보》, 2019.12.10.

12) 〈[지평선] 우리 사회의 기저질환〉,《한국일보》, 2020.03.19; 〈[오피니언] 위성정당 '역병' 창궐…총선 연기를〉,《경향신문》, 2020.03.20.

13) 최성용, 〈정치적 올바름을 생각하다〉, 정경직 외《페미니즘 쉼표, 이분법 앞에서》, 들녘, 2019, 53~93쪽.

14) 제임스 기어리,《진짜 두꺼비가 나오는 상상 속의 정원: 은유가 세상을 보는 눈을 빚어내는 방법》, 정병철·김동환 옮김, 경남대학교출판부, 2017, 18쪽.

15) 수전 웬델,《거부당한 몸》, 강진영·김은정·황지성 옮김, 2013, 202쪽.

16) 김영일·이태훈, 〈시각장애인의 점자에 관한 인식과 점자 사용 실태〉,《시각장애연구》, 31권 3호, 한국시각장애교육재활학회, 2015, 157~177; 국립국어원,《2017년 한국수어 사용 실태 조사》, 2017.

17) 〈부촌의 민낯…경비원 월급 올려달랬더니〉, MBC NEWS, 2019.10.19.

18) 〈점자책·수화통역사 태부족… 입시 관문 뚫고도 학업 포기 일쑤 [뉴스 인사이드-학습권 침해받는 장애 대학생들]〉,《세계일보》, 2020.02.02.

19) 자세히 알고자 한다면 어빙 고프먼의《스티그마: 장애의 사회심리학》(한신대학교 출판사, 2018)와 켄지 요시노의《커버링: 민권을 파괴하는 우리 사회의 보이지 않는 폭력》(민음사, 2017)을 참고하라.《피해와 가해의 페미니즘》(교양인, 2018) 중 한채윤의 〈소수자는 피해자인가〉는 커버링의 개념을 관련 개념들과 함께 풀어내고 있기도 하다.

20) 삼성에 맞서 싸운 '반올림'에 대해 알아보면 많은 사례를 발견할 수 있다. 다음 기사도 그중 하나이다. 〈삼성의 '10억 회유' 뿌리치고 산재 인정까지…혜경씨

모녀의 7전8기'〉, 《한겨레》, 2019.06.22.

21) 〈대기업, 장애인 고용 대신 부담금으로 때우겠다?〉, 《국민일보》, 2019.09.25.

22) 〈삼성화재, 시각장애 안내견 기증〉, 《디지털타임스》, 2018.12.19. 그런데 삼성은 이처럼 도우미견 관련 사업을 사실상 독점한 상태에서, 청각장애인 도우미견의 수를 줄여서 '이미지 광고'라는 비판을 받기도 했다. 이와 관련해서는 다음 기사를 참고하라. 〈장애인 도우미견, 삼성 떠나면 속수무책?〉, 《한겨레21》, 2010.11.16.

23) 한 시청각장애인 당사자는 릴루미노가 너무 크고 무거워서 일상에서 사용하기가 어렵다고 말하기도 했다. 최근 이재용 부회장은 릴루미노 개발진에 "오직 미래만 보며 새로운 것만 생각하자"고 말했는데, 여기서는 시각장애인들의 현재의 삶보다 '첨단 기술'이라는 미래만을 강조하는 태도가 드러나기도 하다. 관련 기사는 〈사내벤처 찾은 이재용 "오직 미래만 보자"〉, 《매일경제》, 2020.07.06.

24) 《한 눈에 보는 2019 장애인 통계》, 한국장애인고용공단 고용개발원, 2019. 09.16.

25) 〈중증장애인 생산시설에서의 20년〉, 《워커스》, 2019.08.05.

26) 김도현, 《장애학의 도전》, 오월의봄, 2019, 318쪽.

27) 〈농인이 왜 음성언어로 말해야 하는가?〉, 《비마이너》, 2020.04.06.

28) 장애학자 김은정은 자신의 책에서 2005년 황우석 박사를 중심으로 한 국가적 행사에서 사고로 인해 휠체어에 타게 된 가수 강원래를 활용한 방식을 지적한다. 황우석은 당시 세계 최초로 각 환자에게 딱 맞는 치료제를 발명하겠다고 말하던 사람인데, 그러한 맥락에서 강원래가 다시 '일어서서' 춤을 출 수 있게 될 수 있을 거라는 방식으로 행사가 기획되었다. 휠체어를 탄 강원래의 춤은 '춤을 잘 추던' 비장애인으로서의 과거와 비교되었고, 이를 치료하게 된다면 황우석이 열어젖힐 미래에서 휠체어를 탄 그의 춤은 그저 치료된 미래의 과

거로 남게 된다. 이를 두고 김은정은 다음과 같이 비판한다. "치유의 수사와 스펙타클이 과거와 미래를 현재 위에 접어 올릴 때, 장애는 초현실적으로 사라져 버린다…이처럼 접힌 시간성들 속에서는, 오직 그의 비장애의 과거와 치료된 미래만이 유의미해진다." Eunjung Kim, *Curative Violence: rehabilitating disability, gender, and sexuality in modern Korea*, Durham: Duke University Press, 2016, p.1.

29) 그는 자신의 SNS를 통해 장애를 이유로 진의를 의심하지 말라고 했으나, 여기서 의도 자체보다 중요한 것은 맥락과 효과이다. 2011년에 그가 보인 모습과 이것이 낳는 효과를 생각한다면, 여기서 나열한 다른 사례들과 이 글의 맥락에서 충분히 함께 묶일 수 있다.

30) 김원영, 《실격당한 자들을 위한 변론》, 사계절, 2018, 38~41, 61쪽.

31) 거니, 〈꽃동네 '봉사' 활동?〉, 《누덕누덕 2》, 연세대학교 장애인권동아리 게르니카, 2018.02, 33~37쪽.

32) Alison Kafer, *Feminist, Queer, Crip*, Bloomington: Indiana University Press, 2013, pp.5.

33) 〈몸으로 공감하는 장애체험 '세상과 소통하는 바퀴', 휠체어럭비 교육 현장을 찾다〉, 《세상을 여는 틈》 13호, 한국장애인재단, 2017, 64~69쪽.

34) 〈부자나 성공한 사람이 아니더라도 참 좋은 사람이 되려면〉, 〈세바시〉 1125회, CBS, 2019.12.05.

35) Alison Kafer, *Feminist, Queer, Crip*, Bloomington: Indiana University Press, 2013, pp.26~27.

36) 조한진희, 《아파도 미안하지 않습니다》, 동녘, 2019, 354쪽.

37) 유튜버 '최홍철'의 〈관종의 삶〉 64화 1, 2부를 참고하였다. 하지만 해당 영상이 적절하다고 보기도 어렵다. 인터뷰의 형식을 취하고 있으나, 사건의 주인공이 어떤 의도로 그런 일을 저질렀는지 묻고 관련된 이야기를 듣는 시간보다는 그

에게 욕을 하거나 그가 직업이 없다는 이유로, 그의 콘텐츠가 "이상하다"는 이유로 그를 비난하는 시간이 훨씬 길었다. 방점은 오직 '사기'에 찍혀있었고, 그 상황의 책임을 오직 아임뚜렛 개인에게만 돌렸다. 그 사기극이 성공하고 실패한 사회적 맥락은 다 묻어버리고, 그를 동정하고 유희 삼은 이들에게 면죄부를 선사하는 방식이었다.

38) 〈"트랜스젠더라도 괜찮아" 여군들이 마음 더 열었다〉,《서울신문》, 2020.01.20; 〈변희수 하사, 여군이 거부?…임태훈 "전화했더니 웃더라"〉,《이데일리》, 2020. 01.23.

39) 〈[기고] 가짜 소수자의 횡포〉,《국민일보》, 2020.01.19.

40) 연구들은 다음 기사에 정리되어 있다. 〈여자와 남자를 생물학적으로 분명하게 나눌 수 있을까〉,《비마이너》, 2020.03.10.

41) 〈서울대 청소노동자 '폭염잔혹사'는 언제 끝날까요〉,《한겨레》, 2019.08.23.

42) 홍명교,《유령, 세상을 향해 주먹을 뻗다: 천만 비정규직 시대의 희망선언》, 아고라, 2011.

43) 〈반올림 "'삼성전자 작업환경보고서 비공개 적법' 법원 판결에 분노"〉, KBS NEWS, 2020.03.04.

44) 〈경찰, "숨진 '쿠팡맨' 사인은 허혈성 심장질환"〉,《연합뉴스》, 2020.03.16.

45) 〈40대 쿠팡맨 새벽 배송 중 숨져 … "코로나 이후 물량 폭증"〉,《한겨레》, 2020.03.15.

46) 김승섭,《우리 몸이 세계라면》, 동아시아, 2019, 134쪽.

47) 〈고소득자 – 저소득자 건강수명 11년 격차 … 건강불평등〉,《연합뉴스》, 2020. 01.15.

48) 김승섭,《우리 몸이 세계라면》, 동아시아, 2019, 138~140쪽.

49) 2017년에 등록된 한 미국 특허는 자동 심장충격기(AED)가 페이스메이커, 인공 와우, 신경자극제, 인슐린 펌프와 같은 이식형 의료 기기(IMD)에 줄 수 있

는 악영향을 방지하는 기계를 제안하고 있다(https://patents.google.com/patent/US9630017).

50) 다나 J. 해러웨이, 《한 장의 잎사귀처럼》, 민경숙 옮김, 갈무리, 2005, 131쪽; 김은주, 《생각하는 여자는 괴물과 함께 잠을 잔다》, 봄알람, 2017, 114~117쪽.

51) 〈중국서 위중했던 98세 코로나 환자 건강 회복해 퇴원〉, 《중앙일보》, 2020. 03.03.

52) 〈코로나19 "계절성 질환될 것" vs "계속 변종 나올 수 있어"〉, 《동아사이언스》, 2020.02.27.

53) 〈중국에서 '신종 코로나' 가족 격리로 혼자 남겨진 장애인, 6일 만에 사망〉, 《비마이너》, 2020.01.30.

54) 〈[단독] 코로나19 최다 사망자 발생지 '청도 대남병원' 희망이 보인다〉, 《청년의사》, 2020.03.02.

55) 〈"B급에서 사회비판으로, 감염병 다룬 영화·드라마들"〉, 《노컷뉴스》, 2020. 02.28.

56) 〈[코로나19 팬데믹 선언, 달라진 풍경①] '컨테이젼'·'감기' 바이러스 재난 영화, 안방극장 재개봉〉, 《비즈엔터》, 2020.03.12.19; 〈"집에서 재난영화·키즈콘텐츠 본다"… 달라진 미디어 소비패턴〉, 《디지털타임스》, 2020.03.04.

57) 〈빅데이터로 본 코로나19, 넷플릭스 찾는 사람 늘어〉, 《뉴스핌》, 2020.02.27.

58) 〈영화 〈컨테이젼〉으로 알아보는 질병과 바이러스〉, 왓챠, 2020.02.25.

59) 〈코로나19 허위정보 '자정' 시작됐다〉, 《미디어오늘》, 2020.03.03.

60) "Coronavirus Porn Is Going Viral on Pornhub", VICE, 2020.03.04.

61) 기 드보르, 《스펙타클의 사회》, 유재홍 옮김, 울력, 2014, 15쪽.

62) 〈세월호 참사 여파 재난영화 당분간 편성제외〉, 《텐아시아》, 2014.05.08.

63) 일례로 다음 기사를 들 수 있다. 〈[시선]코호트 격리와 '이미'〉, 《경향신문》, 2020.03.20.

64) 〈"정신질환자 코로나 사망, 편견 갖지 말아야"〉, 《프레시안》, 2020.02.26.

65) 나는 면역억제제와 코로나 바이러스의 관계를 'Crohn's and Colitis Founda tion'에서 유튜브와 SNS에 올린 동영상을 보고 자세히 알게 되었다. 그 동영상에 따르면 면역억제제가 과도한 면역반응을 억제하는 역할을 하는데, 코로나 바이러스에 감염되면 폐 등에서 과도한 면역반응으로 인해 합병증이 발생한다. 따라서 면역억제제는 그러한 합병증의 발전을 막아줄 수 있다. 그러나 면역력 자체가 낮아지므로 감염의 위험은 올라간다. 즉 결과를 쉽게 예측하기는 어렵다는 뜻이다.

66) 〈97세 할머니 코로나 극복… "고령이지만 기저질환 없었던 것이 중요"〉, 《헤럴드경제》, 2020.03.27.

67) 〈[글로벌 돋보기] 3분마다 1명 사망·치명률 8.3%… 이탈리아의 비극, 언제까지?〉, KBS NEWS, 2020.03.20; 〈"살 사람만 치료, 80세 이상은 어렵다" 이탈리아 충격 증언〉, 《중앙일보》, 2020.03.13; "Ventilators limited for the disabled? Rationing plans are slammed amid coronavirus crisis", NBC News, 2020.03.28.

68) Alex Tomlinson, "Please Stop Holding It Against Me That I Can Mask My Pain", the Mighty, 2018.07.26.

69) "Imagine Dragons Frontman Dan Reynolds Opens Up About 'Debilitating' Chronic Disease: 'I Couldn't Perform'", People.com, 2016.11.15.

70) 한강, 《흰》, 문학동네, 2018, 11쪽.

71) 〈[세상읽기] '건강'은 없다〉, 《한겨레》, 2019.10.16.

72) 같은 글.

73) 김원영, 《실격당한 자들을 위한 변론》, 사계절, 2018, 185~186쪽.

74) 김원영, 같은 책, 203쪽.

75) 김정현, 〈언어 번역에서 문화 번역으로: 폴 리쾨르 번역론 연구를 통한 상호문

화성 성찰〉,《철학논총》, 57집 3권, 새한철학회, 2009, 112~113쪽.

76) 폴 리쾨르,《시간과 이야기 3: 이야기된 시간》, 김한식 옮김, 문학과지성사, 2004, 476쪽.

77) 김애령, 〈서사 정체성의 구성적 타자성〉,《해석학연구》, 36권, 한국해석학회, 2015, 238쪽.

78) 김도현은 페미니스트 정치학자 낸시 프레이저의 논의를 통해 "의존이 부정적인 낙인으로 존재하는 사회란 인간 간의 신뢰가 무너진 사회와 다름없다"라고 주장하며, 홀로 서는 자립과 온전히 남에게 기대는 의존의 이분법을 넘어 함께 서는 '연립'을 제안한다. 자세한 논의는《장애학의 도전》(오월의봄, 2019)의 7장을 참고하라.

79) 김애령, 〈서사 정체성의 구성적 타자성〉,《해석학연구》, 36권, 한국해석학회, 2015, 228쪽.

참고 문헌

국립국어원, 《2017년 한국수어 사용 실태 조사》, 2017.

기 드보르, 《스펙타클의 사회》, 유재홍 옮김, 울력, 2014.

기형도, 《입 속의 검은 잎》, 문학과지성사, 2000.

김도현, 《장애학의 도전》, 오월의봄, 2019.

김승섭, 《아픔이 길이 되려면》, 동아시아, 2017.

김승섭, 《우리 몸이 세계라면》, 동아시아, 2018.

김애령, 〈서사 정체성의 구성적 타자성〉, 《해석학연구》, 36권, 한국해석학회, 2015.

김영일·이태훈, 〈시각장애인의 점자에 관한 인식과 점자 사용 실태〉, 《시각장애연구》, 31권 3호, 한국시각장애교육재활학회, 2015.

김원영, 《실격당한 자들을 위한 변론》, 사계절, 2018.

김은주, 《생각하는 여자는 괴물과 함께 잠을 잔다》, 봄알람, 2017.

김정현, 〈언어 번역에서 문화 번역으로: 폴 리쾨르 번역론 연구를 통한 상호문화성 성찰〉, 《철학논총》, 57권 3호, 새한철학회, 2009.

다나 J. 해러웨이, 《한 장의 잎사귀처럼》, 민경숙 옮김, 갈무리, 2005.

리베카 솔닛, 《남자들은 자꾸 나를 가르치려 든다》, 김명남 옮김, 창비, 2015.

마야 뒤센베리, 《의사는 왜 여자의 말을 믿지 않는가》, 김보은·이유림 옮김, 한문화, 2019.

민가영, 《가해와 피해 중첩성에 대한 연구》, 연구논총, 32권, 2017: 1~33, 〈가출한 십대 또래그룹의 폭력/범죄 문화와 그 안에서 여성의 위치를 중심으로〉

박이대승, 《'개념' 없는 사회를 위한 강의》, 오월의봄, 2017.

수전 손택, 《은유로서의 질병》, 이재원 옮김, 이후, 2002.

수전 웬델, 《거부당한 몸》, 황지성 옮김, 그린비, 2013.

어빙 고프만, 《스티그마: 장애의 사회심리학》, 윤선길 옮김, 한신대학교 출판사, 2018.

연세대학교 장애인권동아리 게르니카, 《누덕누덕 2》, 2018. 02.

이현재, 《여성혐오, 그 후》, 들녘, 2016.

일라이 클레어, 《망명과 자긍심》, 전혜은·제이 옮김, 현실문화, 2020.

장애여성공감, 《어쩌면 이상한 몸》, 오월의봄, 2018.

전혜은·루인·도균, 《퀴어 페미니스트, 교차성을 사유하다》, 여이연, 2018.

정경직 외, 《페미니즘 쉼표, 이분법 앞에서》, 들녘, 2019.

제임스 기어리, 《진짜 두꺼비가 나오는 상상 속의 정원: 은유가 세상을 보는 눈을 빚어
내는 방법》, 정병철·김동환 옮김, 경남대학교출판부, 2017.

조기현, 《아빠의 아빠가 됐다》, 이매진, 2019.

조르주 캉길렘, 《정상과 병리》, 이광래 옮김, 한길사, 1996.

조한진희 외, 《[자료집] 활동가건강권포럼: 사회운동활동가의 건강권을 묻다》, 박종필
추모사업회, 2019.

조한진희, 《아파도 미안하지 않습니다》, 동녘, 2019.

켄지 요시노, 《커버링: 민권을 파괴하는 우리 사회의 보이지 않는 폭력》, 김현경·한빛나
옮김, 민음사, 2017.

폴 리쾨르, 《시간과 이야기 3: 이야기된 시간》, 김한식 옮김, 문학과지성사, 2004.

한강, 《흰》, 문학동네, 2018.

한국장애인고용공단 고용개발원, 《한 눈에 보는 2019 장애인 통계》, 2019.

한국장애인재단, 《세상을 여는 틈》, 13호, 2017.

한병철, 《피로사회》, 문학과지성사, 2012.

해리엇 러너, 《무엇이 여자를 분노하게 만드는가》, 이명선 옮김, 부키, 2018.

홍명교, 《유령, 세상을 향해 주먹을 뻗다: 천만 비정규직 시대의 희망선언》, 아고라, 2011.

《워커스》, 2019. 08.

Kafer, Alison, *Feminist, Queer, Crip*, Bloomington: Indiana University Press, 2013.

Eunjung Kim, *Curative Violence: rehabilitating disability, gender, and sexuality
in modern Korea*, Durham: Duke University Press, 2016.

알리는 말

이 책에 실린 일부 글은 진보적 장애인 언론 《비마이너》에 발표된 것을 다듬고 보완한 것이다.

- 아픈 청춘입니다만, 살아 있습니다
  〈아픈 청춘입니다만, 살아 있습니다〉, 2019.02.13.

- 아플 걸 알지만 떡볶이는 먹고 싶어
  〈아플 걸 알지만 떡볶이는 먹고 싶어〉, 2019.03.11.

- 어느 정도 장애인이세요?
  〈내 삶을 위한 '장애등급제 진짜 폐지'란〉, 2019.08.07.

- 신경 노동
  〈노동과 휴식의 흐릿한 경계, '신경노동'〉, 2019.10.30.

- '쓰레기'의 욕망
  〈쓰레기의 욕망: Cripping Toy Story 4〉, 2019.07.04.

- 타인의 몸을 의심할 권리?
  〈'정경심은 진짜 아플까'라는 의심에 관하여〉, 2019.10.08.

알리는 말

- 해명은 없다
  〈해명은 없다〉, 2019.08.07.

- '병사' 면 뭐가 달라지는데요?
  〈'병사' 면 뭐가 달라지는데요〉, 2019.08.29.

- 우리가 같이 살아남을 수 있을까
  〈누구도 남겨두지 않으려면〉, 2019.12.04.

- 바이러스는 어떻게 질병이 되는가
  〈바이러스는 어떻게 질병이 되는가〉, 2020.03.03.

- 우리는 치료되지 않는다
  〈코로나19, '기저질환자의 죽음'이 은폐하는 현실〉, 2020.03.31.

- 내 몸이 의학의 한계이다
  〈난치 선언〉, 2019.06.11.

이 도서는 아이프리 홈페이지(http://www.eyefree.org/)와 국립장애인도서관에서
읽을 수 있습니다.